文春文庫

箱崎ジャンクション

藤沢 周

目次

箱崎ジャンクション

1

スノッブな奴だ。

順天堂医院前で手を上げていた女の客を他の同業者にシャクられ、そのまま抜けて湯島聖堂前にきた時、拾った客だ。歳は自分よりも二、三歳下の二七、八だろうか、と室田は思う。後部座席に座ったと同時に、尖った酒のにおいがしてきて、乗車間際にスピリッツ系のアルコールを口にしたかのような息だった。あるいは、酒でズボンでも濡らしているのかとも思ったが、男が喋るたびに、きついにおいがしてくる。

「ねえ、運転手さん。タイトルは……何だっけ、忘れちゃったよ。でも、俳優は確か、ケーリー・グラントだと思うんだけど、ミルクを持って階段を上がってくるじゃない？　銀の丸いトレイに載せてさ」

少し光沢のあるチャコールグレーのスーツに、灰色のストライプの入ったワイシャツ。時々、街灯の光で格子模様に反射する黒っぽいネクタイをしているのが、ルームミラーに映っている。柴犬の体毛を思わせる短い髪が、頭蓋をべったりと覆っていて、額の生え際から数センチの所で切り揃えられていた。前のクルマの赤いテールランプで、ぬかるんだように光る目はいわゆる泥酔者のものだが、呂律《ろれつ》だけはいやにしっかりしている。こういう客の方が、どうしようもなく酔っ払っている客よりも、むしろ怖いのだ。

「フロアの……六五〇㎡くらいなんだけど、その半分はもう灯りを落としていて、薄暗いわけ。その暗がりの奥に給湯室があってさ、そこから、静々とイケダマキがお盆に載せたお茶を持ってくるんだよ。こう、ひっそりと、同じ足取りで、静かに持ってくるんだよ。分かる？　運転手さん、ねえ」

「……ああ、なんとなく、分かりますよ」と、室田はルームミラーに映る男の顔に一瞬目を走らせながら、上野方面から不忍通りに入ってくるクルマのヘッドライトの群れに目を細める。安っぽいサロンにでもあるミラーボールが光を反射させているように見える。男の口にした「イケダマキ」というのは女子社員の名前だろう。池田真紀？　それとも、池田麻紀か？

乗ってすぐに、「俺が何処へいきたいか、当ててみてよ、運転手さん」ときて、室田はすぐに、ギアの横にセットしてあるマイクロカセットレコーダーのスイッチを入れた。後で揉めた時に、車内での会話の証拠品として提出するためにいつもレコーダーは携行している。こういう少し癖のある客には、「大宮とか横須賀とか、遠距離だと嬉しいんですけどね」というような冗談は通じない。かといって、「そんなもん分かるわけないでしょう」といっても、不機嫌になるだけだ。「ご希望通りの所へ、安全迅速にお連れいたします」と答える。結局、行き先は中距離の上中里で、何故か、ヒッチコックの『断崖』らしき映画の話を男はしていた。

「あの階段のシーンでさ、壁に蜘蛛の巣みたいな影が映っていて、あれはエイゼンシュテインだよね。まあ、いいんだけど、イケダマキの影もフロアの壁と天井に折れ曲がって、大きく背後で膨らんでいたんだよ。それが怖くてさ。毒入りのお茶だと思うじゃない？　ああ、イケダマキというのは、経理をやっている女の子なんだけど、今日も結局、やったよ……湯島のラブホテルでさ。声が凄く大きな女なんだよ。なんか、白鳥が鳴いているのを想像させるような声なんだよね……」

もう一度、室田はルームミラーに映る男の顔を見て、右のウインドウを二センチばかり開けた。右のこめかみから後頭部にかけて、冬の空気が細く撫でていく。頭の静脈にでも直接注射されて、冷たい薬が走っていく感じだ。会社の制服を着た雌の白鳥が糞で汚れた尻の毛を露わにしているのが脳裏を過《よ》ぎり、その背後に重なっている格子模様のネクタイの男が見えた気がして、室田は小さく頭を振った。

悪い癖だと思う。いちいち客の話に付き合い過ぎる。大手建設会社の広報室でPR雑誌を作っていた頃から不眠症の気があったが、リストラに遭い、タクシードライバーとなってから、さらに嵩《こう》じた。タクシー会社にはもちろん伏せているが、心療内科からブロチゾラムという睡眠薬を処方して貰うことになったのも、客の疲れや瑣末な話を澱《おり》のように溜め込んでしまったせいに違いない。

「でも、羨ましい話ですよ、お客さん。何……その、具合、良かったですか？」

「具合って……？　え？　ハッ、運転手さんも好きだねえ」

長四角のルームミラーの中で、男の体が弾んで、顔を歪めながら笑っているのが見える。撓《たわ》んだ遠近法で映る後ろの景色に、頭の中身を捩《ね》じられ、後ろに引っ張られる気がした。現実として見えるミラーの中なのに、何処かで現実ではないものと繋がっている感じで、スクリューで巻かれた水のように縒《よ》れながら、その先が嘘の消尽点《しょうじんてん》へと向かっている。そこに、生身の人間がいようが、幽霊がいようが、同じようなものだ。ヘッドレストについた防犯ガラスの後ろは、自分とはまったく違う世界なのだと室田は自分にいい聞かせる。

「まったく色っぽい話なんて、一つもないですよ、この業界はね」

「いやー、女の客とよくやるという運転手を知ってる」

だが、客と無縁であるという思い込みというのか、スイッチを入れること自体が、逆に、繋いでしまう回路を作ってしまうのだ。五歳上の同僚の神藤が、「なんか、こうルーフが低くなるっつうか、しがらんでくるんだよなあ」といっていたが、それに近いだろうと室田は思う。

「あえて、お金を持たないで乗車して、運転手さん、ごめんなさい、お金ないから体で、っていう色情狂がいるんだってよ。女はさ、男よりも通りすがりのナニに関してはモラルがないからさ。肉体労働者とか、タクシーの運転手さんとか、もう二度と会わないと思うといくらもできるらしいよ」

「そんなこと、とても怖くてできないですよ、お客さん」

千駄木から田端を通って、山手線をまたぐ。男の指や爪の間から、そのイケダマキという女の体のにおいが細かい粒子になって、車内に膨らんでくる気がして、少しヒーターを落とした。通りすがりとはいかない社内の女とラブホテルで寝て、別れてからアリバイのための酒を一気に呷《あお》り、シャワーで光った鼻の頭が脂っぽくなるまで待ってから、タクシー。そして、帰宅、というコースだろう。時々、お茶に毒を入れようとしたという女のにおいを探しているのか、指先を鼻に持っていったりしているのをルームミラーに見て、室田は腹の中に気持ちの悪い塊が柔らかく凝《こご》るのを感じた。

「お客さん、どの辺で停めましょうか？」

「ああ、保健所の辺りでいいよ」と、男が格子模様のネクタイのノットをようやく緩め、ワイシャツの第一ボタンを外したのが分かった。

「ねえ、運転手さんねえ。思い出さないか？　白い、光っているようなミルクが入ったグラスを持って、階段を昇るヒッチコックの映画なんだよ。どうにも思い出せなくて、気が狂いそうだ。吐きそうだよ」

「……断崖、ってやつじゃないですか？」

「ああッ、それだッ」と、いきなり運転している左肩を後ろから摑まれて、反射的にアクセルからブレーキの上に足を移そうとした。浮いた右足を固めたまま、室田は詰めていた息を細く吐き出しながら、またアクセルに置く。お金の受け渡し以外に、ヘッドレストの防犯ガラスを越えて、客の手が伸びてくることなど滅多にない。突然、服の中や内臓にまで手を差し込まれたような感じだ。しかも、人間の手ではなくて、まったく異なる生物の手に近い。

「断崖だよ、断崖。それだ、間違いない。ずっと、イケダマキとセックスしながらも考えていたんだよ。シャワーを浴びても駄目、本郷のスナックへいっても思い出せなくてね。かすかに字面《じづら》というか、その輪郭はぼんやり見える。逃げていく尻尾も見えるんだ。男優の名前は思い出せるのに、どうしてもその後ろのものが見えてこないんだよ」

「そういうことってありますよ、お客さん」

　なんで、せめて、池田、とか、マキと呼ばないんだ、と聞こうとしている自分がいたが、後部座席とは関係がないというスイッチが入る。だが、この泥酔しているのか、まったく素面《しらふ》なのか分からない男の口にしたイケダマキという名前や、白鳥の首の長さや汚れた尻の羽毛が、自分の体の底に澱になって溜まっていくのだと思いながら、室田はゆっくりと滝野川保健所近くでハザードランプをつけてブレーキを踏んだ。

「ああああー……」と、鈍く大きな溜息が男の口から漏れて、ルームミラーに視線をやる。ネクタイを緩めた上半身をシートに斜めに滑らせ、眉間《みけん》に悲痛な皺を寄せてルーフを見上げていた。後ろのクルマのヘッドライトが逆光になって、男の顔を、適当に捏《こ》ね上げ丸めた粘土の塊にも見えさせる。

「思い出したからって、何なんだろう、運転手さん。まだ、思い出さない状態の方が、気分的に楽だよ。恐ろしくつまらなくて退屈な……何か、底に着いたって感じで、自分がまっ平らに潰れた気分だよ。また、いつもの毎日が、ああああー、始まるんだよー」

「分かりますよ、お客さん」

「……うん？　分かるって？　本当に分かるって？」と、ようやく男が酔客の息になって、運転席に顔を伸ばしてきた。室田はルームランプをつけ、男を見る。いつのまにか目の焦点がぶれていて、粘った瞬《まばた》きを繰り返しながら体を前後に揺らしている。短い柔毛の髪を脂の浮いた額に揃えたヘアスタイルが、男の自意識をそれでも残していて、よけい疲れさせると室田は思った。経理の女はこんな髪型が好きなんだろうか。

「レシートはいかがしますか？」

「……運転手さんも、近い歳だよねえ。僕とさ。ローン、三〇年、組んだよ。こんな汚い街の、マンションだよ」

「組めるだけでもいいよ、お客さん」

「今、何時？」

男がタクシーから降りたのは、午前一時少し前だった。


ノイズ混じりの無線で、「巣鴨署近い車ありませんか？」と入ったが、室田は無視して回送表示のまま本郷通りを下った。

クルマも疎《まば》らになってきた道路が、街灯に照らされて黒い鉛板のように見える。いつも夜のアスファルト道路を見ると、先の丸い金属の棒でも擦《こす》りつけて、傷をつけたくなる。まったく新しい光の傷が生まれるだろうが、それを考え始めると、丁寧に道路全部を丸い先で擦って同じ艶《つや》にしたくなり、ちょっとその想像に入り込むと、いつのまにかアクセルを踏み込んでいたり、逆に緩めていたりする。

たぶん、幼い頃、釣りで使った鉛板の記憶が連想させるのだろうと思う。小さなロール状に、二センチ幅くらいの薄い鉛がリボンのように丸められている。持ってみると想像以上に重くて、地球の芯と磁力に似た反応があるのではないかと思ったのを室田は覚えている。その鉛にビー玉だったか、鋏《はさみ》の取っ手の丸い部分だったかで傷をつけ、その傷と同じ色合いにしようと全部を擦っていったのだ。単なる時間潰しだったが、結局最後までやり終えると最初と同じ鉛板のロールと同じ状態に戻っていた。

「日テレさん、三台口……、ありませんか?」

UHF帯の無線がまた唐突に入る。紙でも破って、突然、声という異物がこっち側に飛び出てくる感じだ。そんなことを考えるのは長年の不眠症のせいだと思っていたが、転職組のまだ新しい者達は大体、深夜の無線に何か連想するといっていた。室田が一番リアルだと思ったのは、二歳下の、電機メーカーにいた西尾という男の、巨大なカイコの一齧りという表現だった。

「スピーカーのコーン紙を破って出てくるんだよお。黒い頭がさあ。そいで、小さな牙がびっしり生えている口が、耳ン中、飛び込んできて、鼓膜、食い破られる感じ。もう、嫌なんだよお、無線ー。鯖読みするドライバーが信じられねえよお」

鯖読《さばよ》みというのは、遠くにいても客の近くにいると嘘をつくドライバーのことをいう業界用語のようなものだ。

「日テレさん、三台口……はい、278。後、二台」

この鉛板の道路を右に外堀通りに入れば、日本テレビまでさほど時間はかからないが、室田は迎車の表示に切り替えるつもりもない。前後にクルマがなくて、対向車線にもヘッドライトがないと、気持ちが楽になる。特に冬はアスファルトの反射が冷たく凝り固まって静謐《せいひつ》に見える。もう少し、さっきの客の声が頭から消えるまで走らなければならない。

建設会社のPR雑誌の表紙写真が、青黒く焼いた鉄板に、強度のあるスチールスポンジで円を描くようにして故意に夥《おびただ》しい傷をつけたものだった。奇妙な柔らかさと奥行きの出ている写真で、そこに禁欲的に「C」というゴチックの一文字が入っているだけの雑誌。そして、号数を表す小さなナンバー。その副編集長をやっていたが、建築とは無関係の分野を担当していた。美術、デザイン、映画、舞踏、カルチャー一般といえばいいか。取材して、記事にして、レイアウトして、終り。後は引き摺らない。

タクシーのルームミラーの風景はかなり違うと室田は思う。フロントガラスの風景とも違う。あの頃は予測などしなかった。もちろん、自分が江東区にあるタクシー会社に転職することも予測しなかったし、それほどのヒューマンスキルを必要としないと思っていたら、不要ではあるけれども数多くの乗客の疲れを体に溜め込んでしまうストレスなど、想像もしなかった。睡眠薬で寝入る瞬間に、ルームミラーの奈落に落ちていく自分が、そのまま後ろ姿を見せて、歩道を恐ろしい速度で去っていく幻想を見続けることも。

本郷通りから春日通りを左に入り、何人かの客が手を上げている前を通り過ぎて、上野ランプへと向かう。一応自分の営業が終わる午前二時まで、後四〇分ほどあったが、水揚げはいつもと同じくらいにはいった。

午前八時から始まって、渋滞する箱崎ジャンクションで、室田はルームミラーの中から戻ってくる作業をやる。まったく違う時空に生きている自分、と言葉にして、学生みたいだなと苦笑してしまうのだが、いつも排気ガスで紫色に曇ったジャンクションの上で、瞑想じみた儀式をやって、タクシー運転手になるのだ。

もちろん、ミラーの世界から戻ってくる自分は、制服であるモスグリーンのジャケットも、黒のパンツもはいていない。「なんか丸ノ内線の駅員というか、葬儀屋というかさ、そんなユニフォームですよ、これは」と、中学の社会科教師をやっていた三枝という男がいっていたが、その制服を着て、アクセルを踏み、江戸橋、呉服橋、神田橋ランプへと抜けていくうちに、タクシー運転手になるのだ。

その日の一人目の客は、竹橋にある毎日新聞社から乗った社会部の記者で、文京区役所まで。まだ四〇代前半くらいだったが、くたびれた感じと世間へのこなれを誤解しているような男だった。それから、かなり強い遠視の眼鏡をかけて、髪がひどい寝癖の中学生の男の子とその母親を飯田橋の逓信病院まで乗せていった。押し入れ臭いというのか、黴《かび》臭いにおいがどちらからもしたのを覚えている。その後、靖国通りを走って、タクシーがむしろ軽くなるのではないかと思わせるような華奢な若いOL風の女を三井ビル下へ。都庁前からは杉並阿佐ヶ谷の河北病院へ、ペースメーカーを入れているという初老の男を連れていった。

午後からの日本武道館で行われるチャリティー系のイベントに合わせて、早く九段下辺りに戻りたかったが、杉並方面で何人かの近距離の客を拾う。それから、千駄ヶ谷のホープ軒でラーメンを食ってから、しばらく、日本青年館の広場でよく分からないダンスの練習をしている女子大生のグループをクルマの中からぼんやり見ていた。ユニクロだろう、オレンジ色のフリース素材のパーカーを着て、下は黒のジャージー。ダウンベストを着ている子もいたが、だだっ広い広場で、太極拳のような動きをしたと思ったら、パラパラとかいわれる踊りに似た動きで手を振っていた。外苑西通りを走るクルマの音や、空を斜めに過ぎるジェット機の音が細く耳に入ってきて、ふと、彼女達も、やがて結婚して、子供など産んで、母親になっていくのだろうか、と思った時、室田は小さく舌打ちしたのだ。

こんな時なんだ、と思ったと同時に、やはり、それはやってきて、体の右半分か左半分どちらかが急に凝ったように硬くなって、内側から搾《しぼ》られるように息苦しくなってくる。気管支が狭まって喘息の発作にも似ているが、心臓が体の中ではなくて、一部隆起して太い稲妻型の血管に覆われたピンク色の筋肉の塊が、露出したように感じるのだ。と同時に自分の輪郭を見事なほど明確に、夥しい矢印の形そのものが囲んで指してくる。本当に突き刺すのではなくて、指差すように矢印が指してくる。頭の中で発条《ぜんまい》をキリキリ巻いた音がして、実際、脳味噌の何処かが痺れた感じになり、運転席の狭い空間が、昔あったという鉄の処女という拷問具に思えてきて、よけい、焦って過呼吸みたいになる。そして、室田は慌てて、ドアを開けて、外に転がり出たのだ。

睡眠薬を処方してくれる医師は、ストレスだといい、精神を安定させる成分が入っているのだから、それを服用のこと、後、しばらくの休暇を貰うこと、と朗らかに忠告し、診断書まで出してくれたが、それができないから診察して貰っているのだ。パニック性障害という、いかにも曖昧な病名をくれたが、処方は薬の服用のみだった。

「いいのかな？」という声に、振り返ると、ツイードのジャケットを着た、いやに姿勢のいい初老の男が立っていて、東大和までの上客だった。武道館とJR駅の往復よりは、まだいいと、室田は深呼吸してから、また運転席に乗り込んだ。あまり喋らない客だったが、もうすぐ定年を迎えるということを話し、何処か具合が悪いのかとも質問された。運転しながらシートベルト越しに、拳で胸骨のあたりを何度か押していたからだとその客はいった。自分ではまるで気づかない無意識の動作だが、会社に知れたらアウトだ。心臓のあたりを鷲摑むという反応と、指先で押さえるのと、拳で叩くのとでは、病状が別なのだよとも、教えてくれた。

男が降りてから、五日市街道を走って都内に戻り、近距離を一〇人ばかりこなしただろうか。羽田空港までの中年女性、「これから札幌なの。姪の結婚式でね。札幌なのよ。寒いわよね」と同じことばかり繰り返しているのを聞いていて、室田も「いいですねえ。嬉しい話ですねえ」と同じ答えばかり返していた。夕飯を品川近辺の和食屋で済ませて、港区から千代田、新宿、文京と流して、何人か拾った後、さっきの奇妙な酔客を乗せたのだ。

「ケーリー・グラントが白いミルクを持って、階段を上がってくるだろう、か？　あぁ？」

上野ランプに上って、一気にアクセルを踏み込む。かすかに胸を押され、頭の芯が静かに後ろへと引っ張られた。日産クルーのボンネットに、連続する街灯の光が滑っては飛んでいく。

「女とやりながら、タイトルを思い出そうとしていた、ねえ。乙な話だよなあ、お客さん」

加速線で一〇〇キロばかり上げると、右のウインドウを目尻で捉え、ドアミラーでヘッドライトを確かめる。何も考えない。右のウインカーをつけ、そのままゆっくりと違う空気の中へ入っていく感じだ。少しアクセルを浮かせ、また踏み込む。合流のたびにスローモーションで流れる空気の層に入り込んでいく感じだと室田は思う。上野線の左車線を飛ばしているセルシオの左テールランプを舐めるように、室田は入って、すぐに右車線へと滑り、一気にアクセルを踏んだ。わずかに開けていた右のウインドウから、風とエンジン音が派手に入り込んでくる。

「俺のな、別居中の妻は……、ああ、ジョーン・フォンテインだ」

室田はルームミラーを確認して、後続のクルマがないのを見ると、少しアクセルから足を浮かせ、ウインドウを上げる。いきなり、繭の中に閉じ込められたように音が遮断され、空気が籠った。無線を切って、CDプレーヤーのスイッチを入れる。液晶の緑色の光がゆっくり明るくなっていく。無線は切るなといわれているが、音楽と無線が一緒になると、映画で観たニューヨーク警察のパトカーにでも乗ってる気分になって腹の中が硬くなる。どっちにしろ、すでに帰庫の時間だ。ロン・カーターの弾くバッハ、無伴奏チェロ組曲。頭にくるほど下手で無闇にエコーをかけているが、それでも日によっては落ち着く。

「……ジョーンは、なんだ、横浜の実家から、知り合いの会計事務所に通い始めたらしい。ひょっとして、俺の稼ぎよりはいいかも知れないんだよ、お客さん。……ローンなんて、お客さん、無理なんだよ、この東京じゃねえ。ああ？　不眠症やら、そのパニック何やら、会社にばれないようにするので、ヒヤヒヤものなんだよ。分かるかい、あんた？　こう、寝る間際になると、一日のさ、いや、何日前のお客さんが何百人と出てくるんだよ。それも、目や鼻や口もついていないお化けみたいなもんで、唾とか脂とか糞とか、そんな気持ちの悪い感触で、俺の中に入ってくる。お客さんねえ、服とか髪ににおいがつくような感じだね。落ちないんだよ。分かる？　本当に分かる？」

室田は両国ジャンクションの分岐を滑るように入って、箱崎に向かう。ジャンクション手前の、大きいが直角に近いカーブにきて、いったん左車線に横に滑ってから、曲がりながら右車線へと斜めに過《よ》ぎっていく。お客さんを車酔いさせないための、なるべく、横にGをかけない運転というやつだ。最良のコースはもちろん速度にもよるが、一本しかない。その上を的確に乗っていく。

「そうだろ？　小松部長？」

箱崎ジャンクションから木場ランプで降りて、室田はタクシー会社に戻った。小型車が五台、中型一〇台、大型三台の零細の会社だ。ワゴン車や介護用のクルマはない。乗っていた日産クルーを小型車の車庫4番に入れて、釣り用のお金と一緒にした水揚げを一つの袋にまとめて、事務所に入った。

「なんだよ、ムロちゃん、顔色悪いよー」

プレハブに毛の生えたような事務所のフロアに、チープなテーブルがいくつか置いてあって、何人かの社員がまだ制服のままだらしなく座っている。声をかけてきたのは、一人すでに枯草色のセーターに着替えて、石油ストーブに当たっている神藤だった。

「ああ」とだけ室田は答え、カウンターで金の計算機を操作している小松に袋と乗務記録を渡す。それからサンプルのコーヒー豆が偏って、中の機械が見える自動販売機の前にいくと、小銭を入れた。ドリップ式だというのに、インスタントコーヒーの方がはるかにうまい。砂糖とミルクでごまかさないと、とても飲めない代物《しろもの》だった。

「神藤さん、今日は、早いんですね」

室田が紙コップを慎重に取り出しながらいうと、神藤が口の両端を下げて小さく頭を振りながら、人差指と親指を擦り合わせて見せる。接触、ということだろう。奥のシャワー室を使ったのか、パンチパーマの髪がまだ濡れていて、よけいカールが効いて見えた。かすかに赤らんだ頰とセーターの取り合わせが、何処か田舎の漁師が休憩しているようだと室田は思う。

「浅草橋でさ、若い奴がちょいとケツを擦ってくれたよ。会社は大喜びだよなあ」と、神藤はカウンターにいる小松の方を見て、口元を緩めた。室田がモスグリーンのジャケットの内ポケットから煙草を取り出すと、神藤も手を伸ばしてくる。

「三枝さんや、西尾は？」

「ああ、三枝は遅番だろ。西尾は平塚の上客見つけて、今、西湘バイパスあたりじゃねえか？」

室田は軽く頷いて紙コップのコーヒーを啜《すす》った。砂糖とミルクの味に少しコーヒーのにおいをつけたお湯という感じだ。顔を顰《しか》めながら煙草をくわえると、石油ストーブに屈んで、先に火をつける。顔全体を炙《あぶ》る熱さを覚えて、何か懐かしさに似た感触が訪れる。それが幼い頃のものなのかどうかは分からないが、また奇妙な気分が襲ってきそうな気がして、「小便」と一言だけ神藤にいうと立ち上がった。

「ああ、俺は、今日、このまま寝ないで、千葉に釣りいくんだけどよ、ムロちゃんもくるか？」

右手を軽く上げながら、顔を振る。神藤は悪い男ではないし、初めて実習で街に出た時、助手席に座ってくれたが、休みの日にまで会社の人間と一緒にいる気はとてもしなかった。後、二年で法人タクシーの運転手経験が一〇年になるから、個人タクシーの免許を取るのだといっている。そして、好きな時、クルマを走らせ、好きな時、釣りにいくんだと話していた。

奥のテーブルに座っている川瀬という五〇過ぎの男と、新米組とはまったく口を利かない飯島という四五歳前後の男に、室田は煙草をくわえたまま軽く頭を突き出して、横を過ぎた。壁の上に茶色く染みの出た額があって、何処のタクシー会社でも見かける安全第一を掲げる標語が目に入った。

「便所に灰、落とすなよ」という川瀬の声を後ろに聞きながら、室田はトイレの木のドアを閉める。そして、同じく茶色い染みが大きなマーブル模様を描いた漆喰の壁に寄りかかると、煙草を深々吸う。後頭部に壁の冷たさが伝わってきて、ゆっくりと煙を豆電球程度のトイレの灯りに吹きつけた。

ふと、その戸塚にある会計事務所で由布子もお茶を盆にのせて運ぶのだろうか、と思ってみて、反射的に腹から乾いた笑いが込み上げてくる。もう一度、室田は煙草を深く吸ってから、便器の中に吸殻を投げ込んだ。

溜まりに放尿すると、すぐにも吸殻が壊れて汚れを広げる。目の前の窓に不要になったクルマのルームミラーが傾いてついていて、鈍い目つきをした自分の顔が映っていた。

2

「何もしない方がいいんですよ」と、虎ノ門にある生天目《なまため》クリニックの医師はいったが、放心している間も鉛色にくねるアスファルト道路や首都高の交通状況を示す図形情報板がフリックして見えてくる。

「ストレスを軽減させる趣味というものが、それをやることによってストレスの要因を思い起こさせる場合が、良くないわけです」

生天目という四〇歳前後の医師が喋る言葉は、いつも何処か文節が長くて脳味噌の息が継げなくなる感じだと室田は思う。

２ＤＫのアパートの窓を薄く開けると、小さな墓地のむこうに、ゴチック文字がやたら主張している性病科の看板と、日蓮宗の寺院の看板が唐突に立っている。それを見るたびに、谷中に越してきてからすでに一年は経つというのに、何か自分が安いビジネス宿やラブホテルにいるような錯覚に陥った。

だが、何処にいても、人が心底落ち着ける場所などというものは存在しないだろう。あったとしても結果的な死に場所に違いない。

現実の膜が剝がれて、その裏にある薄ら寒い風景を想像しながら、室田は頭にこびりついた表示板の、渋滞を表す赤いルートを追い払おうとした。パーツを除いたプラモデルのフレームの残骸にも似た形で、首都高の道路が表され、オレンジ色や赤色に点灯している。体の奥にも、日産クルーの震動が残っているようだ。

「……神藤さんは……、千葉で釣りか……」

口にしてみて、六畳の和室に籠った声が、自分に対して演じているようで体の中が恥ずかしさで熱くなった。

吸っている煙草の煙が緩やかに筋を作って、窓の隙間《すきま》から逃げていくのを追い、敷きっぱなしの布団の枕元にある灰皿に煙草を押しつける。由布子と住んでいた時から使っている真鍮製の灰皿だが、吸殻を捨てるだけで一度も洗わないせいか、灰がこびりついて刻まれた図柄も見えない。

隔日での勤務の疲れが体の芯に溜まって、その重い凝りが等身大になる周期がある。体の輪郭のすぐ内側にまで重さが充満しているというのか、何をやっても粘って、アパートの一室で黒ずんでいく自分がいる。

「……こういうのも、あり、なんだよ、お客さん……」

呻き声を一つ上げて窓辺から立ち上がると、かすかな眩暈《めまい》がして部屋が斜めに傾き、また元に戻る。いつものことだ。隣の部屋に住む、やたらと咳払いし続ける初老の男が、足踏みしている震動が伝わってくる。田辺という名前の独り身の男で、時々同年代の友人が訪ねてはくるが、ほとんど部屋にいて、一日三〇分ほど散歩がわりの足踏みを畳の上でやっているらしいのだ。共同の廊下の突き当たりには、佐々木という、東京大学に通っている山形出身の学生がいて、一階の三世帯については、室田は会ったこともない。

即席の味噌汁とコンビニで買った惣菜で遅い朝食を取り、生天目クリニックから貰っている薬を飲む。ブロチゾラムという睡眠薬と違って、一体何に効いているのか分からない粉薬だが、医師自身は気休めの精神安定剤みたいなものですといっている。

洋服ダンスからチョコレート色のスーツを取り出し、布団の上にほうる。扉の内側にかかったネクタイの列からは、黒と薄茶色の太めのストライプのもの。クリーニング店のビニール袋を乱暴に破って、白のワイシャツを広げ、ゆっくりと腕を通した。洗濯糊と繊維のにおいが冷たく鼻を掠めるのを感じながら、黙々と着替えを始める。

　いつもは適当に流している髪を、ジェルでオールバックに固め、まだPR雑誌「C」をやっていた頃か、リストラを喰らった頃に使っていた極く薄いブラウン色の入ったシンプルな眼鏡をかける。そして、やはり、「C」時代に使っていたゼロハリバートンのブリーフケースを持った。所々に傷や凹みのある年季の入ったものだが、中には二日前の日付の一般紙と、キヨスクで買った求人情報誌、仕事でも使う携帯電話くらいしか入っていない。

　まったくくだらない作業だとは自分でも分かっている。室田は鈍く重い疲れを感じながら、タクシーのルームミラーに消えていく自分の後ろ姿を脳裏に浮かべ、じっと眉間に力を込めた。クルマの揺れやGが戻ってきて、ミラーの中で細かく震動しブレる風景の連続を思い、軽い吐き気が胃を緊張させる。妻の由布子と別居していることや、タクシーの客が置いていく澱について具体的に話している生天目クリニックの医師にも、こんなつまらぬ休日の過ごし方をしているとは伝えていない。伝えられるわけがない。

「……俺とタクシー運転手のムロタタカユキは、別人かも知れないんだよ。俺の背中を映しているルームミラーは、東京には恐ろしいほど夥しい数あるんだろう……」

　脳裏のルームミラーの中に入り込んでいって、うまくタクシーの走る速度のイメージに乗って、自分の意識がミラーの消尽点に抜けたら脱出成功だと、室田は思っている。だが、それで何処へいこうとしているのかを知るわけでもない。

男は握った右拳の中に一回咳をすると、ホテルグランドパレスの回転ドアを抜け、ティーラウンジへと足を進めた。と、こんな感じだろう。

少し黄色がかって年季の入ったジュラルミン製のブリーフケースを持って、窓よりの椅子に深々と腰を下ろす。そうだろう？　薄いグレーの窓ガラスに目を細め、エントランスに並ぶタクシーの列を確かめると、羽織っていたキャメルのコートから手を抜き、そのままだらしなく椅子の背にかける。少し時代遅れというのか、それともいかにも外見に気を遣わないサラリーマンといった、大量販店で売っているようなラインの、濃い茶色のスーツ。室田はそのジャケットの内側に手を突っ込むと、煙草のパッケージを取り出した。

水を持ってきたウエイトレスの、チロリアン風のユニフォームに素早く視線を走らせ、「コーヒー」とだけ告げる。それから、ポマードで固めたような髪に手をやり、人差指だけ立てた奇妙な手つきで撫でつけると、椅子から立ち上がり、レジ近くにある丸テーブルの上の新聞を取るのだ。一面には、杉並区の一家殺傷事件と東北五県を襲った大雪を報じる見出しがある。それと、ナスダックの記事が三段ほど。

いかにも、平日の午後、飯田橋にあるホテルで読む新聞としては妥当な記事だと意味もなく室田は思う。自分のテーブルに戻りがてら、椅子にへばりついたコートを見て、ふと息を漏らす。体の中身だけが蒸発して消えてしまったようで、だが、無頓着な男にはよくある脱ぎ方ではあるだろう。オパール色に光った裏地がケロイドの皮膚のようだ。

新聞をテーブルに置いて、周りの客を見る。

「五時前には会議を終えて、吉兆へ向かうことになるんですけど……」

上司と部下だろうが、親密なにおいのする中年男と若い女が仕事用のレジュメをテーブルに広げている。

「七時過ぎには新幹線に乗っていなければならないから……」

奥の方では、西陣だろう、贅沢な着物を着た初老の女が、何故か放心したように自分の方を見ていて、左のテーブルには、礼服を着た男三人が喘鳴《ぜんめい》のような笑い声を上げて、太い腹を突き出していた。

「明らかに、あれはOBだよ。なんでそれでパーディーなわけ」

ワゴンで運ばれてきたプチケーキを選ぶOL二人組。サーモンピンクのベストタイプの制服が、淫らなほど体を締めつけている。

「なんとか、スポンサーのキーワードを捩じ込んで欲しいんですよねえ」

まだバブルめいたものを引き摺っているのか、それとも乗り遅れて個人的にやってきたのか、派手なファッションをした三〇代前半の男と、対照的に、地味なスーツに細い黒っぽいネクタイをした中年手前の男が打ち合わせをしている。

「ゲラの段階で入れるっていうのは、ありですか……?」

身長がそれぞれ違う三人のウエイトレスと、蝶ネクタイをしたウエイターが一人。後は、気分が塞ぎ込んでしまいそうなBGMが流れているラウンジで、コーヒーがくるのを男は待っているというわけだ。

ふと、それぞれの客の容姿から漠然と行き先を想像している自分がいて、室田は染みついた条件反射に小さく頭を振る。近距離、中距離、長距離の顔というのがあって、距離分の退屈や時間や、あるいはシートに座っている間の疲れに対して、用意している構えのようなものが微妙に滲み出るのだ。もちろん、それがタクシーではなくて、寿命ということもあるだろう。そんなことを思い、今度は小さく舌打ちした。自分は今、すでにルームミラーに背中を映して遠ざかっている男なのだ。何も客について考える必要はない。

運ばれてきたエスプレッソ・コーヒーをゆっくり啜りながら、新聞にじっくり目を通す。一字一句を音読でもするように、丁寧に記事を追っていく。ラウンジのノイズと、自分の現実から浮いた事件に埋没して、まったく他の客にとって匿名であることが重要だ。

男は薄い唇の端に煙草をくわえて、火をつける。また、新聞の囲み記事に目を落とす。体の中に溜まった澱の塊が縁の方から、静かに何本もの触手を伸ばし、煙のように広がり始めるのを感じる。

「で、出張という形で、岡山までこれるか？」

角砂糖に紅茶を染み込ませたようにガサッと崩れてくれると、男は中和されやすい、と室田は胸の中でひとりごちる。澱で作られた奇妙な形の結晶が解《ほど》けていくようにだ。まだ、昔、編集をやっていた頃に見たアングラの雑誌で、タンジールの街を歩く老人の後ろ姿の写真があったのを思い出す。まるで、何処の街でもかまわないほど、孤独で寂しく、そして、自由な歩き方だった。

「厚木カントリーにしましょうよ。近いのが一番だよ」

窓ガラス越しに街路樹が大きく揺れる気配を感じて、男は目を上げる。千代田区に屯《たむろ》する鴉《からす》の一羽が過ぎっただけのようにも思う。すでに薄暗くなった窓はガラスの色のせいもあって、髪をオールバックにした自分の顔やラウンジの客達の影を薄く映している。気のせいか……、と口をかすかに開いた瞬間、男は自分をほんの少し忘れることに成功するのだ。

「ムロちゃん、今日はまたずいぶん、早いじゃない？」

パンチパーマに社の帽子を斜に被った神藤が、楊枝をくわえたまま点検していたタイヤから顔を上げた。

錨《いかり》のマークが小さく入った真鍮の紋章に、光タクシーのロゴが入った帽子で、神藤はいつもそれを隠すようにトップの布をわざとずり下げている。

「……神藤さんこそ、早いじゃないですか?」と、鈍く重い声で答えた。夜の神保町で一人呑んだウイスキーのにおいがまだかすかに残っていて、タクシー運転手から離れていた時間と、今、車庫に入っている自分とのズレに、気分が重くなる。睡眠薬のせいもあるかも知れないが、箱崎ジャンクションの渋滞の中で、ルームミラーから戻ってくるもう一人の自分が現れるまで中途半端なのだ。

「ほら、俺のクルマ、擦られたから、先に空きの足を予約しておかねえとな」

二人で一台のクルマを隔日交代して使うシステムだから、代車を早めに決めないと、廃車寸前のクルマを回されることもある。タイヤがツルツルしていて、事故を起こしてくださいといわんばかりのクルマだ。

「神藤さん、熱心だな」と口を開こうとして、そうか、俺とは違って家族があるか、と思い、一瞬、何故か、由布子が目黒のマンションに住んでいた時に、一人、冷たくなった目玉焼きを食っていた姿を思い出す。確か、自分が徹夜明けの仕事で朝帰りをした時で、ご飯も味噌汁もなしで、皿にのせた目玉焼きだけを食っていた。「何か……作る気が、しなかった……」というのが理由だったように思う。

「……釣りは、どうだったの?　千葉の……」

「まあまあ、だな。けっこう、波出てたわりにはな」

ちょうど神藤の代車のフロントガラスに朝の白い太陽が当たって、目を射てくる。視線をそらして、神藤の履いている濡れたゴム長靴を見ても、しばらく光の残像が邪魔をした。

「……ムロちゃんよお。おまえ、やっぱ、具合、悪いと違うんか？　顔色悪いよ」

「……最悪だよ」と、室田は神藤に手を振って事務所に入る。奥の簡素なスクリーンのむこうに、ロッカーがあって、モスグリーンのジャケットや黒のズボンに着替えるのだ。いつも朝は石油ストーブの周りにいる川瀬も飯島も、まだきていないようだった。

夜勤明けの美輪が、トイレ手前の小上りのような狭い座敷で布団を引っかぶって寝ている。彼もまったく業界の違う所からやってきた男で、今年厄年だといっていた。かすかな細い鼾《いびき》が聞こえてくるが、一日二〇時間も都内を走り回って、こんな静かな寝息を立てる美輪の体はむしろ穏やかではないのではないかと思う。もはや体が反抗することさえ忘れたかに見える。それでも一乗務四万円の水揚げにもならないのだ。

モスグリーンのジャケットに作業用のジャンパーを着て、掛かっている「安全第一」の染みだらけの額に向かい、指差称呼の振りをする。帽子を阿弥陀に被って、事務所から出ようとすると、部長の小松が声をかけてきた。

「おい、室田。……おまえな、これ、何だ？」

ひび割れて黒ずんだ指先に小さなビニール袋が摘《つま》まれていて、自分の服用している精神安定剤の薬だとすぐにも室田は分かった。

「……何ですか？」

「何ですか、じゃないだろう。4号車のシート下から出てきたんだよ。おまえ、病気じやねえだろうな？　具合悪いんだったら、休んで貰うよ」

「4号？　俺の後で乗車したのは誰です？」

「飯島だけどな。掃除した時に出てきたってな」

「じゃあ、飯島さんのでしょうに。悪いけど、俺はピンピンしてるよ。二四時間乗務させろっていってるでしょう」

小松が唇をへの字に曲げ、かけていた老眼鏡の縁から見上げ、眉根を寄せながら室田の表情を確かめてくる。それから、一度、白っぽく見える舌の先を覗かせたかと思うと、深く鼻から息を吐いて、薬のビニール袋を横のゴミ箱に面倒臭そうに投げ捨てた。

「とにかく、事故には気をつけてくれ」

「……で、今日も乗務は4号車でいいんですか？」

目も合わせずに、「ああ」とだけ頷《うなず》いて小松はカウンターの椅子に座る。檻の中にいる、痩せた老猿のようだと室田は思う。

ホースでボンネットに水をかけている神藤と、今きたばかりの西尾が喋っている姿が見える。室田は煙草をくわえて、入口に置いてある洗車用のゴム長靴を履き、西尾に軽く手を上げた。

「一昨日の平塚の客、まいったよお、ムロちゃーん。西湘バイパス、入るくらいになって、財布がないとかいい出してさあ、また、客が呑んでた五反田の呑み屋に戻ってさあ、それから渋谷の会社に戻ったんだけど、何、てめえの鞄の中に財布、入ってんだよお。

いつもは、ズボンの尻ポケットに入れているんだけどお、呑み屋さん、出る時、確かに鞄に放り込んだわ、いってさ。で、途中の折り返し分は、半額にしろってさあ。何、いってるのお、お客さーんってなって、近センに連絡するなんていうからさ、どうぞ、だよ、こっちはあ。ねえ、ムロちゃーん。もう、クタクタだよお。何なの、タクシー運転手っていうのはさあ、神藤さーんもさあ」

室田は西尾の着ているカーキ色のダウンジャケットの肩を軽く叩いて、4号車に向かった。西尾は休日には何をやって過ごしているのだろう。まだ、小学校にも上がらない二人の幼い娘がいるといっていたが。

木場ランプを上がるのは、まず自分だけだろうと室田は思う。

他のタクシーは菊川に向かう三ツ目通りか、茅場町へといく永代通りかを中心に、下の道を通る。もちろん、渋滞を回避するためだが、乗車して、すぐに客を摑むためもある。木場ランプに入る前に、客が手を上げない限り、そのまま9号線に乗ってしまう室田を、神藤や西尾、三枝達は、いつも不思議に思っているだろう。

改良工事が少しは進んだとはいえ、箱崎ジャンクションの名物渋滞が緩和されるわけもない。排気ガスと、騒音と、何層にもループ状にうねる道路の重なり。稼ぎたいタクシーならば、ジャンクションのど真ん中にあるTCAT《ティーキャット》の建物を忌避するように走るはずだ。

図形情報板の電光が、ほとんど渋滞を示す赤色や混雑を表すオレンジ色になっているのを見やってから、室田は白のセルシオとグレーのハリアーに挟まれる形で、ブレーキを踏む。左車線に覆い被さるように横付けされた一〇トントラックの腹に汚れた雪の塊がへばりついて、横に長い等高線のような模様を描いているのを見る。福島あたりからきたのだろうか。

室田は阿弥陀に被っていた帽子をいったん取ると、今度は眉が隠れるほど目深に被り直した。会社の手前にあるコンビニで買ったペットボトルのミネラルウオーターを口に含み、キャップを閉めるとボトルを助手席シートに放り投げた。

「……戻ってこれるかねえ、お客さん……」

低く呟きながら、ルームミラーの中を睨《にら》みつける。ハリアーのマークがちょうど真ん中にきていて、その少し上にフロントガラスを通した若い女の唇までが見える。顔は見えないが、唇の形のいい女だ。

目を細め、ミラーの奥に自分の後ろ姿が現れるのを想像してみる。前のセルシオのブレーキランプが消えて、また点灯して止まるのが分かった。キャメルのコートを着て、銀色のブリーフケースを持った男が、このルームミラーを見ている自分とはまったく無関係に歩いていくのをイメージする。何処にでも他人のようにいる自分……。

いつのまにか撮られた写真を見て、自分の後ろ姿に気づかず、一体この端に写っているのは誰なんだと、しばらくの間、考えているのに似ていると思う。まだ目黒に住んでいた時に、一人で取材にいって撮ったはずの石廊崎の写真に、自分の後ろ姿が写っているのに気づかず、由布子に見せたことがあった。「これは誰が撮ったのよ?」と聞く由布子に、断じて自分の後ろ姿ではないといい張った。すでに、その頃から由布子とは気持ちが離れてしまっていたのだろうが、自らの背中が想像以上に老けているのに気づいて、自分自身からも離れていったのかも知れないとも思う。いや、まして、三〇歳にもなれば、自分を探すなどすること自体が恥ずかしいものだろう。

室田は排気ガスが入り込んでくるのもかまわず、ウインドウを開けると、煙草に火をつける。ヒーターの風量を最大にし、煙が外に逃げるようにして、またルームミラーを見つめた。体の角度が変わったせいで、後ろの風景がわずかにずれて、ハリアーのフロントガラスから昼の女が消える。そのかわり、一〇トントラックの後ろについた、黒の四駆のバックミラーが新たに侵入してきていた。

「お客さん……毎日毎日、楽しいですか?」

キャメルのコートを着た後ろ姿の男は、グランドパレスのラウンジに三時間半ほどもいて、新聞三紙を熟読し、無駄だと思いつつも就職情報誌を丹念にチェックした。プログラマー、別荘管理人、編集経験者、システムエンジニア、予備校講師、コンビニ店長代理、保険営業、タクシー運転手……。それから、ようやく席を立ち、近場であるにもかかわらず、星三つのマスターがついた提灯マーク、個人タクシーに乗り、神保町の三省堂書店前に向かったのだ。別に当てがあるわけでもない。

「運転手さん……。ケーリー・グラントが出てくる映画で、銀のトレイにミルクの入ったグラスをのせて階段を上がるの、知らない？」

個人タクシーのルームミラーに、運転手の不審そうな目が一瞬動いたのが分かった。靖国通りの混雑に視線を流し、神保町界隈を歩く勤め人や学生達を見やっていると、すぐにも書店前につく。初乗り650円。人混みの間を縫って裏の路地を歩いているうちに、小さな呑み屋を見つけ、ただの一酔客となった。店の者とも話さない。髪をオールバックに固め、ゼロハリバートンのブリーフケースを持った男は、煮込みを食いながら、最低限必要な一か月分の営収についてぼんやり計算し、谷中の安アパートに帰ったのだ。ただそれだけの休日だった。

室田はルームミラーから排気ガスで紫色に煙るTCATのビルに視線を移す。渋滞の気を紛らわすクラクションがあちこちで鳴り、時々エンジンを無駄にふかす音も聞こえてくる。ウインドウを上げると、灰皿に煙草を揉み消して、目を閉じた。休日で少しは体に残ったクルマの震動を消したつもりが、またすぐにも呼び戻されて、ニュートラルに入れたエンジンの回転と共鳴している。

伏し目がちに薄目を開けると、ルームミラーにハリアーを運転する女の唇が戻ってきていたのが見える。塗ったばかりの濃いルージュが濡れ光って、熱帯魚が鏡の中に浮いているようだ。目深に被った帽子の縁からミラーに映る唇を睨む。女の方からも見えるとすれば、自分の薄い唇や顎のあたりになるのだろう。室田は唇の片端だけ上げてミラーをさらに睨んだ。左車線のトラックがゆっくり動き出し、室田は反射的に左にウインカーを出して、トラックと四駆の間にクルマを捩じ入れた。さっきまで前にいたセルシオが自分のクルマの右を後ろへと滑る。と、セルシオの前に止まっていたロードスターとの間に空間ができて、また右へと素早く車線変更する。表示板には一ツ橋ランプまで二〇分の表示が出ている。ルームミラーにはセルシオに乗った中年の仏頂面がフロントガラス越しに見え、小さく舌打ちした。

と、表示に出ていた渋滞を示す赤い点灯が消える。何かが解除されたのかと思っているうちにも、前のロードスターが太い排気音を吹き上げて走り出す。室田もアクセルを踏み込み、左の一〇トントラックを追い越すと車線変更し、さらにアクセルを吹かして、右のロードスターの前に滑り込み、さらに右にポッカリと空いた空間にクルマを入れ込んだ。左の車線に連なるクルマのウインカーに注意しながら、一気に踏み込んでスピードを上げる。

「戻ってきたか？　お客さん」

左から車線変更してきたボルボの代わりに、また左に移動し、そのまま直進しながら加速。追い越し車線のボルボを右に抜きながら、さらに右へと移動し、前に出る。ミラーに映った三〇歳前後の男が唇を尖らせている顔が見え、室田はボルボから離れるためにもう少しアクセルを踏み込んだ。Gがかかってシートに体が沈んだと思うと、いつのまにか江戸橋ジャンクションを左に入っていて、新京橋ランプ方面へと走っていた。

「……こういうこともあるだろう」

室田は鼻先で笑いを漏らし、直進を一〇〇キロほどのスピードで走り、右へと直角に曲がる手前でブレーキを細かく踏む。そして、一気にアクセルを踏んだまま右へ大きくハンドルを回した。左に体がのめりそうになるほど横Gがかかるのもかまわず、スピードを一〇〇キロ以上に維持する。

東銀座、西銀座ランプを過ぎたと思うと、いきなり前方に密集するクルマの塊が霞んで見えてきて、ブレーキを静かに数段階に分けて踏み込んだ。左車線の黒のプレジデント横に滑り込み、ワゴン車の後ろにつける。「子供がのっています」のステッカーがリアウインドウに貼ってあるのを見ながら、プレジデントとヴィッツの間に入り込む。速度一〇キロ前後の渋滞。アクセルから足を離して、クリープに任せて走らせているうちに、丸の内ランプ手前の所で、何故か若い女が車線の隅に立ち尽くしていた。

「何、やってんだッ、危ねぇッ」

見ると、手にヒッチハイクでもするように横浜方面と書かれた紙を持って、クルマの列を見つめている。

「冗談だろう?」

一斉にクラクションがあちこちから鳴るのが籠って聞こえてきて、室田は空車の表示から迎車に変え、女のいる左車線から離れようと、ハンドルをゆっくり右に回した。

だが、タクシーの表示灯にすぐにも気づいた女が落ち着いた足取りで歩いてくるのが見える。室田は帽子の縁で目を隠すようにして、前の車のブレーキランプがつくのを見つめていた。溜息を漏らし、室田もブレーキを踏んで、ギアをニュートラルに入れる。

その時だ。ウインドウを焦ったように細かく叩く音がして、見ると、歩いてきた女が由布子だと気づき、それから、ノックされているウインドウは左ではなく右で、ぼんやりした目の焦点を戻していくうち、濡れた形のいい唇がガラス越しに動いているのに気づいた。

「……何⁉」

素早く目深に被っていた帽子を指で弾き、シートから体を起こす。

渋滞の中で自分が完全に寝ていたのだと気づいたのは、それから一瞬後のことだった。小松部長が指で挟んだ自分の薬包が脳裏を過ぎる。見れば、まだ箱崎ジャンクションの中で、自分の日産クルーの前を、歩くような速度で他の車線からクルマが入り込み、進んでいる。後ろのハリアーに乗って、少しも動かないタクシーに業を煮やした女が、ご丁寧にも降りてきて窓をノックしてくれたというわけだ。

室田は慌ててウインドウを下ろすと、眉を寄せていた若い女に口を開いた。唇の形はいいが、目も鼻の造作も悪い、ひどいツラだと胸の中で思う。

「いやー、すみません。けっして寝ていたわけではなくて、少し考え事をしていたもので……」

室田がそういいかけたと同時に、女が反射的に顰めた顔を引いて、手で扇いだ。煙草臭い息を牽制《けんせい》したのだろう。それとも老いやすいタクシー運転手の臭い息にまいったか。

「いい加減にしてよッ。こんな高速の上でッ」

「イヤ、本当に申し訳ありません」

「みんな、迷惑してるじゃないッ」

「ごもっともでございます……」

頭を下げつつ、さっきからクラクションが鳴っていたのは、一瞬の夢で見た女に対してのものではなかったのかと密かに苦笑する。室田は女がハリアーに乗り込むのをバックミラーとルームミラーで確認してから、わざとギアをいったんRに入れて見せる。女のハリアーから長いクラクションが鳴ると同時に、ルームミラーに怒りで歯を剝き出した形のいい熱帯魚の唇があった。

室田は親指を突き出した拳をミラーに掲げ、覗き込むと、二度ハザードをつけ、静かにクルマを前進させた。

3

一ツ橋講堂前で初老の男を拾い、錦町回りで東京駅丸の内口。そこから本郷通りに出て、小川町あたりを流す。都民銀行前で、分厚い茶封筒を抱えたOLを水道橋の善隣会館まで。法政大学からインド人かパキスタン人か分からないが、紀尾井町のホテルニューオータニまで送った。

交差点でも、横断歩道上でも平気で客達は手を上げ、自分達も後続のクルマの流れを無視して、強引に左につける。夥しい看板やビル群の起伏や色彩の中を走りながら、フロントガラスのスクリーンに唐突に現れる挙手に対してだけは反射的に反応する。釣り好きの神藤は「浮きが水面に輪を作る感じだよな」といっていたが、その漣《さざなみ》の輪が大き過ぎて、ドライバー側に客を選択させる時間を与える奴らもいる。明らかに近距離であるとか、風体の悪い客はそのまま無視して通り過ぎてしまうこともあるが、時々、タクシー近代化センター経由で苦情がきたりして小松部長にネチネチ小言をいわれるのだ。

外堀通りの新橋駅近くにきて渋滞が始まり、室田は無線のボリュームを上げ、シフト近くにセットした携帯電話の着信履歴を調べる。何も入っていない。昼過ぎの歩道を多くのサラリーマンやOL達が歩いているのを、室田はぼんやり見つめる。快晴とはいえ、外は寒いのだろう、男達はポケットに手を突っ込み、肩をすくめながら歩き、女達は体を寄せ合い、カーディガンの二の腕を擦りながら歩いている。サンダル履きの黒のストッキングから踵《かかと》が白く浮いていて、何か間抜けな感じだと室田は唇の片端を上げた。

「東銀座、歌舞伎座前、ありませんか？　東銀座、歌舞伎座前……」

紙を細かく破っているようなノイズ音に紛れて、無線局の桐山の声が入ってくる。室田は無線のマイクを取ると、「２１４……、歌舞伎座まで五分」と無愛想に答える。

「２１４、五分？　歌舞伎座向かいの……、え？　２３５号ね。あのね、歌舞伎座向かいのビル、ＢＳＮ放送の片桐さん……え？　片、桐、さん。急いでね。……はい、お願いします」

２３５号の西尾がすぐ近くにいるのだろう。客にとっては近くのタクシーの方がいいに決まっている。別に、シャクられたわけでもない。西尾も今、桐山の無線で、自分が近くにいることを知っただろう。まったく走っている間は他の者達のことを考えることなどないが、無線で近くにいることを知ると、急に街を漂流していた気分になる。同僚の存在に、海がそれほど深くないことを知るが、川瀬や飯島が近くにいたら、難破か座礁だ。

「２１４、キャンセルね。お願いします」

コンセントでも引き抜いたような音とともに、無線が切れる。

室田はウインドウをかすかに開けると、ダッシュボードから煙草を取り出して火をつけた。混雑したクルマの音のむこうに、山手線や京浜東北線がガードを走る音が紛れて聞こえてくる。前方に視線をやると、いくつもの車体が日の光を反射させる先で、銀色の山手線が新橋駅のホームに入り込むのが見えた。

「……疲れる風景だな」

車両に乗った人々のシルエットも小さくだが見える。煙草の煙を細く吐きながら、室田はその車両に乗っている自分を想像してみる。体重をかけるようにして吊革に摑まり、ぼんやりと外堀通りに繋がるクルマの列を眺めているのだ。周りの乗客の会話が頭の中で明滅する。すぐにも、人の声が遠くなり、目の前のシートで居眠りする若い女の旋毛《つむじ》に目を落としたりして、俺は学生時代のことなんかを思い出したりするんだろう。そして、力のない視線を車窓の外にやり、渋滞するクルマの列の、はるかむこうに光タクシーの表示灯をつけたタクシーを見つける。帽子を目深に被りながら、山手線に乗っている自分の方を睨みながら煙草を吸っている運転手を発見するのだ。

軽いクラクションが鳴って、室田はルームミラーに一瞬視線を走らせ、ブレーキから足を外した。ほんの二メートルほどクルマの前が空いただけだ。

「いちいち、鳴らすな、タコ……」

ルームミラーに映る小型トラックの金髪の青年に、煙草の煙を吹きかける。新橋駅ロータリーに停車した黒い街宣車が、いきなり大音量で内閣批判の演説を始めるのを聞いて、室田は煙草を灰皿に押しつけるとウインドウを上げた。

「西新宿、近いクルマないですか？　十二社《じゅうにそう》温泉会館……。西新宿四丁目、十二社温泉会館……」

無線を無視していると、シフト横の携帯電話が小さく鳴る。顧客からかと素早く通話ボタンを押して、「お電話、ありがとうございます、室田でございます」と、まるで自分のものではないような営業用の声音を出した。

「もしもし？　室田でございますが」

街宣車やガードを走る電車などの騒音でよく聞こえない。かすかに受話器の奥から駅ビルかデパートか大きな建物に反響する女のアナウンスの声が聞こえてくるが、確かには分からない。と、思っているうちにも、電話は切れた。電波のせいではなくて、相手側が電話を切ったせいだ。

「おい、何だよッ」

着信履歴を見ると、非通知になっていて、室田は舌打ちして電話を置いた。その時、ふと、箱崎ジャンクションで一瞬転寝《うたたね》して見た女の夢が脳裏を過ぎる。由布子か、と一瞬思ってみるが、無言電話をする女ではない。それに、別居してから、たった一度、年金の支払いについてかけてきたきり、音沙汰はない。横浜にいるジョーン・フォンテインは、鬱状態に陥って悪戯《いたずら》電話をするような女じゃない……か。室田は唇を緩く歪め、息を漏らした。

神保町の蕎麦屋で昼食を取り、しばらくタクシーの中でシートを寝せて横になっている。生天目クリニックで処方して貰った薬の顆粒が、歯の間から一粒出てきて、苦味が口の中に広がる。放散する味に、鉛色の煙が喉から食道、腹へと細く下っていくのを想像して、暗い内臓をさらに黒く燻《いぶ》す感じがし、むしろそれが心地よかった。

突然、わけもなく胸が苦しくなって、ひどい汗を体じゅうから噴き出したのは、タクシー業界に入って二週間ほどしてからだった。前勤めていた建設会社のある四ツ谷駅近くを走っていた時で、見慣れた風景がルームミラーの中をゆるゆると縮んでいくのを見た瞬間に陥った。凄まじい頻脈と同時に視野が薄暗くなってきて、急に胸を締め付けられるような状態になったのだ。すぐにもハザードをつけて、クルマを停めたのだが、「大丈夫だ、俺は大丈夫だ」と延々念じ続けて、ようやく一時間くらいして症状が治まった。

「いわゆる、流行《はや》りのパニック性障害ですねぇ」と生天目はいい、「ある種、定年退職した方々のパターンに近いです。やってはいけないと分かっていながら、昨日までいた会社近くに向かってしまう時に起こるわけで、室田さんは二度と会社に戻りたくないと思いつつ、その戻りたくない、仕事を辞めたいと思い続けた昔の状況を探すために、戻るわけです」と、くどくて、節くれだった説明をしたのだ。

シートを起こすと、ドアを半開きにして顔を突き出し、唾を路面に吐き捨てる。それから、フリスクという清涼菓子を口の中に放り込むと、サイドブレーキを下ろした。

白山通りから靖国通りを右に折れて、九段北へと向かう。神保町からの緩く長い坂道を上がって靖国神社脇を通り、また下り坂に入る時、必ず胃が持ち上がって嘔吐感を催す。タクシードライバーにあるまじきことだろうと思う。

麴町郵便局前を通過して、道路の先に市ヶ谷駅入口の混雑が目に入る。左に路駐したクルマの列の合間に人影を探しながら少しいった時、右の歩道の縁にタクシーを待っている男の姿が見えた。どちらにしろ反対車線のタクシーを待っているのだろうから、無視しようと思った時、男が素早く大きく手を挙げた。何か視線を引きつけるタイミングで、反射的に男に目がいく。と、今度は、もう片方の手で左に路駐したクルマの列の空いたスペースを指差したのだ。

まるでカサヴェテスの写真だ、と思いながら、無意識のうちにハザードをつけ、バックミラーを確認し、空いたスペースにタクシーを入れ込んだ。

由布子の好きだった映画監督のジョン・カサヴェテスが、腕を交差させ、一方の指先をカメラ、つまり写真を見ている者を睨みながら向け、もう一方の指先を違う方向に向けているスナップがあったのを思い出す。思わず、その違う方を向いた指先に神経がいってしまうのだ。室田は由布子に「嫌らしい奴だな」といった覚えがあるが、要するに、「あっち向いてホイ」を喰らった気分で不愉快になる写真だった。

クルマを停めて、車線の反対側にいるアルカディア会館前の男を見ると、足の間に置いた引き出物の袋だろうか、それを摑み、左右を見渡してからゆっくり歩いてきた。室田は息をルーフに吹き上げながら、シートの右にあるレバーを操作してドアを開ける。

黒いコートの前を合わせ、光沢のある紙袋をシート奥に滑らかに抛《ほう》ると、落ち着いた動作で客が乗り込んできた。車体が二、三回揺れる。だが、さほど体重を感じさせる揺れではない。男のコートから外の冷たい空気が運転席まで膨らんできて、かすかに酒のにおいも混じっている。

「……悪いね、運転手さん……。反対側から停めてしまって」

低く、陰鬱な声だ、と思いながらも、「いえいえ、どちらですか？」と気さくさを装った声で応えて、ルームミラーを見る。シートに体を沈ませたまま、じっとわずかに充血した目だけルームミラーに向けてきた。髪を軽くバックに流していて、うっすらと無精髭をはやしている。歳は自分に近い三〇歳くらいだと思う。目つきの遠さというのか、声の質というのか、だんだん喋りがエスカレートしてきて、絡んでくる嫌なタイプだ。

「……ああ、どうしようかな……うん、芝浦の埠頭公園……」

タクシーを止めた時の動作とギャップのある重い口調に、室田はもう一度帽子の縁からルームミラーの男を見つめる。わずかに口を尖らせるようにして、自分のジャケットの肩口やヘッドレストあたりに視線を泳がせているのが分かった。

「お客さん、田町駅むこう、海岸通りの？」

「芝浦ランプ近く……」

「でしたら、内堀通りをいって、新橋ランプで乗りますか？」

「いや……下でいいよ。桜田通りで」

以前、路上講習で埠頭公園や交通局の車輛工場あたりを回ったことがある。頭の中に大まかな地図を思い描いて、右のウインカーをつけ、クルマを走らせた。

「へえ……やっぱり」と、突然、男の口からさっきとは違う質の声が漏れて、室田は前のクルマとの距離を確認しながら、矩形のミラーに目を走らせる。無関係な同意を期待してのことだろう。「お客さん、何がですか？」と聞かれるのを前提に呟く態度に、室田は気づかれないように舌打ちしたつもりが、小さく音が破裂して耳のあたりが熱くなる。だが、絶対に、俺はそんなことは聞かない、と腹の底を硬くした。

「こんなことが、あるのか……はあ」

深い溜息混じりにいう男の視線を追うと、助手席前のダッシュボードにある自分の運転手登録証か、フロントガラス越しに、路駐しているクルマの列を見ているようだ。だが、目を細めた睫毛の間にまったく動かない瞳があって、やはり、登録証を見ているのかと室田は思う。

「……お客さん、どうしました？　何か？」

「え？　いや、何でもない。何でもないんですよ、運転手さん。別に、いい……」

そう男は答えるものの、また「ふーん」と唸って登録証を見つめているようだ。シートの裏から背中を撫で摩《さす》られている気分になる。少し、荒めに市ヶ谷駅前の角を左に曲がって、ルームミラーに映る男を揺さぶってみる。

「おっと……」と小さな声を漏らしながらも、ドア上のハンドレストに指先をかけ、頭を少し横に傾げたくらいでミラーからは隠れもしなかった。

「お客さん、すみません」

「いや……いいよ、別に。……それより、ちょっと、窓、開けていいかな？」

男がウインドウを五センチばかり下げる間、室田はマイクロカセットレコーダーのスイッチを念のため入れる。この手の客は必ず絡んでくる。

名前、室田っていうんだ？　貴之、さんねえ。その生年月日さ、嘘だろう？　もうちょっと老けてるんじゃないの？　別人の写真だよねえ。光タクシーなんていうのは、聞いたことがないよなあ。ナンバー、ひょっとして、田舎の陸運支局のだった？　このクルマが車検まで後二年ってマジかよ。なんでこんなルート選択するんだよ……。

ホテルニューオータニ横を通るあたりで、男が手を伸ばす気配を感じ、室田はミラーを見る。相変わらず瞬きの鈍い、暗い目つきをしていて、眉根をわずかに捩じり上げている。視線の先は助手席シート裏にあるリーフレットの入った箱だ。電話秘書に関するものと、近視手術に関するもの、それと迎車のための、自分の携帯電話と会社の電話番号が印刷されたものだ。男が名刺大の緑色のシンプルな紙を手にしたのを見て、室田は口を開いた。

「いつでも、ご気軽に声をおかけください」

男はただ「うん」と体に籠った声を出しただけだった。

「……お客さん、結婚式でしたか？　アルカディア会館前だったですね。ご友人の？」

ミラーの中の男が顔を上げる。コートの襟元に手をやって、白いネクタイのノットを緩め始めた。

「うーん、まあ、そんなところですかねえ」

「どうなんでしょう、最近の結婚式というのは、やっぱり実質主義というか、質素になってますか。こんな時代ですからね」

男が一回粘った咳払いをしてから、少し体勢を変えるためにシートで体を重たく弾ませる。

「……運転手さん、そんな、世間話、いいよ。……それに、そんな営業用の声を出さなくてもいい。気にしないでくれよ、同じ歳だ」

　室田は前のレジェンドのリアウインドウにじっと視線をやったまま、顎に力を込める。腹の底にチリチリと焦げるものがあって、ゆっくりと体の中に広がってくるのを感じた。肩から腕にかけて硬く緊張するのも覚え、それを押さえ込もうとさらに奥歯を噛み締める。別にどうということもない、と胸の中で思うが、一気にアクセルを踏み込んで、レジェンドにぶつけたい衝動が明滅した。俺はどうかしている……と室田は小さく尖らせた唇から息を細く吐いた。これもパニック性障害の症状の一つなのだろうか。

　男を見ると、そんな室田の顔を確かめて、うっすらとした無精髭の下の口角を少し上げているかのようだ。室田はハンドルから右手を離すと、目深に被った帽子の縁を人差指で弾くように阿弥陀にする。

「それで、いいよ、運転手さん」と、かすかに笑いを漏らし、男はいった。

「運転手さんは、結婚とかしてるの？　俺はー、半年前に別れたけどね」

「してるけどな、お客さん。別居中だよ」

「おう……そういう声なんだ、本当は……。安心するよ。ああ、煙草、いい？」

「どうぞ」と、ぞんざいに答え、室田はハンドルを今度は丁寧に切る。

「大体、人が人と一緒に暮らすなんてのは、どだい、無理があると思わないか、運転手さん？　好いていても、一緒になるもんじゃない」

「そんなもんかな」

「何もいいことはない……うーん」

男がいきなり低い唸り声を上げて、窓の外を見ている。外苑東通りから桜田通りに入る変形の交差点で、ホンダＥＶが大破していた。道に対して斜めに停まっているいすゞエルフもフロントを抉《えぐ》られるように凹んでいる。直進車のいすゞと右折車のホンダが衝突したのだろう。まだ、救急車もパトカーも出動していなくて、ホンダのクルマの潰れたフロントとシートの間に、髪の長い女の頭が挟み込まれ、ひしゃげたドアの縁から光りぬめった血が白い車体を汚していた。

アスファルトの路面を光らせたガラスの夥しい反射が、何か女の失禁のようで、室田は片目を細めながら慎重にハンドルを切る。ミラーを見ると、男は無表情な顔で煙草をくわえながら大破したクルマを見つめ、皺を入れていた眉間を開いていた。おそらく、運転していた女は胸部圧迫と脳挫傷で死んだだろう。

直進に入ってから、室田が念のため、無線のマイクを手にして事故の報告をしようとしていると、男が遮った。

「大丈夫だろう……。もう、サイレンの音が聞こえる」

と、ミラーに映る霞ヶ関方面の道を、点滅する赤いライトがクルマの列の間を縫っているのが見えた。

「なあ、そう思わないか？」

「ああ、きたようですね」

「はい？……いや、さっきの話だよ。何もいいことはない、という話だよ」

室田は対向車線に並ぶクルマの列を見やり、それぞれのドライバーの顔を確認した。こういう変な客を乗せたタクシードライバーという奴を見てくれ、という気分だった。

それから、ほとんど口をきかないまま桜田通りを走ったが、田町駅近くの札ノ辻橋前にきた時、男が息を短く吸って、ミラーに映る自分の顔を見るのを室田は感じた。

「……室田、さん……だよねえ。悪いんだけど、行き先変更して、高円寺にいってくれないか？　目黒通りから環七で上がってよ」

都内の地理にわりと詳しい男だと思う。営業でけっこう回るのだろうか。

「え？　埠頭公園はいいんですか、お客さん？」

「ああ、やっぱりいい。馬鹿馬鹿しくなった。帰って寝るよ……」

夕方前の埠頭公園に、三〇歳の男が引き出物の袋をぶらさげて、一人で過ごすというのも確かに気色悪いとは思う。室田はそのまま直進して、寺を過ぎてから魚籃坂《ぎょらんざか》で曲がった。まだ、クラッシュして潰された空き缶に挟まれたような肉塊の像が、脳裏にはっきりと残っている。男はまるでその辺の神経が切れているのだろうか、桜田通りに入ってからは事故に関して一言もいわなかった。

「室、田、さんは、なんで、俺が、埠頭公園になんか、いくんだろうって思ってたろう？」

「……いや、別に、いちいち客の行き先の理由など考えないよ、お客さん」

「あんたのその声と、ルームミラーに映る目は、暗いなあ、しかし。……でも、まあ、そうだよな。考えてらんない」

明治通りに入ってから、室田はまた帽子を目深に被り直す。何処で会社のタクシーとすれ違うか分からない。川瀬や飯島だったら、すぐに小松部長にチクられる。

「それより、お客さんの仕事、何です？　いやに道に詳しいじゃない」

「警察。……なんてな。失業中だよ。最悪だ」

結婚式の帰りに、別れた女房とよくいった芝浦の埠頭公園へいき、とりとめもなく回想するというのもありかも知れない。男はみんな、何処かに臭いほどの感傷を抱えている。少なくとも、女よりは湿っているものだ。「その戻りたくない、仕事を辞めたいと思い続けた昔の状況を探すために、戻るわけです」と生天目がいったのと似ているものだろうと、室田は唇を歪めた。

「おかしいか？」

「思い出し笑いだよ」

「……あんた、この仕事、向いてないんじゃないの？」

ようやく絡みが始まったかと、室田はじっと前方を見つめ、男の次の言葉を待った。

ふと、光タクシーの会社奥にある薄暗いトイレが脳裏を過ぎる。曇りガラスの小さな窓に取り付けられた、ルームミラーに映る自分の目……。だが、男はそれから口をきかず、ずっと車窓の外の景色をぼんやり眺めていた。環七が早稲田通りにぶつかった所にきて、ようやく男が口を開いたが、「ここでいいよ」と相変わらず無愛想な声だった。

「田舎から集まった、学生の町だよ、室田さん。そんな、安いアパートに、俺は住んでいるんだよ。まあ、悪くはないけどな」と、男はメーターを見てから、コートの下の黒い礼服に手を突っ込む。取り出したのは、祝儀袋だった。乱暴に水引きを袋から抜くと、中の封筒を取り出し、切る。中から二万円出てきたところで、室田は目の端で見ていた顔を前に戻した。

「祝儀をやる気にもなれなかった……。最低の結婚式だよ」

そのうちの一万円を摘んで、運転席に伸ばしてくる。室田は領収書と釣りを男の手に渡し、一応、「忘れ物ないようにな」と投げるようにいった。

「タクシーに乗って、そんな口のきき方されたのは、初めてだよ、室田さん。……いいもんだな」

男はそういって、シートに置いた引き出物の袋を抱え、タクシーの外に出た。

クルマの中の空気が少し軽くなった気がする。軽さというより、男のくすんだ塊が転がり落ちた感じといった方がいいかも知れない。男は、「おお、やっぱ、寒いや」と、転寝から覚めたような声を小さく上げると、高円寺駅方向に歩き出した。

乗務記録にボールペンでルートを殴り書くと、そのボードを助手席シートに放り投げる。そして、一回帽子を外して髪を掻き上げた。地肌から滲み出た脂のせいか、それとも汗のせいか、掌がぬめるほど湿っている。こういう時だ。気管支が締め付けられるような苦しさがやってきて、頻脈が訪れるのは。室田は急いでシート右脇のレバーでドアを閉め、サイドブレーキを下ろした。

「関係ない……関係ない……」と胸の中で呟きながらウインカーレバーを上げる。後続のクルマが連続していて、なかなか車線に入り込めないと思っていると、ルームミラーに男の歩く後ろ姿が映った。少し右肩下がり、黒いコートに、黒いパンツ。引き出物の紙袋をつまらなそうにぶらさげて歩いている。身長も体つきも、自分と同じくらいだと思う。ふと、歩道に停めてある自転車の列に顔を向けた時の横顔が自分に似ているとも感じて、室田はウインドウを大きく開けて、唾を吐き捨てた。陰鬱な背中だと思う。

「お客さん、失業中かよ。気の毒にな」

室田は回送の表示にすると、ドアミラーを一瞥《いちべつ》して、いきなりアクセルをふかし、車線に躍り出た。後ろのクルマが急ブレーキを踏む音が聞こえたが、室田は窓から手を軽く差し出し、そのままアクセルを思い切り踏み込む。路面にタイヤが空回りしながら、尻を振るのが分かった。近センから小松部長に連絡が入って減給されるかも知れないが、あの憂鬱な客から離れることが先決だ。

ルームミラーにタイヤが路面に擦れて噴き上げた紫色の煙が見える。

水揚げが四万円と少しの状態のまま、箱崎ジャンクションを通って午前二時に帰庫し、三枝が自家用で使っているトヨタのラウムに一緒に乗せて貰って谷中に辿り着いた。三枝はそれでも五万円は水揚げがあったといって、少しビールを入れていたが、五万円でも一日の営収としては昔よりはるかに少ない。

室田は部屋に着くと、珍しく留守録の点滅ライトがついているのに気づいて再生ボタンを押す。一瞬、安アパートの一室に仕掛けられた時限爆弾の点滅だと考えている自分がいて、早くブロチゾラムを飲んで寝た方がいいと思う。すべて、あの結婚式帰りの、しかも祝儀も渡さず帰ってきた奇妙な男のせいだ。いやに、その男の影が絡みついてくる。

留守録は、一つは無言電話、もう一つは、まったく覚えのない男の名前でメッセージが入っていた。

「……岡崎、と申しますが、室田さん、お留守のようなので、またお電話致します。失礼致します」

短いが、何か妙な太さというのか、実直さを装う声で、自分よりも一〇歳は上の声だ。落ち着きと同時に、そのしっかりした口調の中にちょっとした強引さが混じっている。ふと、黒コートの男が脳裏に浮かんだが、自分の電話番号を知るわけもないし、電話線を通した声とはいえあまりに質が違う。

岡崎……岡崎……、と反芻してみるが、まったく覚えがない。昔の仕事関係の者達も考えてみたが、岡崎という名前の男はいなかった。セールスの類だろうが、自分が知らない人間が自分を知っているというのが引っかかる。これも神経の病に附随するものなのだろうか。

声に敏感になったのは、タクシー運転手になってからだ。ルームミラーで客の顔を見ることはあっても、まず正面から話すなどということは少ない。防犯ガラスの後ろの客を、声や話し方や呼吸の仕方で判断するしかないのだ。タクシーの中だけ命令口調になる貧しい奴や、逆にいやに丁寧な話し方をする屈折した奴や、明らかに自分と似た思いを燻らせ続けている奴らの腹の中は、大体、声で分かる。

「ひでえ疲れて、明らかに、ハイヒールを踵から抜いて、プラプラさせてるような喋り方する女いるだろう？　たいてい、香水がきつくてさ、窓を全開してもシートに染み付いて、落ちやしねえ。でさ、振り返って、レシート渡すと、とんでもなく美人だったりするわけよ。たまげるじゃねえか。あれは、一種の整形だぜ」

神藤はミラー映りのいい女よりも、声と話し方の丁寧な女にそそられるといっていたが、他の運転手も大体そんなものだろう。金が払えなくて、体で代償させてくれという女以外ならばだ。もちろん、もしも、そんな女が実際にいればの話だが。

留守録の岡崎という人物の声に、結局、室田は記憶がなくてすぐに削除してしまったが、次の乗務の時に、またまったく覚えのない名前の男から、今度はタクシーの中の携帯電話の方にかかってきたのだ。

「……室田、さんですか。いつも、そこで、何やってんだよ、あんた……」

だが、この声には記憶がある、と室田は思う。

4

小さな液晶の窓には非通知の表示が出ている。低くて、声だけ聞いていると影のように黒く潰れた男の顔しか想像できないが、確かに覚えのある声だ。

「いつも、そこで、何やってんだよ、あんた……」という言葉に、室田はシートから背中を浮かせると、時間をかけてゆっくりと吸っていた煙草を灰皿に押し付け、念入りに揉み消した。そして、阿弥陀に被っていた帽子に手をやり、目深に被る。単なる悪戯電話でカマをかけているのかも知れないし、日産クルーに乗った自分を何処かから見ているのかも知れない。じっと帽子の庇越しに、エンジン回転計の白い針を見つめた。

箱崎ジャンクションの二車線が、右隣からくる二車線と合流する股座《またぐら》の手前で、室田はいつもの儀式をやっていたのだ。木場ランプに入る前にコンビニで買ったミネラルウォーターで、生天目クリニックから処方してもらった精神安定の薬を飲み、ルームミラーの中から自分の後ろ姿が戻ってくるのをイメージしていた。少しずつ、少しずつ、タクシードライバーになり切っていって、運転席の自分とミラーの自分とが重なるのを待つ時間だ。目を閉じ、しばらくの間シートに体を預け、そのうちエンジンの震動に馴染んできたら、ウインドウを開け、煙草を一本吸う。

渋滞するクルマのエンジン音やクラクション、排気ガスが入り込んでくるのもかまわず、早くても一五分、道路状況を示す図形情報板の電光がオレンジ色に変わるまで箱崎ジャンクションの上で放心している。

「……なあ、聞こえてるんだろう？」

かすかなノイズはあるが、また直接耳の中に低く囁かれる男の声がしてくる。時々鳴るクラクションや隅田川の上空を飛ぶヘリコプターの音が紛れ込む。おそらく電話からではない。実際に自分のクルマに届いている音だろう。

一昨日、アパートの留守録に入っていた岡崎とかいう年配の男の声ではない。だが、間違いなくごく最近、耳にした声だ、と思っているうちにも、室田は左半身を後ろから撫でられるような気配を感じ、思わず奥歯を噛み締める。少し右肩下がりの黒いコート姿が見えてきて、ジョン・カサヴェテスの手を交差させた写真が閃き、室田は舌打ちした。ウインドウを上げながら、送話口に押し込むように声を搾り出す。

「……あんたか……」

「……分かるのか？」

「……ホンダEVの女……。外苑東通り交差点の。助かったみたいだな」

アスファルトの路面に散らばったガラスの反射が脳裏を過ぎる。

「それは……良かった」

市ヶ谷駅近くのアルカディア会館から乗車した客だ。自分の携帯電話番号は、助手席裏についたケースから抜いた迎車カードで分かったのだろう。シャツの中にでも手を突っ込まれて、背中を軽く引っ掻かれた気分になる。

反射的に室田はルームミラーに視線をやって後続車を確認した。赤いマツダ・デミオに乗っている男が、助手席のリトリバー犬に口を近づけ、ヘラのような舌で舐められているのが見える。白髪が混じっているが長く伸ばした髪を後ろで結び、歳のわりにはしっかりした首に太い静脈の膨らみまで見せている。

「で、なんだ？　何か用事か、お客さん？」

「いいなあ、その話し方、あんた、室田さん」

少しクルマが動き出し、ギアをDに入れて、クリープに任せる。と、またすぐにも前のギャランのブレーキランプが点灯する。

「用がないのなら、切る。仕事中だ」

「クルマの中で眠っていて、仕事中かよ。……あんた、一体、そこで、いつも何やってる？」

室田は携帯を切って、液晶の表示をドライブモードに変えようと思った。おそらく、失業中の暇な男からの悪戯電話だろう。だが、自分がタクシーの中で目を閉じて深呼吸を繰り返している様を知っているからには、すぐ近くにいることになる。電話を切り、憮然とした表情で、箱崎ジャンクションの渋滞の数十分を男の視線に晒されていなければならない。

「あんたは……、名前は？」と室田はわずかに視線をドアミラーにやって、左右の後続車を確かめた。シルバーのトヨタ・アリストと青い三菱ふそうのキャンター。

「ああ、失礼した……。川上だ」

「で、近くにいるのか？」

「いるよ」

「今、俺が何処にいるのかいってみろよ、川上、さん」

携帯電話の奥から鼻で笑う声が聞こえてくる。川上という男は、まだ室田が悪戯電話だと思っていることに対して笑っている。高円寺の安アパートから適当なことをいってかけてきてもおかしくない。そう室田が思っていること自体を川上は愉快に感じているのだ。

「……都心環状線内回りを、江戸橋ジャンクションあたり……なんてな。箱崎ジャンクションだろうが？　室田さん、ふざけちゃあいないよ。あんたから見て右だ。合流する二車線にいる……」

室田は無様だと思いながらも、携帯電話を耳に当てたまま右から合流してくるクルマの列に視線を投げた。白の日産ステージア、中型の都タクシー、黒のトヨタ・ハリアー、茨城ナンバーの日野クルージング、濃いグレーをしたホンダ・レジェンド、いすゞのウイザード……。室田は表情を変えないまま、それぞれのクルマの運転席に目を凝らした。曇り空が逆にフロントガラスの表面全体を白く反射させて、中の人間がなかなか見えない。息を詰めて川上という男の姿を探す自分の呼吸を、電話を通して悟られたかと、少し顔に血が上るのを感じた。

「嫌な遊びだな」

「分からないのか？」

「無言電話よりタチが悪い」

「前のクルマが動き出したよ、室田さん……」

見ると、確かにギャランが数メートル動いていて、自分のクルマの前にぽっかりと空間を作っていた。すでに左車線から赤のオペルが鼻先を突っ込んできている。

「お、こっちもようやくか？」と川上がいって小さく咳払いする音が聞こえたと思うと、右から合流するクルマが澱んだように分岐の根元に溜まってきて、一台ずつゆっくりと入ってくる。

「都環内回りから直接9号に抜けるように改良したって、この渋滞はどうにもならないな、室田さん。……俺はこの箱崎を設計した奴の頭は、日本の構造そのものだと思うよ。ええ？　アームチェアードだな。まるでクルマの流れを分かっていない。いずれ、静脈瘤破裂だ。動脈かも知れないけどな……」

川上の喉の奥から乾いた笑いが漏れるのが聞こえる。

「室田さん、右を見ろよ」

足立区から北をよく流している都タクシーと黒のハリアーが並んで、奥には日野クルージングが控えていた。まったく分からない。意外にもその逆をいって川上は楽しんでいるのかと、素早く左に視線をやろうとした。

「ほら、真横だ。室田さん」

右からの合流車線と交差しようという時、黒いボディの都タクシーのクルマがぴったりと横づけした。何だよ、と室田が牽制するように同業の運転手を横目で睨もうとした時、制帽を目深に被ったあの男が携帯電話を耳に当て、こっちを見ていた。ご丁寧に白手袋までしている。

「あんた、一体、何だ……」

思わず声を漏らした室田に、川上が電話を当てたまま左のウインドウを下げて、歯を覗かせた。白い布張りされた制帽や紺色の制服のせいもあるが、一昨日とはまるで雰囲気が違う。何より、同業の男というのが死角だった。確かに、失業中といったのは、客としての愚にもつかぬ冗談だといえばいえる。

「な？　分かった、室田さん？　俺が、一昨日、こんなことってあるのかっていった訳がさ」

乗車してすぐ、ダッシュボード上の乗務員証を見て男はいったのだ。同業であることは稀にあるにしても、この箱崎ジャンクションをやはりいつも通過していて自分を見かけていたということか。

制帽の下に翳《かげ》っている男の細い目を見つめ、室田が視線をそらさずにいると、白手袋の指で前を示して見せた。

赤のオペルがゆるゆると走り出し、室田はそれに続く。ドアミラーを見ると、川上の車が左へと入り込んでくるのが見えた。道路からすれば、合流した後、右の車線を走るのが普通だが、わざわざ左へと変更して室田の後ろにつこうとしている。

「あんた、確か、失業中だといっていた」

ドアミラーに川上のクルマが横に入り込み、携帯電話を持ちながら後方を確認している男の横顔も映っている。

「そうだよ、失業中だ。俺にすればな」

「ずいぶん無神経な話だな、俺はこれで飯を食っている」

「……といいながらも、俺はあんたよりはキャリアが五年ほどあるよ。情けない話だ」

前のオペルが動き出し、少し走らせると、川上の黒いクルマがルームミラーに滑るように入り込む。じっと室田を見据える形で後ろについた。光の加減で自分の顔が見えるのかどうか分からないが、フロントガラス越しに、鈍いが揺らぎのない落ち着いた眼差しを送ってくる。

「墨田区役所前、一台ありませんか？……墨田区役所前、一台」

スピーカーのコーン紙を破るように唐突に無線局の桐山の声が飛び出てきた。

何か奇妙なことがある時は何処かに落ち度があるものだ。いつもは箱崎ジャンクションでは無線を切っているが、発車前の無線機確認をしたまま、スイッチを入れっぱなしだったのだろう。体の中に穴が開いたような、だらしなく半ドアに気づかず走っている気分にもなる。

「墨田区役所、か、室田さん……」

ルームミラーに映る川上の口元がわずかに動いているのが見えた。

「距離的には近いが、両国ジャンクションまで、これ、二〇分はかかるよ」

室田は無線のスイッチを切ると、また煙草をくわえた。

「室田さん……あんた、前もそうだったが、何の薬を飲んでいるんだ？」

そういわれて、思わず吸った煙草の煙を胸の中に溜めて、それからゆっくりと吐き出した。一体、いつから自分のクルマに気づいていたというのだ？

「大体、この辺りの渋滞近辺で、あんたはペットボトルの水で、薬を飲んでいるんだよ。朝の箱崎を走るタクシーなんていうのは、よほどの変わり者か、無知な客の都合によるが、あんたはいつもここを通っている……」

「覚醒剤だよ。Sっていうのか？　錠剤だから効き目が表れるまで、この渋滞がちょうどいいんだ、川上さん」

室田も今度はルームミラーの川上の顔を睨むように話し続けた。

「友人の結婚式の帰りに、芝浦の埠頭公園に一人向かうってのも変わり者だが……あんた、そこは、ひょっとして、その別れた奥さんとよくいった所なんだろ、ああ？」

「よけいなこというんじゃないよ」と、少し荒げた声が耳に入ると同時に、ルームミラーの川上が顔をわずかに上げている。ようやく制帽の庇の影に光が入って、眉根を寄せた表情が見えた。

「いちいち客の行き先を詮索するんじゃないよ、あんた」

赤になったりオレンジ色になったりする図形情報板が、ようやくオレンジ色に落ち着いたようだ。はるか前方のクルマからゆっくり動き出し、順々に詰めて進み出した。毛虫が体の中の肉を前に送り出しているように見える。

「じゃあ、いちいち俺の居場所を確かめるんじゃない。俺よりキャリアがあるんだろう？　五年以上、朝の気狂いじみた箱崎ジャンクションを通って、同業のクルマを見つけて、観察していたというわけか。水揚げには差し支えないのか？　天下の都タクシーだろう？」

中央区の月島にある都タクシーは、一五〇台の保有数がある。ワゴン車と寝台車も何台か保有しているはずだ。ＬＰガスを備えているガソリンスタンドへいっても、光タクシーと都タクシーでは補給の順番が変わるというものだ。近代化センターとも強いコネクションを持っているとも聞いたことがあるが、事実かどうかは分からない。

「俺が何処を通ろうが、会社には関係ない。……なあ、室田さんよ、俺がなんで箱崎ジャンクションなんて通るか分かるか？　いや、こんなことは、あんたに教える気もないけどな。まあ、趣味の問題だな。……で、ある日、もうずいぶん前だが、光タクシーの行灯をつけた奇妙な日産クルーが、渋滞の中に嵌まっているのを発見したわけだよ。運転席を見たら、俺と同じくらいの歳の奴じゃないか……」

室田はクリープに任せていたが、ようやくアクセルに足を軽く置く。後ろに川上のクルマがついているのが気持ち悪くて、右のドアミラーに視線を走らせながら、右車線に割り込むタイミングを狙っていた。

「おいおい、ご同輩。なんで、箱崎なんだよ、あんた、って思ったよ。下手をしたら一時間、難破したまんまだぜ、ああ？　これはよほど、素人上りで、前の職はまったく違う仕事……室田さん、前は何やってたんだ？……まあ、いいか……」

若い女の運転するエスクードがドアミラーに入った時、右のウインカーをつける。と、ドアミラーの極く端に川上のウインカーも点滅するのが映った。

「……一乗務、基本的には一八時間、なあ。だが、そんなもん、守る奴がいるわけがない。体はボロボロだな？　大体、タクシー運転手は三年でくたばるよ。よっぽど鈍いか、よっぽどタフな奴じゃないとな」

室田は一気にステアリングを片手で右に切ると、エスクードの前に滑り込む。ハザードをつけて礼を示そうとしたが、接触するくらいに川上のクルマが続いて割り込んできて、クラクションの音が後方から聞こえた。

「……で、あんた、神妙な顔して、薬を飲む運転手がいるじゃないか。なんか劇薬でも飲むような感じでさ。ああ、あいつ、かなりイッちゃってるよ、なんて心配してたら、その後、じっとルームミラー、ほら、今、あんたが俺を見るようにさ、じっと睨み続けて、それから、やおら、渋滞に任せて、シートを倒し気味にして居眠りときた。たいしたもんだぜ、室田さんよ」

そこまで聞いて、室田は「アホか、おまえッ」と一言だけいって、携帯電話を切った。すぐにもドライブモードにして、着信音が鳴らないようにする。煙草を灰皿に揉み消し、制帽を被り直すと、ルームミラーをまったく別の角度に向けた。自分のやっている行為が、何処か癇癪を起こした女のようにも思える。それとも、両替機カウンターにいる小松部長が一人で苛立っている時か。不快な渦が腹の底に蟠《わだかま》って、アクセルを思い切り吹かしたい気分だった。

と、すぐ近くでクラクションが鳴る。エスクードの女が川上の割り込みに腹を立てて、鳴らしているのかと思ったが、もっと近い。ほんの少しウインドウを下げると、すぐ後ろの川上のクルマからのクラクションだった。

「マジ、かよ……」

クラクションは断続的にではなくて、ずっと引き摺ったまま終わらない。傍若無人とも思えるクラクションの音が、途切れることなく鳴り続けている。五秒、一〇秒、一五秒、二〇秒……。室田は息を吹き上げながら、携帯電話の液晶画面を確かめた。非通知の着信が三回入っていて、今、またかけているのだろう、緑色に画面が点滅している。

「一体、なんて野郎だよッ」と、ドライブモードを切ったと同時に、呼び出し音が手の中で鳴って、後ろのクラクションが止まった。

「……あのな、室田さんなあ。そうじゃないんだ。そうじゃない。……あんたに連絡したのは、ちゃんとした用事があったからなんだ。……一昨日、あんたのタクシーの中に忘れ物をしたんだよ」

室田は受話器から聞こえる低い声に顔を顰め、怒りを静めるように息を細く歯の間から搾り出した。

「……お客さん……、あいにく、忘れ物は、なかった。帰庫してから点検、出発前に点検、分かってるだろう？　硬貨の一枚もなかったよ、あんた」

「いや、俺の死に場所を忘れてしまったんだよ、運転手さん……」

5

箱崎出入口近くにきて、ようやくクルマが動き出したと同時に、室田は左のオペルの前に割り込んだ。日本橋川の右への大きなカーブでアクセルをさらに踏み込み、何台かのクルマを縫って一気に追い越す。

「室田さんみたいな男を、探していたんだよ……」

携帯電話を押しつけていたせいで、左の耳殻《じかく》が熱く痺れていた。ケロイドのようにテラッと光った自分の耳が見える気がして、室田は親指と人差指の腹で神経質なほど揉み解《ほぐ》す。川上の低く粘る声が耳というよりも、頭の中にこびりついている感じだ。

「毎日毎日が薄いゼリーっつうか、ザーメンみたいな中を走ってるように思わないか、室田さんよ。何処を見ても同じ風景に見える……」

右のバックミラーを見ると、シルバーのルネッサの後ろについた黒の都タクシーが魚眼レンズを通したように膨らんでいる。フロントガラスの奥に制帽を被った川上の黒い影も見えた。事故実験のダミー人形が帽子を被っているのだと室田は思う。緑色のナンバープレートに視線をやり、助手席に投げ出した実車記録のホルダーに、左手でナンバーを走り書きした。左右反転した数字や文字には慣れている。

「ずっとアスファルトの上を走っているじゃないか。なんか、このゴーッていう震動音が腹の中に染みついて、どんな長距離の客を拾っても同じ所を走っている感じがしないか、室田さんよ。アスファルト道路だけがタイヤの下で走りまくってて、俺達はほんとはちっとも動いていない。もう、その退屈さに酔いそうになる……」

二〇〇メートルくらいの直線にきてアクセルを一気に踏み込んだ。ルームミラーやバックミラーの中に、ボクサーが小刻みなステップを左右に踏むように、川上の運転する黒のタクシーが見え隠れする。

「俺はそれが気持ち悪くてさ、休みの日に何してると思う、室田さん？　ああ、あんたは、何してるんだ？　俺はなあ、読書とレコード鑑賞だ……なんてな。……女達と……女達とやりまくってる。素人女、玄人女、女子大生、女子高生、人妻、婆……。平凡だろう？」

執拗な影に、室田はかすかに唇の片端を上げながら、都心環状線と日本橋方向との分岐を示す表示を睨んだ。

「……退屈なんだよ、室田さん……死にそうなほど、退屈だ……」

室田はわざと左の環状線へと続く左車線を選んで走り、右のバックミラーを確認する。川上のクルマがルームミラーの中で膨らんできた。ウインカーも上げずに右車線へ移動すると、黒いタクシーも右へと滑り込んでくる。証券取引所のビルが横にくるあたりが分岐になっていて、アクセルを少し緩め、ルームミラーにある川上のタクシーが接触しそうになった時、思い切り左にハンドルを切った。

江戸橋ジャンクションの一番左端にあるルートに、室田は何とかギリギリ入り込んだが、川上のクルマは間に合わずそのままジャンクションの静脈の網に吸い込まれていった。川上の鳴らすクラクションが音を変えながら右へと消えていく。

「くたばれ、アホ！」

室田は都心環状線のまっすぐ続く道路を見据えながら吐き捨てるように呟いた。薄曇りのせいか、排気ガスのせいか、峙《そばだ》って見える道路の果てに、ぼんやりとした薄紫色の空気の塊が控えている。ルームミラーを見ると、遥か後方を赤いサターンと白いセルシオが走っている。室田は少しスピードを落として、八〇キロほどに安定させ、制帽の庇を指で弾いた。路面からの震動があまりに一定で、体全体をぼんやりした分厚い膜で包まれた感じだ。聴覚も麻痺しているのか音が遠い。

「まったく冗談じゃねえぜ……」

独り言をいう自分の声さえ他人のもののようで、無意味に咳払いしてみて、寒くなっている。

一昨日見た白い婚礼用のネクタイをした男の顔と、さっきまでルームミラーに映っていた制帽を被った男の薄暗い顔が脳裏にへばりつき笑っている。だが、二人の別人の男として無意識のうちに感じているのに気づいた。市ヶ谷のアルカディアで拾わなければ、一生知らない男だ。もちろん、川上という男にとっても、自分は箱崎ジャンクションで見かける奇妙な同業者に過ぎなかったということになる。男からの突然の電話に、間違いなく少しは動揺している自分がいるが、どうということはない、と室田は思う。

「……死に場所だと？　殺してやろうか」

だが、まったく見知らぬ男が、箱崎ジャンクションで時間を過ごしている隙だらけの自分の姿を観察し続けていたというのが気味悪かった。路上で同業の者に嫌がらせするのは室田にもよくあることだが、プライベートにまで入ったりはしないものだ。

すでに京橋出口近くまできていて、慌てて軽くブレーキに足をかける。幅の広い直線道路で何か小さな一点に気を取られると、我に返った時、いきなりコンクリートの壁が目の前に立ち塞がっていたりする。くだらないことに関わっていては駄目だ、と有楽町方面にハンドルを切りながら、携帯電話を手に取った。液晶画面の着信表示を見て舌打ちする。全部非通知の履歴で五回。

「寂しい奴だな、川上さんよ……」

室田は回送表示から空車に切り替えると、もう一度ルームミラーを確認してから東銀座出口で降りた。


郵便局の銀座一局で初老の女を東京駅まで乗せ、新丸ビル近くで一人、若い女を乗せた。まだ、大学を卒業したばかりのような若い女だが、周りの男達に甘やかされて仕事ができるとでも誤解しているのだろう、よく喋る女だった。

狭い車内に女の股座のにおいが籠る気がして、室田がウインドウを薄く開けると、

「悪いけど閉めて、外のクルマの音がうるさいから」といってノートブックのパソコンを打ち続けていた。西尾にいわせると、半ドアの女という奴だ。身なりにかかわらず、必ず隙やら綻びがあって、そこから強烈なほど生活のにおいが漏れてくる女ということだ。

まだ自分の顔に似合う化粧に落ちついていないのだろう、こってりと塗ったアイラインの目をルームミラーの奥で伏せている。行き先である品川のパシフィック・メリディ

アンに着くまでにやらなければならない仕事なのか、と思っていると、すぐにもノートブックをバッグの中に入れ、喋り出した。

「運転手さん、どうですか、最近、景気は？」という親父連中が運転手に話しかける紋切型の切り出しから始まって、政府の不況対策の無効性について話し、まるでバブルの頃の無邪気な若いサラリーマンのように、ハイテク株価の話を夢中になって喋っていた。

「……景気、ですか？　不思議なことにいいですよ。入れ食いだね」

「ええ？　でも、他のタクシーさんは、かなり悪いみたいじゃない」

「いやー、世間には疎《うと》いもので、本当のところは分かりませんけどね、近距離の客が増えただけですよ」

「私も近距離の客になるわけ？」

「いえいえ、もう有難いお客様です。お客様は……失礼ですが、お仕事は、何か経済関係？」

「建築関係……。これから、地方の合同庁舎建築工事の一般競争入札についての会合があるのよ」

「建築、ですか……。大変なお仕事だ。私はさっぱり分からないものですから……」

室田は思い浮かんだ答えの逆のことばかりいって、女の話をはぐらかしていた。また勤めていた四ツ谷の建設会社を思い出し、頻脈が訪れそうだ。選《よ》りにも選って、前の仕事関係の人間が乗ってきたか。室田は気づかれないように息を漏らす。長距離でなければそれぞれの乗客と付き合っている時間はさほどではないが、いつのまにか澱《やに》が溜まって、体を重くする。自分の体や心という奴を搾り込んだら、濃い焦げ茶色の脂でもじんわりと染み出てきそうだ。

「参加資格を定めるんだけど、経審建築一式工事客観点数が一二五〇点以上とか、まあ、こんなことといっても、ね」

「ですねえ……分かりません」

「運転手さんは、たとえば、前のお仕事とか……」

　室田は女の屈託のない質問に思わずルームミラーを見上げた。左肘をウインドウにかけ、右手の爪に塗ったエナメルの具合を見つめている。若い女の生臭さとだらしなさに鼻や口を塞がれ、視線をそらした。

　小さく咳払いして、前を走るパジェロのリアウインドウを見つめる。ふと、脳裏を過ぎる声があって、すぐにも携帯電話の川上のものだと分かった。川上のいった、女とやりまくる、という下卑た言葉が、何故か清々しい気さえして、粋にも思えてくる。やりまくって、捨て、やりまくって、捨て、二度と思い出さない、か。

「いえ、もうずっと、この業界ですわ」

　建築、という言葉が昔を思い出させたのか、川上のいった女遊びからか、それとも客の女臭さからか、由布子の顔が紛れ込んできて、室田は小さく頭を振った。だが、はっきりと由布子の顔を思い出せないでいる。輪郭が破線状になったようにも、何かの細かな粒子が蝟集《いしゅう》して目鼻を浮かび上がらせているようでもある。まったく考えもしない所から、別居中の妻のことが闖入《ちんにゅう》してきて、たえず無意識の所で由布子のことを考えているのか。谷中の墓地の見えるアパートで、一人じっと煙草を吸っている自分の姿が見える気がした。

後ろの客が何かいったのが聞こえて、声の残りを反芻してみるがまったく言葉の尻尾も摑まらない。そのかわり、泉岳寺の交差点でクラクションが何回か鳴るのが聞こえた。
「まあ、とにかく退屈ですよ、お客さん……、死にそうなくらいね」と、一人ふざけた演技に軽く苦笑すると、女が防犯ガラスにまで顔をせり出してくる。
「運転手さん、赤だっていったじゃない。危ないわよ。おたくが死にそうなくらい退屈だって、私には関係ない」

そういわれて、女がさっき何をいったのかが分かった。まるで室田は信号など見ていなかった。これで、何十回目になるのか分からないほど、結果としての信号無視をやっている。

女のつけている淡い香水のにおいが鼻先を撫でてきて、ルームミラーに映っている広い額に視線をやった。生え際の産毛が渦を巻いていて、吹き出物がいくつか浮いている。まだ、本当に小便臭くて、化粧の下手なガキだと思う。

……それで、信号を見過ごしていた俺が見ていたものは何だったか……、と、室田はそんな自身にまたも入り込んでいきそうになった妄想の触手を、慌てて引っ張った。すでにパシフィック・メリディアンが右に見える。

「ああ、失礼しました。あのくらいでしたら、タクシーは、ゴーと判断するもので……」

「だって、明らかに赤でしたよ……」と女はシートに体を戻す。

「まあ、いいけど……。ねえ、運転手さんは、この携帯の電話番号にかければ、いつでも、何処でも、ってやつ？　きてくれるの？」

室田は品川駅高輪口で付け待ちしているタクシーの群れを一瞥し、パシフィック前を少し過ぎたあたりでハザードをつける。女は助手席裏の迎車カードを手にしているのだろう。

「……場所が遠い場合は迎車代がかかることがありますけどねぇ。会社や無線局を経由するよりは、確実に、迅速に、お迎えに上がりますので、お気軽にご利用ください」と、室田はマニュアル通りに答える。川上の無表情な顔が浮かび、あの男も乗客達には気味悪いほど丁寧に応対するのだろうかと思う。目深に被った制帽の庇の下で、ぎこちない笑顔を作りながらも細い目の色はまったく変わらない。

「じゃあ、今度、お願いしようかしら……」

お願いしようかしら？……まず女はかけてこない。単なる会話、そして、何のためにあるのか分からない会話が、客と運転手の間にはあり過ぎる。

女が降りてから、実車記録をつけ、自分の右横と客席の左のウインドウを開けた。雑踏の音と同時に冷たい空気が入り込んできて、室田は何度か深呼吸を繰り返す。ルームミラーに、品川駅で並ぶ大和や日本交通、国際、帝都のタクシーの列があって、そこに港湾無線グループの、都タクシーの表示灯をつけた黒いクルマも十数台見られた。光タクシーの行灯は一つもない。

京急バスのフロントがルームミラーにゆっくり入ってきて、軽く尾を曳くクラクションを鳴らした。室田はウインドウを上げると、ハザードを切り、アクセルを踏む。

水揚げが三万五〇〇〇円にもならない状態で、午前二時近くに帰庫した。

紺色とカーキの二枚のアノラックを着込んで洗車している神藤に、軽く手を上げて挨拶し、事務所の中に入ると、放心して斜視のような目つきをしながら紙コップのコーヒーを飲んでいる西尾がいた。三枝も首にタオルを巻いて、奥のトイレから出てくる。ストーブの周りには、古参の川瀬も無口な飯島の姿もなかった。たぶん、公休なのだろう。

室田は帆布の小さな袋に入った水揚げを納金しにカウンターに向かう。朝いた小松部長に代わって、五〇歳近くの経理の中山が入っていて、やはり面倒そうに室田の実車記録と金を受け取った。

「……室田、おまえ、今日、携帯電話、切っていただろ?」

中山の顔を見ると、眉根を寄せ、角膜の濁った目をしばたたかせている。口にしていたのだろう、仁丹がにおった。

「いや……そういえば、今日はお客様からは一件も、入ってないか」と室田もしらばくれる。

「苦情が入ってんだよ……。おまえを呼ぼうと思っても繋がらないって、会社まで連絡が入った」

自分を呼び出してまで迎車希望する奇特な乗客など今まで一人としていなかった。すぐにも、川上だと分かる。と同時に、腹の底に黒っぽい煙の塊が生まれ、それが一気に広がってくるのを感じた。

「どなたです？　お客様は？」

聞くと、中山がさらに眉を顰めて、視線を室田の顔に彷徨《さまよ》わせてくる。

「ああ？　岡崎とかだったかな、後、一人は分からねえ。大体、室田、おまえ、無線張ってんのか？　ああ？　応答して、ちゃんと配車してもらえ。朝の実車率が、こんなんじゃや……。おい、おまえ、なんだ、これ？　この悪戯書きは？　ああ？」

実車記録の端に殴り書きした数字を中山はいって声を上げていたが、頭の中には中山のいった岡崎という名前が見え隠れして、意識が自分の中へと向かった。ボールペンで書いた数字は、都タクシーの川上が乗っていたクルマのナンバーを、箱崎ジャンクションで走りながら控えたものだ。それよりも、岡崎という名前、聞いたことがある。何処でだったか？

「どうなんだ、室田？」

「いや、別にいいことなんですけどね、朝、ひどい割り込みをしてきたタクシーがありまして……そのナンバーを一応……」

「別にいいこと、じゃないだろ。訴えてやればいいだろ。何処のタクシー会社だ？」

「……都タクシーですよ」

「……都、タクシーか……」と、中山が歪めた唇から小さく舌打ちする音を漏らした。大和や日本交通などの四社や、港湾無線グループのタクシーには、こちらに非がなくても苦情がいえないか、中山？　室田は中山のうろついた鈍い視線をひそかに追った。

「室田、おまえ、それよりなあ。こんな所にメモすることはないだろうが？　これは税務署にも提出する資料なんだからな、気をつけてくれ」

そして、煩わしそうに手を振って、ようやく室田を解放した。

岡崎、岡崎……。反芻しながら、ひょっとして川上が使った偽名ということもありえるかと室田は思った。馬鹿馬鹿しい。一昨日会ったばかりの男に対して、何故、こうも神経が絡むのか分からない。そんな連想をすること自体が、疲れている証拠だ。

紙コップを持った西尾が、カウンターの中山を一瞬見やってから、室田の方に視線をよこし、「分かるよ」とでもいいたげな表情をして頷いている。室田も顔を冗談っぽく顰めて頷き返し、奥のロッカーへと歩きながら、モスグリーンのジャケットを脱ぎ始めた。

ふと、モヤモヤとした鬱の塊が顔の前を覆っている感じで、俯いて奥歯を噛み締める。

いつも、ジャケットから腕を抜くたび、条件反射のようにその場に叩きつけたくなる衝動に駆られた。まだそんな気持ちを自分は抱えているのか、と思うこと自体でバランスを取っていたりもする。こうやって、いつものようにジャケットの襟に手をかけ、ぶらさげ歩きながら、黴臭い奥のロッカーのハンガーにかけるはずだ、かけるはずだ、と冷静に思っている一秒一秒があって、その一秒後の自分と、今の自分との間が、恐ろしくかけ離れているのに、現実には当たり前に一秒後の未来が訪れるだけで、何も変わらない。突然、何でもいい、ちょっとした引き金のようなものが音を立て、腹の奥底で抑え、飽和していたものを、かすかに弾いてくれるだけでいいのだ。自分でも考えられないほどの粗暴さで、床にジャケットを叩きつけ、靴で踏みにじる。そして、はっきりした苛立ちの理由などないにもかかわらず、敢えて自らの荒れた行動の意味を示そうと、ストーブを蹴倒し、走り出したかと思うと、カウンターを乗り越え、小松部長や経理の中山を殴り倒して、金を奪うという、考えもしないことを実行するのもありうる。

「どうしたの、ムロちゃん、怖い顔して?」

細長いロッカーの暗がりから視線を上げると、タオルで顔を拭っている三枝が立っていた。いつもかけている黒いフレームの地味な眼鏡を外し、額に垂れた髪の先を濡らしている。幾分若く見えて、自分達と一緒にいる時には見せない、元教師の顔が覗いているようにも思えた。

「死んじゃったよ」

それでも、薄暗い蛍光灯に、目の下の隈や疲れは隠せない。

「配車、貰えなかったんだあ。こっちも駄目だよ。無線張ってても、応答する気力がない、というか一歩遅れるんだよなあ」

「中山に搾られたさ」

「あいつの頭は、バブルっつうか、高度経済成長以前だからな。地べたの事情を分かってないよ」

眼鏡をかけていない三枝の目の底に、光タクシーの乗務員とはまったく関係ない静かな色がある。一瞬、川上からの奇妙な電話のことを話そうかと思ったが、室田は口元に弱い笑みを浮かべて流した。


一日会社に戻ってきた美輪のタクシーで谷中まで送ってもらい、アパートの部屋に入った時、岡崎という名前の男を思い出した。

部屋の闇の中で留守録電話の赤いライトが点滅しているのを見て、一昨日入っていたメッセージの主の名前だったと思い出したのだ。何故、自分は川上という男と混同するようなことをしたのかと室田は鼻で笑いながらも、相手がどうやって会社を知ったのか分からないが仕事場にまでかけてくるセールス電話の非常識さに腹が立ってくる。

蛍光灯の紐を引っ張ると、郵便受けに入っていた朝刊をテーブルの上に投げ出した。広告のチラシがやたら入っている新聞の重さに疲れを覚える。開け放しだったカーテンを閉じ、乱れた布団の上に腰掛けると、留守録の再生ボタンを押した。二件しか入ってないが、最初はすぐに切れ、その直後にメッセージがあった。

「川上だったりしてな……」と独りごちながら煙草をくわえ、笑う。古い六畳の部屋に籠る自分の声が、あまりにもぼけていて、ズレている。

「室田貴之さんでいらっしゃいますか？」

低く落ち着いた年配の声で、またかと思っているうちにも、メッセージは岡崎と名乗った。

「いつも連絡が取れませんですので、失礼ながら録音させていただきます。わたくし、横浜で会計事務所をやっております岡崎と申しますが、じつは、あなたの奥様とのお付き合いをですね、ご了承頂きたいという、電話では伝えにくいお願いなのですが……。由布子さんにはすでにこの連絡のことは……」

と、録音時間の関係か、そこでメッセージは切れていた。室田は深く煙草の煙を吸って、ゆっくりと吐き出す。もう一度、深々と吸う。噴き出してしまいそうなほどおかしいと思いながら、自分の呼吸が細く震えているのを感じ、だが、内臓自体が反応していることに、まだ自分にも人並みに救いというものがあるのだろうか、と妙なことを考えた。

由布子に他の男ができた、ということか……？

おおいにありえるだろう、と底に着いたような落ち着きを感じると同時に、自分の生きている現実が少し縮み上がって、目の前のものと自分との間に隙間ができた気がした。目に見えるわけもないのに、室田は自分の体を囲んだフレームの縁が、女の性器のように捩じれ、くねった襞《ひだ》の形をしていると思う。

「ずいぶんとエッチな、現実的な話じゃないか……」

また籠った鈍い声を出してみて、初めて、自分がしきりに新聞の記事下にある三段広告を見ていたのが分かった。驚異のアガリクス茸が一体どう自分に絡んでくるのかを無意識に考えていたのに気づき、再生されたメッセージに動揺している事実を知る。

別居している由布子が、契約社員として勤めている会計事務所の、岡崎という上司とできた。もはや、由布子との縒りを戻すことさえ考えない怠惰さが、こんなありふれた事態を招いたことは間違いない。交際することをいちいち連絡してくる岡崎の律儀さと、最後通牒《つうちょう》めいたメッセージを残す実行力は、どちらも自分にはないものだ。

頻脈に近い動悸を覚えながらも、何処かぼんやりとした重さを感じる。部屋の中を見渡してみて、今腰を下ろしている布団だとか、貧しい数の食器が入ったカラーボックスだとか、目黒のマンションに由布子と住んでいた時に聴いていたCDだとか、「C」時代に着ていたスーツの入った洋服ダンスや、畳の上に散乱した週刊誌や就職情報誌などのどれもが、崩れるための入口の穴を用意しているように思える。ふと、箱崎ジャンクションで眠っている時に見た夢が過ぎる。横浜方面と手書きで書かれた紙を持って、由布子が自分のタクシーの窓を叩いた夢だ。

「これで、駄目だといったら、どうだろう……」と、室田は携帯電話を手に取り、由布子の勤めている会計事務所の電話番号が登録されているかを確かめようとした。見ると、液晶画面のドライブモードの文字の下に、着信ありの表示があって、六件となっている。

「川上の野郎かよ……」

そう口に出して、歯軋《はぎし》りしたが、ひょっとして、何回かあった無言電話に近いものや、非通知の電話は、岡崎か由布子からではないのかと室田は思ってみる。ありえないか……。時計を見ると、すでに三時半を回っていて、世間の起きている時間ではない。由布子の実家に電話をし、心療内科に通う別居中の夫が興奮してかけてきたと思われるのも癪《しゃく》に障《さわ》るし、今さらあまりにもバツが悪かった。由布子が直接出るのでなければ駄目だ。

室田は受話器を乱暴に取ると、番号案内で都タクシーの番号を聞く。合成された女の声が番号を繰り返すのをメモしながら、一体、自分はもし由布子に電話をかけたとして、何をいうつもりなのかとも思った。

すぐに番号案内通り都タクシーに電話をしてみる。光タクシーとは違う明瞭な声で、「おはようございます」とサービス業の模範的な応対をしてくる。

「……ああ、岡崎、と申しますが、川上さん、いますかね。いつも迎車して貰っている者なんですが、どうにも頂いた迎車カードがなくなって、携帯の番号が分からなくて……」

無意識のうちに、留守録にあった岡崎の声さえ真似ていて、それだけでも敗者めいた気分に陥り、胸の中が燻《くすぶ》った。自分の周りは、穴だらけだ。

「あいにく、川上は早番で上がりまして、他の者がすぐに伺います」という答えに、念のため川上の電話番号も教えてくれと頼んだら、すんなりと教えてくれた。

室田はしばらくの間、布団の上で視線を宙に彷徨わせていたが、今度は携帯電話の方から川上の番号を押した。自分のものは非通知にはしていないから、川上は起きていればすぐにも出るだろう。

と、四回ほど呼び出し音が鳴った時、硬い布が擦れたような音がして、川上が出た。心の何処かで、箱崎ジャンクションで会った川上とは別人が出るのではないかと期待していた自分がいたが、間違いなく朝聞いた川上の低く粘る声だ。そして、いきなり、第一声が、「なんだ……、待ってたよ」だった。

室田は目をきつく閉じると、深呼吸して一拍置いた。川上と連絡を取るのが目的ではない。あれから、また何度自分の携帯にかけてきたかを聞きたいだけだ。

「あんた……、川上さんよ。一体、なんでこんな真似するんだ？　何度、電話すれば気が済むんだよ」

「……おいおい、箱崎ジャンクションの渋滞じゃあ、いい退屈しのぎになるだろう？　室田さんよ」

受話器の奥でかすかに演歌と人の話し声が聞こえている。たぶん、川上はまだ高円寺でいるなんてのも、タクシー運転手にあるまじきことではあるけどな……。そうじゃななあ？　稼ぎ時の朝に、渋滞の箱崎ジャンクションにいて、じっとルームミラーを睨ん訳の分からぬ薬を飲んで運転していると、光タクシーさんにチクるなんて考えもしない、

「……人生、色々あるんだよ、室田さんよ。俺は、あんた、敵じゃないぜ。あんたが、は押されていて、透明のファイルケースに入っている。

ダンスへ視線を移す。下の引き出しに入っている離婚届の用紙には、すでに由布子の判出したいという用件に違いない。室田はぼんやり目を落としていた新聞の広告から洋服

　たぶん、携帯電話への連絡は、由布子か岡崎からだろう。要するに、早く離婚届を提気になる電話でも入っていたか、ああ？」

「その後は、俺は、かけてない。俺だって一応は営業中だ……。室田さん、どうした？話器にあてがった耳を、川上の笑う息が撫でた。

　そう思わず口にしていて、すでに川上のペースにはまり込んでいる自分に気づく。受

「……死に場所を探してたんだろ」

の分岐点で俺は危うくクラッシュする所だった」

ねえ、あれは危ない運転だよ。タクシードライバーの運転じゃないよ。環状線と日本橋

「俺も、死にそうなくらい退屈だが、江戸橋ジャンクションで、あんたが……。あんた

「違う。営業時間中に、かけるのはやめろといっている。箱崎でもやめろ。迷惑だ」

のアパートではないのだろう。

いんだよ。あんた……、室田さん……どうせ、あんたも独り身みたいなもんだろ。呑みにこないか、ああ？　今、俺は立ち呑み屋で、一人呑んで、黄昏……まあ、今は夜明けだけどな、人生のさ、黄昏という奴をじっくり嚙み締めてるぜ、なあ。浅草だから、室田さん、近いだろ。……谷中六丁目だったか？　うちにある都区内乗務員名簿で見たよ。あんた、群馬出身なんだな……」

6

浅草寿四丁目の薄暗い路地を入ると、同じ棟の古い酒屋がやっているのだろう、小さな呑み屋の明かりが見えた。

室田はコートの襟元に巻いたマフラーに首を埋め、乾いた唇を舌先で舐める。隅田川の方の空がわずかに藍色になり始めていたが、路地はまだ暗くて、小さな明かりを漏らした呑み屋以外は闇が濃い。

酒屋前に置かれた缶ビールの自動販売機に目を細めると、点灯する売切の赤い文字の連続が、クルマの計器の光を思い起こさせた。タクシーの震動が鈍く体に戻ってくるのを感じ、それと同時に一瞬頭の片隅へと逃げたものに溜息をつく。アパートの洋服ダンス下の引き出しに入った透明のファイルケースが脳裏を過ぎり、留守録に吹き込まれた岡崎という男のいやに落ち着いた声がまた耳の中に聞こえてきた。

「……ふざけるなよ」

そう呟く自分の声が弱くて、その時点で負けている気分になる。もはや気持ちも遠いけれども、由布子が岡崎という男の腕の中に抱きすくめられ、幸せに眉根を歪ませている表情を想像してみて、腹の底が硬く冷えるのが分かった。

店から聞こえるかすかな演歌の音と、誰が上げているのか、罵声に近い声や男達の下卑た笑い声が聞こえてくる。室田は軽く咳払いすると、さらに陰鬱な表情を作って、薄汚れたガラス戸を開けた。

紺色の暖簾《のれん》が客達の整髪料で茶色く変色して鈍く光っているのをよけ、店に顔を入れる。煙草の煙が充満し、日本酒の甘いにおいが男達の体臭と混じり合って、冷えた顔を押してきた。空気の薄さに加えて、乾き物のつまみのにおいに胸が悪くなりそうだと室田は思って、眉を寄せながら足を踏み入れると、コの字型のカウンターを取り囲んだ一〇人ほどの男達が、どろりとした目を向けてきた。

「もう終りだよぅ。朝じゃねえかよぅ」と、カウンターの中から下着の半袖シャツを着た親父が顔を顰めていってくる。分かってる、と答えようとした時、カウンターの隅にいた男が、「いいんだよ、親父。ダチ公だよ」と、だらしなく摑んでいたコップ酒を揺らした。

室田は鈍い表情を崩さないまま、男達の背中と壁の間を割り込んで、川上のいる奥へと足を進める。作業服やワイシャツやジャケットやセーターの背中の暗がりに体をぎこちなく滑らせながら、酔った男達の赤黒く光る耳殻が奇妙なほど似ていると思う。夜勤明けの警備員や長距離トラック、風俗業、タクシー運転手達が集まる、朝まで営業している呑み屋の一つなのだろうが、中年から初老にかけての客達のせいで、さらに疲れが粘って、狭い店を重くしている。カウンターの隅で独り呑んでいた川上の嗜癖《しへき》というのか、性格の一端が見える気がした。

「本当にきたのか、室田さん」

室田がカウンターの親父にビールを頼もうとするのを制し、川上が徳利を上げて示している。

「俺はビールがいいんだよ」

「そんなマフラー、首に巻きつけてビールもないだろ」

「よくくるのか、この店は?」と、室田はカウンターに肘をついて、後ろを振り返りながら客を見回した。煙草の煙の奥に、焦点のはっきりしないそれぞれの酔眼が並んでいて、カウンターや呑み相手や盃に彷徨っている。

骨董を気取っているのか、それともただ使い続けているのか、カウンターの上に、ピーナツや柿の種の入った小型のガラス瓶があって、金を入れると一回分のつまみが紙の小さな皿に出てくる。袖口のほつれかかった黒いセーターを着た男が、慣れた手つきで紙皿にピーナツを受けているのを見て、室田は視線をそらした。

「まあ、やってくれよ、室田さんよ。俺の奢《おご》りだよ、今日は……」

川上が徳利を傾けて、目の前の猪口《ちょこ》に注いできた。

「……川上さん、あんた、どういうつもりだ？　一体、何が狙いなんだ？」

室田は温燗の酒を一気に呷ると、昼の時とは違う川上の緩んだ眼を見据えた。わずかに薄い口を尖らせながら、面白くなさそうに口角を下げているが、酔ってぼんやりとした目つきが隙だらけに思える。ルームミラーに映っていた表情とはかなり違うが、その目の底にどんよりとしながらも醒めた光があるのを感じた。

「ああ、まあな……」

「まあな、じゃないだろうさ、あんた……」

川上の細い目を睨みつける。目頭から瞳へと角膜が赤く放射状に充血しているのを見て、同業者の目だとも思う。長時間の運転に中一日置いても目の疲れが取れない。ふと、岡崎という会計事務所をやっている男の目を無意識のうちに想像していて、また両肩を上から押さえつけられたような重さを覚えた。苛立ちが燻って、まだよく知らない川上に感情をぶつけたい衝動に駆られる。だが、目の前の男は、そんな子供じみた自分の言動をむしろいい肴にするだけだろう。

「いや、ただ、あんたは、毎日、箱崎ジャンクションで、何やってんのかと思っただけだ……。他人のことなど、これっぽっちも気にならないが、同じドライバーが、あんな所でさ、何、深刻な顔して、ルームミラーをじっと見てるのかと思ってな……」

室田はまたぬるい酒を一口啜って、店の壁に貼られたビール会社の古いポスターに目をやった。白い水着を着た健康そうな若い女が、ビールジョッキを持って腰をくねらせている。隣の酒屋が一画でやっている呑み屋だというのに、女の化粧が五、六年も前のもので、ずっと貼りっぱなしになっているのが分かった。

目元のアイラインにネイビーを入れ、唇にはパール、眉を少し強調した女の化粧を、由布子も世間の女達と同じようにやっていたと思う。室田は鼻から大きく息を漏らして、猪口を傾ける。浅草の路地奥にあるくすんだ立ち呑み屋で、別居した妻のことを思い出している男など自分以外この世にいるのだろうか。「C」の取材と称して連れ歩いた、まだ二五歳前後の編集スタッフの女と関係ができて、その頃から由布子との間が冷え始めて、何をやっても何をされても煩わしくなったのだ。ようやく、というか、むしろ、自然なほどある程度の月日を経て、由布子が他の男を作ったまともさが、神経を逆撫でしてくる。もちろん、自分に腹を立てる資格などないことは分かっている。

室田はカウンターの上についた夥しいコップの底の痕を見つめながら、何故か由布子が使っていたアクセサリー用の銀のトレイを思い出し、その細かい模様まで蘇ってくるのを感じた。一体、何なんだよ、と記憶を探っていると、川上が横から肘を押す。徳利が傾いていた。

「室田さん、あんた、なんで律儀にもきたんだ?」

映画の話だと気づいて、室田は猪口の酒を息で揺らした。あまりにつまらない客の記憶のせいだ。

「あんたも、寂しい人間なんだな、ええ？」

タクシーの中で、ヒッチコックの『断崖』の話をした奇妙な客を思い出していて、体に残った後部シートの重さというのか、頭の芯を後ろへと引っ張られる感触にかすかな眩暈を覚えた。

「三〇歳を超えたせいか、地べたを這いずり回っているせいか、なあ、毎日が憂鬱だよ」

会社のフロアで女がトレイに載せた湯呑みを持ってきただけで、『断崖』を連想する客の男もどうかしている。

「まあ、同年代の客は、俺達よりも、かなり若いけどな。この業界の人間は恐ろしく歳を取るからな」

「……俺達、って、何だ、川上さんよ。冗談じゃない」

川上の顔を見ると、すでに泥のように表情を崩して、細い目だけが据わっていた。タクシーに乗っている時にも着ているのだろう、地味な紺色のカーディガンと中のワイシャツがよけい歳を曖昧にさせている。

「俺が……芝浦の埠頭公園へいってくれ、といっただろ？」

「……友人の結婚式に、お祝いも渡さずにな」

「あんたにいっても分からんよ」

「聞きたくもない」

室田がいうと、川上はかすかに鼻を鳴らして、猪口を一気に傾ける。突き出た喉仏にまで伸びた髭がうっすらと覆っている。一乗務分で伸びた他人の髭を見て、砂鉄を思い出している自分が気持ち悪くなり、室田は目をそらした。

「室田さん、何か、つまむか？　といっても、乾き物ばかりだが……あの、鮭の燻製はいける」と、親父の前のカウンターに無造作に置かれた袋を示した。

「あんた、高円寺のアパートに帰る前に、いつも、ここで呑むのか？」

「高円寺？……ああ、そうか、俺は高円寺に住んでいるんだよ。高円寺にな。始発まで、ここで呑んで、そうだな、酔い潰れ、忘れー、素に戻る……。が、素の、自分なんて分からねえもんだよな、室田さんよ……。ああ、さっき、電話がどうのこうの、いってたが、何だ、妙な電話でもあるのか？　嫌がらせとかさ、室田さんよ？　俺はそんなのばっかりだ……」

嫌がらせ電話はおまえだ、といいかけて、その言葉を飲み込んだ。細かい鉤をいくつも投げてきて、引っかかるのを待っている奴だと室田は思う。黒い都タクシーのウインドウから、帽子を目深に被って自分を窺っていた目つきが過ぎって、室田はかすかに唇の片端を上げて一瞥する。

「その笑い方だよ……そのふてくされた笑い方がな。俺は好きなんだよ……」

川上はそういって、馬鹿にしたように笑い、やはり、口の片端を上げて見せて肩を軽く揺らした。

店の中はいつのまにか有線の演歌から、早朝のドライバー向けのラジオ番組を流している。首都圏の道路状況を伝える女の声が煩わしくて、酔いが悪い方に向かいそうだ。小さく舌打ちして煙草をくわえると、川上の揺れた手がやってきて、百円ライターの火をつけた。

「なあ、室田さん……。箱崎ジャンクションでは考えもしなかったが……つまり、変わった同業の奴がいるなくらいでな……。だけどな、考えついたんだよ……考えついた……。あんたに、お願いしたいことが、あるんだ……男、一生の、お願いって奴だよ……」

川上はカウンターについた肘で上半身を踏ん張って、口を真横に結び、見据えてくる。だが、すぐにも目が泳いで、瞬きも酔いでかなり粘って見えた。室田も少し酔いの回った目の端で、川上の横顔を見やったが、何もいわなかった。

偶然、客として市ヶ谷のアルカディア前で乗ってきた男が、箱崎ジャンクションでの自分を見ていた同業者だった。そのことよりも、携帯電話に連絡を入れてきて、ずっと喋り続けていた方がはるかに怖かった。ストーカー紛いの接近の仕方に、敢えてこっちから牽制しようと夜明け前の浅草に出てきたが、今度は深酒した声で願いがあると聞いて、室田は谷中のアパートで寝ていれば良かったと思う。まだ話を聞かない方が、無関係でいられる。

「いや、駄目だな。ごめんだね」

「……チクるよ」

「もう電話するなよ、川上さん」

「俺は光タクシーさんにも、近センにも、チクる」

作業服を着た初老の男と中年男が店を出ていき、「寒ぃ寒ぃ」と外で声を上げているのが聞こえる。

「どれ、俺も帰るわ、勘定」と、始発時刻を見計らって、立ち呑み屋にいた客達が次々に背中を丸めて出ていく。室田もそれに続こうとアルミの灰皿に煙草を押しつけた。

「親父……もう一本な」

「俺は帰る」

「室田さん、そりゃ、ないだろう……」

カウンター越しに布巾がけをしていた親父が面倒な表情で、電子レンジに徳利を入れる姿が見えた。と同時に、川上が室田の腕を軽く指先で押さえる。そのタイミングが制止というよりも、同性愛者がその気になったのをはぐらかされ、焦ったかのようで、室田は反射的に目を剝いて睨みつけた。

「気持ち悪いよ、この手さ、川上さん」

「おまえは馬鹿か、室田さん……。何を勘違いしているんだよ、ああ？……まあ、俺の方が馬鹿かも知れないが、あんたは……精神を病んでいるんだよなあ、室田さん……。

生天目クリニックだっけかなあ、あそこは心療内科だろう？　いやあ、問題はないさ、問題はないが、タクシードライバーだと問題になるんだよ、軽度の鬱症でもなあ」

　川上の言葉を聞いて、目の前の風景が一回転したかと思うと、一気に頭に血が上って無意識のうちに川上のカーディガンの胸元を拳で小突いていた。

「あ、これは、室田さん、暴力だよ？　暴力だ……」

　川上はそれでもニヤニヤと笑って、上半身を揺らしながらも平然と猪口を口に運んでいる。室田は慌てて詫びを入れようとしたが、川上の方から先に手を軽く振ってみせた。

「いや、いや……室田さん、あんたが、タクシーのサンバイザーに薬の袋を挟んでいるから、悪い。見えるよ、客にもな。命取りだ。下手すると……、ま、こんなことというのも申し訳ないが、光タクシーさんみたいな零細だと、潰れる可能性もあるんだな。知ってると思うけどさあ……」

　室田はカウンターに置かれた徳利を自ら猪口に傾ける。眉間に力を込め、薄く開いた唇から細く息を吐き出した。川上は尾行していたわけではない。生天目クリニックという具体名に思わず動転してしまったが、式場帰りに乗った時に、乗務員証から迎車カード、防犯用の録音テープ、サンバイザー、無線周波数など仕事柄一通りチェックしていたのだろう。

「……で、室田さん……今度は、俺の馬鹿な話なんだ。笑うなよ……。笑わないでくれよ……」

「……いい病院を紹介してくれってか？」

ふと漏らした冗談がやけに生新しくにおうようで、動揺を露わにしていた。

「室田さん。俺のな……俺の、客を乗せて欲しい……。俺のクルマ、都タクシーに乗って、客を運んで欲しいんだよ。……なあ、室田さんよ」

室田は上げた猪口の手を止めて、川上の俯いた沈鬱な横顔を見やった。ねっとりとした瞬きをしながら、何度か頷き、小さくしゃっくりをしている。

「……週二で、ある企業の子会社に迎車として、いくんだけどな、俺に回ってきた。その担当が病気で辞めてな……。都タクシーが契約している企業だよ。……いや、何、時間も行き先も決まってるんだ……水揚げは室田さんに半額、それから、あんたの分は、俺が光タクシーに乗る……」

室田はゆっくり頭を起こして、もう一度まじまじと川上の横顔を見つめた。川上もわずかに視線を室田に走らせ、すぐに猪口に戻した。それと同時に、室田は噴き出して、カウンターを拳で叩きながら笑った。親父が渋い顔をしてこっちを見るのが分かったが、どうにも笑いが止まらなかった。酒なのか唾液なのか、噎《む》せて咳き込んでいるうちにも、川上はもう一本酒を頼んでいる。

「……川上さん。あんた、理由は分からないが、そんなもん、同僚に代わって貰えば済む話だ。なんで俺が都タクシーに乗るんだよ。馬鹿な話だ」

「……俺は……会社の奴らと……口をきいたこと、が、ない……」

一瞬、呆気《あっけ》に取られて口を噤《つぐ》んだが、眉を捩じり寄せて表情を歪めた川上を見て、室田は視線をそらした。こいつこそかなり病んでいるのではないかと思い、無意味にも川上の灰皿から薬のカプセルの殻を探そうとしている。

「で、あんたが、光タクシーの地味な日産クルーに乗るってか？　アホか、あんた……」

「室田さんよ。……あんた、ぶっ殺してやりたい奴、いるか？　ま、そんなこという歳でもないがな……」

川上が急に酔いの醒めたような素の声を籠らせた。

「そういう時は、てめえが死ねばいいんだよ」

「あんた、いないのか？」と、川上が体をこっちに向ける。

「いないね」

「……無理にも考えてみろよ。てめえの器ってもんが分かるよ、室田さん……」

「充分だ」

室田はズボンのポケットから無造作に千円札を数枚取り出して、カウンターに投げ出す。すでに川上はまたカウンターに上半身を折るように寄りかかっている。

「ああ、でも、俺はチクるよ。おたくの室田貴之さん、薬飲んでますよ。けっこう、運転手として、やばいですよ……」

「勝手に密告でも何でもするんだな、川上さん」

「俺はやるよ」

カウンターに両肘をついて首を突き出している川上の頭から肩を見下ろす。自分が酔っている時も、他人が見たらこんな感じなのだろうと室田は思う。実際の歳よりも、五、六歳は老けて見えて、ただひたすら陰鬱の苦さに黒く焦げていく感じだ。最低の酔態だな、と胸の中で呟き、室田は店を出た。


長刀に反射させた光を瞼《まぶた》に当てられている。そんなことを思っていると、ぼんやりと目が覚めてカーテンの隙間から光が斜めに顔を横切っていた。

「俺はやるよッ、こらッ」という、川上が店の中からもう一度叫んだ声が耳奥に残っていて、室田は布団の縁に小さく笑いを漏らした。

また眠りに入ろうと目を閉じて瞼の裏側を見つめるが、隣の部屋の田辺という初老の男が部屋で足踏みの運動をやっているらしい。諦めて布団から起き上がると、すでに正午を回っていた。

睡眠薬と、川上と呑んだ酒のせいで、胃が重く舌がざらつく。何度か痛む舌を動かして口の中を湿らせようとするが唾も出てこない。と、壁際に置いた電話の留守録ランプが赤く点滅しているのに気づいて、目を閉じた。片膝を立て、年寄りじみた呻き声を上げながら立ち上がると、窓のカーテンを開ける。いつもの風景が、汚れて薄紫色に曇ったガラス窓越しにあった。小さな墓地と日蓮宗系寺院の看板と性病科の看板……。

「……私、岡崎と申しますが……、か？」

低く鈍い声を漏らしながら、寝起きの自分の声がまったく顔も知らない岡崎の留守録の声を演じているのに嫌気が差す。古くくすんだ墓の間に、新しい花崗岩の墓がいやにくっきりと矩形を主張していて、何様だ、と腹の底で唸ってもいた。まだ窓の外の風景に慣れていないと思う。

「……それとも、愛しのジョーン・フォンテインか？　ああ？　毒入りミルクだ……」

窓を薄目に開けると、日差しに温められた墓地の土のにおいがかすかに入ってくるが、すぐにいらつくほど冷たい空気が滑り入ってくる。室田は留守録のボタンを叩いて、布団の上にしゃがみ込んだ。

「三件です」という無機質な女の声が流れ、朝の八時きっかりに一件目が入っている。

「……たびたび申し訳ありません。横浜、保土ヶ谷総合会計事務所の岡崎と申します。室田さんと一度是非お話し致したいのですが、いかがでしょうか。お手すきの時にでもご連絡いただけると幸いです……」

思った通り、岡崎の落ち着いた低い声が入っていて、事務所の電話と携帯電話の番号まで吹き込まれていた。二件目は無言。三件目は、また岡崎だった。

二件目の切り方というのか、留守だと知って一瞬息を止めた気配が、由布子のような気がする。おそらく谷中の古く狭いアパートなど、電話のむこうにイメージはしていないだろう。目黒のマンションに住んでいた頃の延長を想像しているのではないかと思う。

建築雑誌をやっていたこともあって、臭いほどポストモダン的にモノトーン調に統一していた自分の好みを思い描いているに違いない。いや、想いもなく、すでに別居している男の住空間など、由布子や女達には関係がない。諦めて電話を切る時の、「まあ、いいか」という、もはや自分に無関心の由布子の表情が浮かぶ。室田は半眼のままぼんやりと電話を見つめていたが、ゆっくりと洋服ダンス下の引き出しに視線をやった。

どちらでもいい。ただ、事務的な作業が億劫で引き延ばしていたともいえる。だが、何処かで、薄くとも一枚繋がっている状態が、今の自分にはベストだと無意識のうちにも判断しているのかも知れなかった。この不甲斐なさというものと岡崎という男は縁がないのかも知れないが、いや、男などたかが知れている。事務所や由布子の前での演技だ。いつか破綻する。てめえの好き嫌いの都合で、まったく違う会社のタクシーに乗って時間を過ごそうとする馬鹿な運転手が世の中にはいるのだ。

室田はカウンターに突っ伏した川上の姿を思い出し、昼の片端をゆっくり捩じ曲げた。ほんの六、七時間前のことなのに、ずいぶん前というか、夢の断片のような気もして、自分は何をしに浅草にいったのだろうと思う。

胡坐《あぐら》をかいたまま尻でにじり寄り、洋服ダンスまでいくと、引き出しを引いた。年金の書類や水道・ガスなどの領収書の下に、透明のファイルケースが覗く。引き抜くと、丁寧だが潔《いさぎよ》い由布子の文字があって、見慣れない印鑑が押してある。その離婚届の用紙を挟んだケースごと由布子が郵送してきたものだ。

室田はすでに妻の住所が横浜になっているのを見て、協議離婚のための証人欄の空白を見つめる。一人は由布子の友人が記し、もう一人分の欄には最悪、岡崎が自ら捺印するのかも知れない。いや、そんなだらしなさはこりごりだと、由布子が岡崎の知人に頼むのだろうが、シンプルな事務的な用紙に書かれた由布子の筆跡を見ているうちに、奇妙な肉のようなものを感じてきて、室田は頭を振った。

これに自分が記し戸籍謄本をつけて、由布子に送れば、世間には何の影響を与えることもなく、離婚ということになる。むしろ、清々しいというのか、頭の中が広がって風通しがよくなる気分だが、そこにカラリと音を立てて、乾凅《ひから》びて萎縮した自分が転がるのが見える。

テーブルの上に乱雑に置いた雑誌や新聞をどけると、室田はファイルから届け出用紙を取り出して、一気に名前や住所、本籍などを記した。

「……腹は、それでも、少しは減るか……」

一言、呟いて腹を擦ると、煙草に火をつけ、また眉を寄せながら、ボールペンを走らせていく。2DKの狭い和室で背中を丸め、離婚届に文字を書き込んでいる自分の後ろ姿を想像していて、その視線がタクシー運転手を脱しようとルームミラーを睨んでいる時のものだと思い、うんざりした。

室田は捺印しないままの届け出用紙をファイルに戻し、ゼロハリバートンのブリーフケースに投げ込んだ。二週間前に買った就職情報誌が中で捲《めく》れ、折れたページが重なり合っているのを見て、部屋の隅に重ねた新聞紙の上に置く。神藤や西尾は休日に何をしているのだろう。神藤はまた釣りかも知れないが、西尾も二人の幼い娘相手に、いい父親をやっているのか……。そんな休日の同僚のことを思っている自分がいて、ふと、酔いに忘れていた言葉が生々しく立ち上がってきた。川上が思わず漏らした言葉だ。

「……俺は……会社の奴らと……口をきいたこと、が、ない……」

都タクシーという、港湾無線グループでも規模の大きな会社の車庫で、まったく口もきかず、むっつりとした表情でタクシーに乗り込む川上の姿を思って、室田はわずかに口元を緩めた。面白くないことを、面白くないままやる、川上という男の性格というのか、暗さは、自分よりもよほど鬱にあるじゃないか、とも思う。

「人生、色々あるんだろ？　川上さんよ」

一体、どんな理由で、その迎車をしたくないのか。都タクシーの複雑な事情を知る気もないが、川上が酔いながらもいってきた、タクシー業界では途方もなく非常識な願いに、腹を抱えたくなる。無視して忘れようとしても、腹の底から笑いの泡がいくつも上ってきて、室田は思わず肩を震わせた。

いつものように髭を剃り、顔を洗ってから、タンスの扉を開ける。この前と同じチョコレート色のスーツ。ネクタイは黒地に茶色のペイズリーが入ったものを選び、ワイシャツはクリーニングから上がってきたものを着た。

「チクるだと？　勝手にやればいいさ。晴れて、俺はクビだ」

ジェルで髪をオールバックにすると、薄いブラウンのサングラスをかけ、ブリーフケースをぶらさげて部屋を出た。何処へいく当てもない。だが、タクシー運転手の自分から離れて、雑踏に紛れたかった。ルームミラーのむこうに後ろ姿を見せて、どんどん遠ざかっていき、他人のような顔をしている自分が必要だと思う。

昼過ぎの言問《こととい》通りを急ぎ足で歩き、鶯谷駅方向に向かう。平日のクルマの渋滞を一瞥して、浄名院を過ぎ、寛永寺陸橋のあたりにきて、夥しい広告塔や高さのまちまちなビル影が乱雑に開ける。山手線と京浜東北線の交錯する音を陸橋の下に聞きながら、一通行人となって歩いた。

何処へいくか……。早くこの仕事を辞めたいと毎日のように考えながら、積極的に職探しをするわけでもない。かといって、三〇過ぎの、元業界雑誌の編集者を雇ってくれる会社など、まずハローワークのような所では見つからない時代なのだろう。

市ヶ谷のアルカディア会館という手もある、と思いついて、川上が引き出物をぶらさげて立っていた姿を思った。何処へいくか、と自分の中で呟きながら、すでに行き先が決まっている自分に気づいている。ブリーフケースに入った離婚届を郵送するなど考えもしないし、捺印もまだだ。だが、自分は鶯谷駅から山手線で東京駅へといき、東海道線に乗り換えるのだろう。戸塚か？　それとも、由布子の実家のある港南台か？

戸塚にある岡崎の保土ヶ谷総合会計事務所というやつを、それとなく外から窺う悪戯をやるだろうし、あるいは、足を延ばしてもう間取りも忘れてしまったが由布子の実家にいくということもありうるだろう。

「俺はやるよ、だな、川上……」

突入して暴れる自分の後ろ姿を想像してみるが、実際は、おいおいと泣き出し、挙句の果ては、岡崎か由布子の前にひざまずいている図の方が現実的で、自分に近いと思った。大体、考えたシナリオや幾度もシミュレーションしたこととはまったく違う角度から、現実というものは滑り込んでくる。

腕時計を見ると、一時半を回っていて、室田はしばらくぼんやりと陸橋下を走る山手線や京浜東北線の灰色のルーフを眺めていた。橋の欄干にブリーフケースを置き、携帯電話を取り出す。まさか、自分から電話するとは思ってもみないのに、送信履歴から川上の携帯番号を繰り出した。そして、欄干に腰を預けると、スイッチを押した。

「……こういうことをする自分もいるだろう……こういうことをする自分も……」と、胸の中で独り言を繰り返す空虚さに焦点をやって、何を自分は見ているのか。

五回、六回と呼び出し音が鳴って、留守録に切り替るのか、という時、耳元に乱雑な音が入って、川上の恐ろしく低く鈍い声がした。「はい……」という一言なのに、二日酔いがまだ抜けないのか、頭の奥に、妄想に近い考え事がトグロを巻いているのを想像させる。

「俺だ、室田だよ」

一瞬、沈黙があって、またざらついた音が耳を擦った。

「……何だよ」

「二日酔いか？　ああ？　まだ高円寺のアパートで寝てるんだろうが？」

「ほっとけよ……、で、なんだよ。何か用事か？」

室田は電話を耳に当てながら、陸橋を渡るクルマの列に顔を顰める。時々、通るタクシーも東京四社の表示灯ばかりだった。

「あのな……、あんたのタクシー、乗るよ。その、なんだ、港湾無線グループの、都タクシーを運転してやる……」

また沈黙があって、受話器の奥で鈍く咳払いしている声が聞こえる。

「……室田さんよ。一体、何の話だ？　俺がそんな妙な話をしたのか？」

「迎車、してやるよ」

明らかに電話のむこうで川上がじっと俯き、細い目だけうろつかせているのを感じる。二日酔いの頭で駆け引きしているのだろう。

「ただし、条件がある。分かるか？」

「チクるよ……」

「あんたも明日は出だな、川上さん。浜町入口から上がるのか？　それとも福住か？……まあ、箱崎ジャンクションの、二車線合流のいつもの地点で会えるだろう。俺は薬を飲んでるからな、声をかけてくれ」

そういって返事も待たず、室田は携帯電話を切った。

今日は第一ホテルあたりのロビーがいいだろうと思う。

7

鉛色の内臓が綻んでいるような空だ。

隅田川大橋の上から左に視線をやると、巨大な昆虫の抜け殻をいつも連想してしまう永代橋のアーチがうずくまっている。曇天のせいで、隅田川の水面がカーキ色の膨大な泥濘《ぬかるみ》を均《なら》したふうに見え、風に立つ細かい波も鏝《こて》を当てた痕や傷に思える。

室田はジャケットの内ポケットから手探りで煙草を一本抜き、唇の端にくわえた。川縁に唐突に発生した茸のようなリバーシティ21のビル群をチラリと見やり、薄暗い笑いを漏らす。何十階あるのか分からないが、こんな冷え込む朝を最上階で迎える住民が、トーストをくわえ、あるいは味噌汁を啜り、あるいは、便器に跨《また》がっている姿を想像し、それだけで、人が勝手に生きている明朗さというのか、鈍さというのか、こっちが神妙な顔をしているのがおかしくなる。

故意に煙草を噛み締めた歯を剝き出して、顔を大袈裟に歪めて笑ってみるが、あの高級マンションの上から見たら、朝から9号深川線を走るミニカーの渋滞はさらにまともな顔をして眺めることもできないのだろう。

「一体、なんてぇ所だろうな……。まあ、それでも……」と、くわえた煙草に声を捩じらせ、言葉を飲み込む。無意識のうちにも、由布子が肩まである髪をポニーテールにでもして、きびきびと朝食の支度をしている横顔が脳裏を過ぎり、黒く不快な煙が腹の奥から立ち昇った。いや、その想像の髪の長さも、一緒に目黒で暮らしていた時のもので、今はショートにしているかも知れないのだ。

百円ライターで煙草に火をつけながら、目をしばたたかせ、前の三菱デリカのリアウインドウを見つめる。「CHILD IN CAR」の黄色のステッカーが目にうるさくて、見慣れた道路表示板に視線をやった。箱崎出口や江戸橋、両国方向を示す不親切な電光文字とルートが頭上を過ぎ、室田はハンドルを左に切ると、信号手前で止まった。

相変わらず、青信号だというのに、箱崎の周回路から出口へ向かうクルマと周回路に入るクルマの合流地点で、ガチガチに重なって固まっている。今、川上の都タクシーはどのあたりで難破しているのだろう。

無線のスイッチを切り、回送表示に変えて、煙草の煙を外に出そうとウインドウをわずかに下ろした。と同時に、ジャンクション全体に籠り、増幅するクルマの騒音がでかいパイプを通り抜ける風のように聞こえ、排気ガスのにおいが冷たい空気と一緒に入ってくる。助手席シートから携帯電話を手に取り、着信記録を調べてみたがまだ何も入っていない。

室田は登録しておいた川上の番号にかけてみる。電波が探りを入れる断続音の後、すぐにもドライブモードに切り替って通じない。そのまま助手席シートに電話を投げ出し、クルマをクリープに任せてゆっくり走らせる。助手席前に置いた銀色のブリーフケースが、暗がりに鈍い光沢を帯びていて、何か陰惨な刃物でも転がっているようだと思う。

「ムロちゃん、何、それ、大金でも入ってんの？」

光タクシーの車庫に入って、すぐに4号車にブリーフケースを放り込んだというのに、洗車していた神藤に目ざとく見つけられた。

昨日、一日中銀座をあてもなくブラブラして帰宅した後、何も考えないまま印鑑を押した離婚届が入っている。考えないことでタイミングを呼び込む自分の脆《もろ》さというか、いい加減さに、またも由布子が自分から遠ざかった理由を見出したようで、究極、自分自身のすべてが理由になるのだと納得して、唇を捻じ曲げ、一人笑ったのだ。

「今日、現金輸送車、襲うよ、神藤さん」

「分けろよ」

分厚い手の甲で鼻の下の洟《はな》を拭いながら神藤は笑ったが、自分の頭の先から足元に視線を往復させるのに室田は気づいた。奇妙な男だと思っているのに違いない。室田がぎこちない笑みを浮かべていると、神藤は目をそらして、ホイールに水をかけては飛沫《しぶき》に顔を顰めていた。

「エロ本が入ってんですよ」と、愚にもつかない冗談をいっている自分に寒気がして、一気に苦い塊になって縮こまる。助手席の前に素早く置いた時、グリップのしっかりしたブリーフケースの中で、ビニールのファイルケースがカラリと軽くぶつかる感触があって、体の中が空洞になった気がした。

前のデリカが、右から合流して箱崎出口に向かうクルマの列に逡巡《しゅんじゅん》している。

「CHILD IN CAR だからな」

室田はハンドルを思い切りすえ切りして、デリカの右へと車体を捩じり込ませる。赤いプレリュードやレガシィや、いすゞのミキサートラックが箱崎出口への道に入ろうとし、こっちは逆の右の周回路に入ろうとしている。その合流地点で、傾き、犇《ひしめ》き、乱雑に噛み合って、スクラップ工場の積み上げられた廃車の山が崩れたようになっていた。

ギアをニュートラルに入れると、サイドブレーキを引き、ペットボトルの水を喉に流し込む。合流からはぐれたアスファルト道路のガード側が空白になっていて、薄気味悪いほど何の影もない。ただ、路面にタイヤのゴム跡がいくつも擦過していたり、弧を描いていたりしているだけだ。

光タクシーの制帽の庇を指で弾き、ルームミラーを睨む。黒いセドリックのボンネットとスモークガラスが灰色の空を反射して、乗っている者の姿すら見えない。室田は灰皿に煙草を揉み消すと、メーターに取り付けられたシンプルな時計に視線を投げ、ジャケットから生天目クリニックの薬を取り出した。恐ろしく粒子が細かくて、口に入れるたび咳き込みそうになる、甘苦い味の精神安定剤だ。

「川上さんよ。何処かで見てるんだろ？」

効いているのか、効いていないのか、よく分からない薬。

「室田さんが以前の暮らしを思い出して、心悸亢進《しんきこうしん》が起きたり、脈が抜けたり、過呼吸の発作に襲われるということと、そういう症状が単なる疲労から起きて、以前の暮らしをフラッシュバックさせるという条件反射が癖になって一体となっているとも思われるんですね」と生天目クリニックの医師はいったが、一度も室田は昔の暮らしが要因だなどといった覚えはない。ただ、「今の生活がたまらなく苦痛だ」と誰もが口にすることをいっただけだ。

ペットボトルの水で歯の裏側についた粉薬を飲み込み、シートを倒すと、室田はいつものように目を閉じた。少し開けたウインドウで他のクルマが動き出す気配くらいは分かる。

一瞬、さっき見た永代橋のシルエットが瞼の裏に過ぎる。高層マンションの最上階の部屋から、箱崎ジャンクションの渋滞を眺めている自分を想像すると、一気に隅田川を上昇した軌跡が見えてくる。風に揺れ、撓《たわ》んだ曲線が蜘蛛の糸のようだと思っていて、所々、煌《きらめ》き、途切れながら、目に見えないほど小さな光タクシーに届いている。そこに乗っている奴は、銀座の中央通りやみゆき通りをうろつき回っている自分の後ろ姿を想像し、雑踏に紛れ、肩やら後ろ頭が見え隠れする気持ちの良さに、小さく低い唸りを上げているのだ。旋毛のあたりをくすぐられている気分なのは、マンションの最上階にいる自分なのか、それとも運転席で目を閉じている自分なのか、と思っている時、助手席に置いた携帯電話が鳴った。

川上だろう。半身起き上がり、シートを立てると、室田はルームミラーをもう一度睨む。セドリックのハンドルを握る白い手袋が見えた。フランシス・ベーコンの「法王の肖像」だったか、叫喚《きょうかん》する口から上の顔がないおぞましい油絵を何故か思い出す。

受話器を耳に当てると、一拍置いて、川上の鈍く低い声が聞こえてきた。

「ああ……」という、ただ一言、馴れ親しんだ女にでもかける川上の口調に、腹の奥をまさぐられる気分になる。

「今、どのあたりにいる？」

「……いや、室田さん……俺は、今日は、休みにした……」

眠そうな声がそういったのを聞いて、室田はわずかに動き出した前のクルマをぼんやり見やる。後ろのセドリックからすかさず短いクラクションが鳴った。ルームミラーに手をかざして、合図すると、ギアをドライブに入れてクリープに任せた途端に、また前のクルマのブレーキランプがついた。

「……川上さんよ。それは、ないだろう。今、箱崎ジャンクションの周回路への合流地点なんだよ」

「ご苦労だな……。薬、ちゃんと、飲んだか、ああ？」

「で、あんた、迎車、どうすんだよ。会社の人間と口を利いたことのない奴が、どうやって交代を頼んだんだ？」

受話器の奥で、小さく舌打ちする音が聞こえる。室田は右から箱崎出口へと合流してくるクルマの列を見やり、都タクシーの黒い車体がないか確かめた。ミキサートラックの後ろに、マツダのデミオ、ダイハツのストーリア、トヨタのアリストが繋がっている。ウインカーを右につけて、ジリジリとミキサートラックの顔に肘を入れるように、右のバックミラーで牽制した。ミキサートラックの助手席ドアの足元まであるウインドウから、作業員の若い男が目の端で睨んでいるのが分かったが、無視して前方を見ながら携帯電話を耳に当て続ける。

「あのな、室田さんよ。よけいなことをいうなよ」

「ぶっ殺したい奴ってのは、誰だよ？」

「……俺はすでに、浜町入口から入って、一周、周回路を回ろうとしている所だよ。あ
あ？　遅いんだよ。俺はこのまま小松川方面に降りてもいいんだぜ？　で、どうするんだよ」

ミキサートラックと斜め前のデリカの間に、一台分のスペースが空いた瞬間、室田は一気にアクセルを踏んで入り込む。いくつかのクラクションが一斉に鳴る中、右のバックミラーで周回路のクルマを睨んで、そのまま周回路に滑り込んだ。

「おいおい、室田さんよ。ずいぶん、周りのクルマがクラクションを鳴らしてるじゃねえか。そういう無謀な運転は、都タクシーのドライバーとしてはふさわしくないね」

「俺があんたに追いつく形にするのか？　それとも、下に降りるか？」

「こっちはビクともしない。降りようにも降りられないね」

　室田はそのまま携帯電話を切ると、助手席シートに投げ出して、制帽を目深に被った。

　箱崎入口からの合流までのカーブを、右に左にウインカーをつけてにじるように進む。9号深川線からの右からの合流と、6号向島線の左からの合流で、また道路が、蛇腹を縮め、窮屈に固めたような状態になる。

「……みんな、アホだよな。毎日、同じ時間に、同じ道を通って、同じようにウンザリしてな……。何処もかしこも、一生、このままだぜ……」

　大地震でも起きて、ジャンクションが一気に潰れ、自分もろとも一瞬のうちに消失してしまわないか、と渋滞する前方のクルマの列に目を細める。生きていることと、箱崎ジャンクションで座礁しているのと、まったく同じで、それでも現状にしがみついている臆病や怠惰に呆れ果てる。誰かとんでもないことをしでかす奴でも現れないのか、と思った時、クルマの列のはるかむこうから、一人の人影が二車線の車線上をゆっくり歩いてくる姿が目に入った。

「馬鹿な奴がいる……」

　室田はまた煙草をくわえて火をつけ、ルームミラーで後ろのクルマに目をやった。シルバーのギャランに乗った中年の男が、まだ二十歳そこそこの男好きのする女と喋っては、にやけた顔で笑っている。時々、女が中年男にしなだれかかって、項《うなじ》なのか胸なのかのにおいを嗅いで、うっとりした目つきをしてもいた。

「箱崎でなあ……」

何処にでもいるような若い女に夢中になる単純さに気持ちが悪くなって、室田は胃のあたりを撫で擦ったが、中年男の貧相な生き方よりもはるかに自分の方が地味だ。由布子と岡崎という男との睦み合いを想像し、あまりに瑣末なことだと思いながら、その安っぽくじっとりとした湿度が嫉妬心を煽るのだ。

煙草のフィルターを噛み、チラリとゼロハリバートンのブリーフケースに視線をやり、また前方を見つめる。車線上の男の姿が前よりもはっきり見えて、こっちに向かってきているのが分かった。外の空気が寒いのか、肩をすくめ、片手をズボンのポケットに突っ込み、もう一方の手に何か鈍く光る物を持っている。事故でも起きたのか、それとも後続のうるさいクラクションに腹を立て、一騒動起こそうとでもしているのか。

室田はウインドウを上げ、煙草を灰皿に押しつけると、念のためにドアロックノブを下ろした。近づいてくる人影がさらにはっきりしてきて、紺色のカーディガンを着て、地味な紺色のズボンをはいているのが分かる。マジか、と思っているうちにも、隅田川から吹きつける風に、皺を入れた眉間の下で目を細めている川上の顔がはっきり見えてきた。

「あいつ、何、やってんだよ」

川上は車線上を歩きながら、左右に犇くクルマのルーフを見ているようで、間違いなく光タクシーの表示灯を探している。目深に被った制帽の庇から、じっと目を凝らしていると、クルマに気づいたのか、川上の足取りが早くなった。手に持っていたのは、お茶のペットボトルだ。

室田はシートを倒すと、わざと寝たフリをして、川上がウインドウを叩くのを待った。と、いきなり、クルマが大きく上下に揺れて、慌てて起き上がると、川上がボンネットに両手を置き、体重をかけて揺らしていた。憮然とした表情のまま両肩をいからせ、フロントガラスの奥にいる自分を睨んでいる。力を込めた眉間が隆起して、額へとまっすぐ上がる皺の影が陰惨な感じに見えさせる。こけた頬や目の下のクマの弛《たる》みが、とても三〇歳を過ぎたばかりの男の顔には見えない。

舌打ちしながらウインドウを開けると、ようやく川上の口角の片端がニヤリと上がって、歯が覗いた。

「一体、何、やってんだよ……」

「いや、寒いよ、外はさすがに。小松川方面はガチガチに凍ってる……」

ルームミラーや他のクルマに視線を走らせると、ほとんどの者達がこっちの様子を窺っているのが分かった。口を開こうとすると、川上がウインドウからペットボトルのお茶と自分の携帯電話を助手席に放り投げてくる。

「帽子とジャケットを取って、助手席に置いてくれよ、室田さん。迎車は新橋から鎌倉・大船だ。場所と時間な」

川上は紺のカーディガンの胸元を探ると、メモ用紙を取り出した。きっちりと四隅を揃えて折られたメモ用紙を受け取って、室田は川上が寒がって口を歪めている顔を見上げる。

「大船?」

「悪いか?」

「願ってもないね。……で、川上さん、あんた、ここで、クルマをチェンジするつもりか?」

「チェンジだ」

「水揚げ五万円以上な。それより上なら、あんたにやる」

そういうと、川上がウインドウに両手をかけ、息を吐きながら目を閉じる。瞼に静脈の起伏がかすかに浮き出ていた。すでに突き出した下唇から歯が覗いていて、何を喋ろうとしているか分かるというものだ。

「光タクシーの誰が、五万円も稼ぐ?」

室田は帽子を取り、シートの上で体を捩じってジャケットを脱ぐと、助手席に置いた。前方に続いているクルマの列はまだ動きそうもない。客に絡まれた時のためのカセットレコーダーからテープを抜き、自分のペットボトルと携帯電話、そして、ブリーフケースを摑んだ。

「何の七つ道具が入ってるんだ?」と、ニヤリと川上は笑って、ドアから手を放した。

室田はゆっくりと車外に出る。ジャケットを脱いだ、黒のベストとワイシャツだけではかなり寒くて、川上が口を歪めていたのが分かる。

「大事な薬は持ったのかよ。生天目クリニック処方のさ」

川上が自分の胸元のあたりに視線を細かく彷徨わせているのを見て、腹の底が硬くなるのを感じる。

「……川上さん、あんた、事故、起こすなよ」

「で、室田さんの、条件はそれだけか？」

「迎車以後……そうだな、五時間はそのまま都タクシーさんに乗ってる」

室田はワイシャツの二の腕を擦りながら、他のクルマを何気なく牽制するように視線を動かした。それぞれのフロントガラスが鉛色の空の光を反射していてよく見えないが、間違いなく二人の男の奇妙な挙動を観察しているだろう。

「ぶっ殺したい奴が見つかったか？」

「まあ、そんなところだな」と、室田が川上の顔を一瞥し小松川方向に向かおうとすると、腕を軽くおさえてくる。

「おい、煙草の一本くらい吸っていけよ。他の奴らが何だと思うからさ」

車線上を悠然と歩いてきて、今さら他のドライバーが何を思うか気にしても仕方がないだろう、と今度は室田が川上の顔と胸に視線を上下させた。川上がズボンのポケットから煙草を取り出すのを見て、室田は投げ出すように片手を振ると、箱崎ジャンクションの渋滞の中を歩いた。

犇くクルマのエンジン音や排気音が体を包み込んで、内臓まで震わせる。不思議な気分だ。停滞し、蟠って、アイドリングし続ける何百というクルマの間を、ただ寒さに顔を顰めて、当たり前に歩いている自分がいた。乗用車のルーフが凸凹と連続しているのを見ながら歩き、何か自分が素裸になった気分にもなる。と、同時に特権を与えられている気持ちにもなって、無意識のうちに足取りがゆっくりとなるが、単に頭がいかれてジャンクションを彷徨している男というのか、世間から逸れるという特権なのだと思う。それでも自分は他のクルマのルームミラーやバックミラーに映る、撓んだ姿にしかならないだろうが、川上は逆行してきたのだ。あいつは公衆の面前で無表情な顔をして放尿でもしているような気分だっただろうと室田は思う。

まだ建築雑誌「C」にいた頃、やたらB級の映画ばかり観ていたが、近未来モノやSF系の映画に出てきたシーンを思い出しもする。クルマの中は腐乱した遺体がハンドルやシートにへばりついていて、クルマの外だけは何事もなくいつもの風景が展開されている。エンジンがかけられたまま、人々が突然蒸発した箱崎ジャンクションの中を、鬱症のタクシードライバーが途方に暮れて歩いているのだ。いや、むしろ、ようやくやってきた終末に、やがて自分も死んでしまう甘美さに酔っているのか。

そんなことを考えながら歩いていると、左の車線のクルマが少し動き出して、前の方からいくつもの種類のクラクションが鳴っているのが聞こえてくる。室田はブリーフケースを脇に抱えると、慌てて走り出した。自分の後ろ姿を川上は遠くから見て、笑っているのだろう。ルーフの上の表示灯を探して走っているうち、鳩の羽をデザインした都タクシーの表示灯が目に入った。長いのやら、短いのやら、ヒステリックなクラクションがあちこちから聞こえる。室田は頭を下げつつ、片手を上げて周りのクルマに示すと、素早く川上の乗っていた都タクシーに乗り込んだ。

煙草のにおいと脱臭剤のにおいがヒーターの熱で籠っている。シートからブレーキやアクセルまでの距離の調整が自分とほとんど同じなのが気色悪くて、わずかだがシートの位置を下げる。

サイドブレーキを下ろし、ギアをドライブに入れると、後続のクルマにハザードを一回点滅させて合図した。ルームミラーを見る。と、予想もしない男の顔がモロに映っていて、室田は一瞬息を呑んだ。片方の眉根を捩じり上げ、充血した目でミラーを睨みつけている自分の顔だった。

都タクシーの制帽もジャケットも着用しないまま、日比谷通りから西新橋二丁目に入った。

桜福祉会館横にクルマを停めると、室田は助手席に投げ出された川上のジャケットを着る。服の大きさもほとんど同じだが、煙草と少し埃臭いジャケットの襟が首筋に当たるのが気持ち悪い。もう一度、川上が渡したメモを見て会社を確認したが、メモ用紙の折り方といい、記されたボールペンの文字といい、極度に几帳面なのではないかと思う。

走り書きとは程遠くて、一字一字筆圧の強い丁寧な文字で記されていた。

　故意にルームミラーを運転席に向けてクルマを出た川上の悪戯を、冗談と捉えるか悪意と捉えるか。それとも単純に箱崎ジャンクション上で自分と会う前に顔を確かめたまま忘れただけなのか。おそらく、悪意からに違いないだろうが、そんな悪戯を思いつく川上の神経自体がかなり病《やまい》めいている。むしろ、自分と近い所にいるのだと、室田はかすかな安堵と不愉快さが入り混じった妙な気分になった。

　目の前のメーターや無線機のレシーバー、ラジオスイッチにぶら下げられた明治神宮のお守りに視線をやる。交代制で乗務員が変わるにしろ、お守りかよ、と室田は小さく吐き捨てた。ダッシュボード左にある社員証、あまりにも顔が違う川上の少し顎を上げた写真を眺めているうちに、故人の部屋にでも入って、ひっそりと息を詰めて何かを待っている感じにもなってきて、思い切りウインドウを開けた。

　茅場紡績の木下という男を、大船にある電気メーカーの工場に送り届ければいい。しかも、大船とは願ってもない送り先だと思った。川上にとって敬遠する何があるのか分からないが、自分にはまったく関係がない話だ。室田は助手席シートから携帯電話を取って、１０４番をプッシュする。

「ああ、あのね、横浜戸塚区の保土ヶ谷総合会計事務所の番号を……」

　室田は川上のくれたメモの端に電話番号を控え、すぐそのまま会計事務所に電話をしてみる。二回の呼び出し音で電話はすぐに出て、若い女の声が丁寧に場所を教えてくれる。大船から戸塚区の原宿経由ですぐに辿り着くだろう。

メモをワイシャツの胸ポケットに収めると、川上の帽子に手を伸ばし、内側を確かめる。おずおずと被り、一回深呼吸してから、室田は茅場紡績の営業部が入っているビル前へとクルマを徐行させた。路駐車の続く列に、なんとかスペースを見つけてクルマを繰り入れる。約束の一〇時半までにまだ少しあって、川上のタクシーの中にいるよりはマシだと外に出たが、都タクシーの紺色のジャケットと黒のズボンの組み合わせが、あまりに地味だった。室田はジャケットを助手席に放り込むと、茅場紡績の入っているビル前へと肩をすくめて歩く。

共同ビルのロビーか玄関横で煙草を一本くらい吸う時間はあるだろうと思ったが、黒い蝙蝠傘《こうもりがさ》を持って、チャコールグレーのコートを着た四〇歳くらいの男が、すでに立っていた。狭い道路を走るクルマに視線をやっている。

「煙草くらい吸わせろよ、この野郎……」と腹の中で唸りながら近づいて、制帽の庇に手を添えると、室田は男に笑顔を見せる。

「都タクシーの川上と申しますが、茅場紡績様の木下様で……？」

川上を何処かで演じ始めている自分がいた。男は玄関ホールへの三段ほどの階段上にいるせいか、目の端で自分を見下ろす形で、不遜な感じに見える。厚い唇の両端を下げ、傘の柄に両手を置きながら、仁王立ちする恰好で軽く頷いて見せてもいた。

「いい態度だな、お客さんよ」と、川上ならば胸の中で唾棄しているのだろうが、演じることで逆に距離が取れて、より卑屈に応対してみたくもなる。

「大変遅れまして、申し訳ございません。鎌倉大船の三橋電気様までご案内申し上げます」

この男と川上に何かあったのか。それとも、川上の前の職業に関係する何かか。際限なく詮索できそうだったが、自分には関係がない。何処までも卑屈な都タクシーのドライバー川上を演じ、むしろ、こっちが客の男の態度に不愉快になればなるほど、胸の底の辺鄙《へんぴ》な所がくすぐられる感じだ。

「こちらでございます。路駐が多うございまして……」

川上、どうだよ。完璧な接客態度だろう、ああ？　今頃、あんたがどのあたりを流しているのか見当もつかないが、たかが苦手な客の一人、迎車できなくてどうするよ。

「川上さん、といったよね……」

男が後ろからゆったりした足取りでついてきて声をかけてくる。想像していたのとは違って、柔らかい落ち着いた声だと思う。

「いつもの、川上さんと……違うよね。いや、まあ、事情があるんだろうけどね。いや、いいんだ、いいんだ」

室田は男の言葉を聞き、反射的に一瞬足を止めようとしたが、タクシーの後部ドアを素早く開けて、客を入れる。茅場紡績の迎車担当の男が病気で辞めたというのは嘘で、すでに川上自身が何度も迎車していたということになる。

「ほう、社員証はいつもの川上さんのままなんだね」

「いやー、じつは、川上の方が、他の乗務員の代理で急遽迎車に向かいまして、私が務めさせていただいております。無線の関係上、社員証のままの名前で応対させていただいております。私、岡崎と申しますので、よろしくお願いいたします……」

「いや、別にいいんだよ、さっきは、何処の人かと思ってさ」

咄嗟《とっさ》に出任せをいってごまかしたが、川上は迎車するのが嫌なのではなくて、光タクシーのクルマを使って何かをしたかったのだとようやく気づいた。ルームミラーを見ると、不惑を過ぎたばかりには早い老眼鏡をつけて、コートの内ポケットから取り出した書類に目を通している。川上は一体、何を企んでいるんだ？

「コースは、横羽線から横浜新道、横横から日野で降りるで、よろしゅうございますか？　それとも湾岸にいたしましょうか？」

「どの道でもいいけど……ねえ、あなた、岡崎、さんねえ。都タクシーさんというのは、しかし、みんな、こんな丁寧な応対するわけ？　いや、うちの若い奴らに教えてやりたいよねえ。岡崎さん、まだ、三五、六歳？　もっと、いってる？　あの川上さんなんかもねえ、まあ、じつに、接客マナーができていて、こっちはハイヤーに乗ってる気分だよねえ。……ああ、じゃあ、いつものように、私は寝るから、三橋電気近くにきたら、起こしてちょうだい」

そうかよ、お客さん、と腹の底で呟き、「かしこまりました。どうぞごゆっくり」など応じている。

川上は自分のタクシーでどのあたりを走っているのだろう。室田は都心環状線の土橋入口を上がり、アクセルを一気に踏み込んだ。早いところ、後ろのオッサンを降ろして、戸塚に向かわなければならない。

8

横浜横須賀道路を日野インターで降りて、環状4号と交差する柏尾川という浅い川沿いに、三橋電気のだだっ広い工場はあった。

門脇に忽然《こつぜん》と置かれたボックスのような守衛室を通過すると、構内の道路に桜並木がある。黒く枯れた枝々が、灰白色の真っ平らな空に伸びていて、室田は毛細血管や静脈の群がりを思い出す。図鑑でだったか、標本でだったか、夥しく不規則な細い線が絡まり、ぼんやりとした輪郭を持って塊になっている図が脳裏を過ぎり、気持ち悪くもなる。そんなことを連想して、ちょっとした拍子に、また過呼吸的な症状に陥るのではないかと体の中に探りを入れているのは、やはり世の中で自分だけだろうとも思う。

茅場紡績で作っているシールドの布を三橋電気に卸していると、横浜新道で一度目を覚ました木下が教えてくれたが、遮蔽布がどんなものかさっぱり分からない。後部座席で寝ている男の顔をルームミラーで確認しながら、室田はゆっくりハンドルを切って、構内道路奥にある矩形の建物に向かった。

男を降ろしてから、念のため精神安定剤をもう一服飲んだ方がいい。ふと目に入ってきた風景の細部が頭の中に入り込んで、なかなか出ていかない時は、生天目クリニックの医師がいっていたパニック性障害とやらの症状が出やすいのだ。

「木下様、こちらでよろしいでしょうか？」と、ルームミラーに半分映っている男の顔に向かって声をかける。眠っていた鈍い重みの底から、声を低く唸らせて男は目を覚ました。メーターの額と高速の通行料を入れて、二万六七〇〇円。

「川上さん、お疲れ様……。ああ、岡崎さんだったか……。この次はどっちになるか分からないが、またお願いします」

男はそういって何も書き入れていないタクシーチケットを渡してくると、巨大なコンクリート棟の前で降りた。閑散として、特撮映画のセットをそのまま実物大にしたような所だ。

「どうぞ、またお願いいたします。本日はありがとうございました」と、室田は川上の営業用の声なのか岡崎の声なのか無意識に演じていっている。留守番電話に入っていた、岡崎の落ち着いた声が耳の奥で蘇り、こんな腰のいやに低い声は出したこともないだろうと思うと、腹の中を抉られる気分にもなった。

実車記録にメモを取る振りをしながら、男が遠ざかるのを待つ。それから、少し構内の道路にクルマを進め、大振りの桜の下で停まった。助手席シートからペットボトルを取り、また奇妙な味のする精神安定剤を口の中に水と一緒に放り込んだ。

頭の芯を緩い力で引っ張られ、かすかな眩暈を覚える。右に左に動いて、また一気にまっすぐ引かれる気がして、まるで魚が釣り針に食いついた時のようだ。川上が運転している光タクシーの軌跡を何処か頭の隅で追っていて、その想像が招いている錯覚だろうと思う。

茅場紡績の木下を迎車するのが苦痛だと偽って、自分のタクシーを乗り回している川上が何処に向かって、何をしようとしているのかなど分かるわけがない。光タクシーの制帽を目深に被って、憮然とした表情で運転する川上の横顔が過ぎる。

「……あんた、ぶっ殺してやりたい奴、いるか?」という酔いに紛れた川上の声が聞こえ、室田は口元から軽く笑いを漏らした。

「……無理にも考えてみろよ。てめえの器ってもんが分かるよ、室田さん……」

殺したい奴などという、思いの強さ自体が疲れる。シートにもたれかかったまま、自分の胸の中にある気持ちの強さという奴が、何処かにあるのか、ぼんやりと確かめてみる。胸腔の暗い空洞の中を、濁った霧というのか、煙が充満してゆっくりと細い筋を動かしているばかりで、若い頃のような金属めいた煌きや、青光りする塊など少しも手応えとしてない。無理にでも殺す対象を浮かべようとしても、すぐに出てくるのは由布子や、まだ見たこともない岡崎の影になるだろうが、遠く関係のない所で失せて欲しいくらいで、自分が行動に移すほどのことはない。

「おい、室田貴之さんよ。それは、本心かよ？　ああ？」

光タクシーの川瀬や、まったく口を利いてくれない飯島の陰鬱な顔まで浮かんできて、室田は唇の片端を上げながら、神奈川の地図を手に取った。

「……そして、岡崎の事務所に向かう俺がいるんだろ？」

ルームミラーとバックミラーに視線を投げてから、綾瀬・戸塚のページを開く。ウインドウを少し開いて、煙草に火をつけ、原宿から矢沢、横浜新道を入ってすぐ降りる道を確かめた。保土ヶ谷総合会計事務所という名前から戸塚区との境の辺りかと思ったが、東戸塚よりもずっと鎌倉寄りだ。

秋葉町や前田町の辺りを目を凝らして、指先で追っているうちに、いきなりウインドウをノックする音が聞こえて、顔を上げた。紺色の制帽に紺色の作業アノラックを着た初老の警備員が訝《いぶか》しげに覗き込んでいる。室田は慌てて地図を伏せるとウインドウを下げた。持っていた煙草の先から灰が落ちて、ズボンとシートを汚す。大型の地図帳と煙草を持ち、唇を尖らせてズボンの灰に息を吹きつけている自分が恐ろしく貧相に思えた。

「ここで、何してる？　迎車か？」

警備員のぞんざいな口調が絡んできたと思うと、男の視線がダッシュボードに投げ出した生天目クリニックの薬の袋に移った。腹の底にいきなり泡立つものがあって、いや、それでも自分は平然と警備員の尋問をかわすのだろうと思っているうちにも口が開いた。

「悪いのか、ああ？　ここに停車してるのが」

六〇歳を過ぎているのだろう、制帽の下の渋い顔がさらに凝り固まって、くすんだ顔が緊張する。別に声を張り上げるつもりもなかったのに、思わず口から出た声が乱暴になっていて、逆に、燻っていた不愉快さが自分の声に導き出されて楽にさえなる。

「……ここは、あんた、三橋電気の構内だろうがッ」

「迎車っつうのは、何だ？　ああ？」

「迎車じゃなくて、なんで、よその敷地にいる？」

警備員の声が興奮で震え始めるのが分かった。こめかみに静脈を膨らませながら、誘導用の棒なのか、赤い棒を突き出し、その先を小刻みに振っては怒鳴っている。

「関係のねえ他人に、迎車か、なんていわれたかないんだよ、ああ？」

「何処のタクシーだッ。都タクシー？　都内のタクシーだな？　一体、誰が呼んだ？」

「おたくのお偉いさんじゃねえのか？」

室田は被っていた制帽を指で弾くと、ちびた煙草をウインドウの外に捨てる。危うく警備員に当たるところだったが、わずかにアノラックの腕を掠めるように飛んでいった。

「おまえッ、何をするッ。名前はッ？」と、完全に怒りで爆発した警備員がダッシュボード左にある乗務員証を見ようとして腰を屈めた時、室田はウインドウのガラスをゆっくりと上げた。

「偉そうな口を利くんじゃねえぞ」

そういうと、素早くハンドブレーキを下ろして、ギアをドライブに入れてアクセルを踏み込む。閉め切ったウインドウのせいで、警備員の怒鳴り声が籠って聞こえるが、無視して一気にクルマを走らせた。タイヤがアスファルトに滑って鳴く音がして、かすかに尻を振るのが分かる。ルームミラーにタイヤが焦げて巻き上げた紫色の煙が揺れ、その奥に警備員が赤い棒と腕を交差させて、声を張り上げている姿が見えた。

「ナンバー、よく覚えろよ、オッサン」

ルームミラーの中で小さくなっていく警備員の影を睨みながら、守衛室のある正門に向かってクルマを走らせ、そのまま公道に出た。

「……殺したい奴は、何処にでもいるもんだよ、川上さんよ……」

口に出してみて、一人、薄ら寒いほどの羞恥に襲われ、顔に血が上ってくるのを感じる。大袈裟なほど表情を顰め、歯を剝き出して笑うと、精神安定剤の甘苦い味が舌の根にざらついた。

長後街道のあたりで、フロントガラスに雨滴が落ち始めた。シナプスのような形に潰れたいくつもの雫が、さらに触手を広げ、痙攣しながらルーフの方へと逆に這っていく。

室田はアクセルから少し足を浮かせて、七〇キロくらいに速度を落とした。

稲妻状に分岐しては触手の先の透明な玉を震わせて滑る雨滴の模様が、真冬のガラス窓に咲く氷紋を思い出させる。何処で見たのか記憶を探っているうち、ぼんやりと女の横顔が浮かんで、由布子とだったかと記憶の焦点を絞るが、一緒にいた時の空気の感触が違う。

何か日常から逸れて、火遊びに似た湿度や、たえず終わることが分かっている宙吊りの感じが、奇妙なほど心地良かったのを思い出し、信州の小諸にあった小さな鉱泉旅館でだと気づいた。「C」時代に、伊豆へいったのとは別のアシスタントと千曲川の辺りに住む建築家を訪ねて、その夜、素泊まりした旅館のガラス窓に氷の花が咲いていたのだ。福岡だったか長崎だったか、九州出身の女の子で、CGで作ったような氷の模様に興奮して、尖らせたピンク色の舌先で氷の模様をなぞっていたのが脳裏を過ぎる。一緒になって窓ガラスを舐めた、まだ二〇歳代の若い自分が蘇ってきて、一瞬、今走っている1号線が信州からの中央高速道のような錯覚に陥りそうになる。

視野の隅に銀色のブリーフケースが鈍く光っているのを感じ、室田は舌打ちして、ワイパーを一回フロントガラスに往復させた。一瞬のうちに、夥しい水滴の中にあった1号線の風景が、くっきりと輪郭を際立たせて立ち現れる。雨空の光の加減もあって、よけい風景の細部までが鉛色に鈍く濃く照る感じだ。

制帽を目深に被り直し、前を走るプジョーのリアウインドウに視線をやる。まだ三橋電気構内での苦い蟠りが腹の底で熾《おこ》っているようで、ふとした拍子にアクセルを思い切り踏み込むとか、いきなりハンドルを切ってしまいたい衝動に駆られる自分がいる。

「まだまだ若いってか？」

急ハンドルを切って、スリップをし、道路脇の壁に衝突、大破するという当たり前なことを知りつつ、ハンドルを切る愚かさというのか。それでもまだ大破して死んでいる自分を、信じない非現実感が何処かに残っているのかも知れない。いや、無謀さやいい加減さや甘えに近いものだろうと思う。何とかなるだろうと思っていて、どうにもならないのが現実だ。

室田はルームミラーに映るロードスターを見つめながら、二、三度ブレーキを軽く踏んでさらに速度を落とす。ずっと自分の速度に合わせてついてきた後ろのロードスターがルームミラーに膨らみ、へばりついてきた。

運転している二〇代の男とルームミラーの中で目が合って、室田はまたアクセルを踏み込む。前のクルマの、形しか分からない小さなミラーを睨みつけている若い男の暇な熱というのか、絡む気持ちが恥ずかしくて、体の中をくすぐられる。奴にもまだ現実なんて分からない。てめえが分離帯に衝突して死ぬことも分からないだろうし、人生はうまくいかないものだと口ではいいながら、まるで自分には無関係なことだと信じているだろう。

そんなことを思いつつ、後ろの若い男の方がはるかに成熟していて、現実の論理という奴を受け入れないのは自分だけなのかも知れないと、息を漏らした。室田は、わざと自分のクルマの中の動きが分かるようにルームミラーにゆっくり手を伸ばすと、角度を極端に変えて、若い男の視線を切った。

不動坂の信号を左に曲がって化学工場の横を走り抜けた時、助手席シートの携帯電話が鳴る。川上が時間を計って連絡を入れてきたのだろう。

室田は後続のクルマを確かめてから、ハザードをつけてクルマを左に寄せる。電話を手に取ると、やはり川上の電話番号が液晶画面に現れていて、しばらくの間、そのまま鳴らし続けてみる。まだ客を乗せているということもありうるというのに、愚にもつかぬ私用で電話をかけてくる川上の無神経さや悪意を楽しみたい気分にもなった。

一分ほど経っても耳をいらつかせる着信音は消えず、暇なのは自分の方だと、ようやく通話ボタンを押して電話を耳に当てた。

「室田さん、乗客中か?」と、低く粘る声がする。

「室田、じゃない。都タクシーの川上だよ」

無愛想に室田が答えると、受話器の奥で川上の鼻で笑う声が聞こえる。すでに、光タクシーの日産クルーのエンジンにも慣れて、クルマを交換していることとさえ忘れているのではないかと思うほど、落ち着いている。川上が実車記録に澄ました顔でボールペンを走らせている横顔が見えてきそうだ。

「茅場紡績の客を、無事、届けてくれたか?」

「いい客だな。あんたが嫌う理由が分からない。まあ、最後まで俺を都タクシーの川上だと思っていたよ」

一瞬、電話のむこうで沈黙していたが、「そりゃ、良かったな」とぶっきらぼうな声を出してくる。バッティングセンターの打球音に似た間の抜けた金属音が時々聞こえてくるが、バッティングセンターなど都内にゴマンとある。その近くでタクシーを停めているのか、それとも、中のベンチでぼんやりしているということも考えられる。

「完璧な接客マナーで、木下さんを送り届けたからな、川上さん。あんたの方はどうなんだ？　どの辺りだ？」

室田は胸ポケットから煙草を取り出すと、ウインドウを開ける。

「なんだ、そっちは雨でも降ってんのかよ？　そろそろこっちも降り出すのか？」と、川上の声の角度が変わって、実際に首でも捻じ曲げてウインドウ越しに空を睨んでいるのだろう。

「さっき、永代橋のあたりで、偶然、光タクシーの奴と擦れ違ったぜ。むっつりした野郎で、こっちが手を上げても、挨拶もしねえ」

「……よけいなこと、すんなよ」

「このゴチャゴチャした都心で、光タクシーさんと遭遇するとは、凄い確率だと思わないか？　分母が天文学的な数字だぜ。……なあ、室田さんよ。タクシーの中で休憩している所とかさ、乗ってなくても停車している自分のタクシーを見られるのが、どうしようもなく恥ずかしいってことあるだろ。甲羅外して、干してるようなさ。まあ、俺はてめえの汚いパンツを拾われた気分だけどな。人の褌《ふんどし》だったら、気が楽だよ。誰も、俺を分かりはしない……」

「おい、川上さん。今、何処にいるんだよ、川上……」

そういいかけたと同時に電話は切れた。すぐに履歴の番号で電話をかけ直すが、ドライブモードに切り替っていて繋がらない。朝、箱崎ジャンクションの渋滞の中を一人歩いてきて、ボンネットを揺らした川上の顔が過ぎって、あいつは一体何を考えているのだろうと思う。都タクシーに乗っている時は、見られたくない場所にいるということか。何処から見ても、クルマの中にいればタクシー運転手は似たり寄ったりだが、そんな自意識を川上という男が持っていること自体、鼻で笑いたくなる。

室田も携帯電話をドライブモードに切り替えて、制帽をさらに目深に被り直した。雨がさらに激しくなって、ルーフやフロントガラスを強く叩き始める。ウインドウを閉めると、雨音のせいで逆に繭の中に入り込んだような静寂が訪れた。保土ヶ谷総合会計事務所まで、後四、五分で着くだろう。道路や建物にもよるが、安全に路駐できる場所を見つけることが先決だと思った。

三〇分ほど、チョコレート色のタイルレンガ地のビルを見つめている間、煙草を四本吸った。表示はもちろん回送のままで、制帽の庇の下からワイパーで拭われたビルの入口を見つめる。三階建てのシンプルなビルで、角に会計事務所の文字が書かれたプラスチックの箱型の看板が留めてあるが、最上階は空き室広告が窓ガラスに貼られていた。何処の町でも見かけるビルだ。一階も二階もクリーム色のブラインドが下りていて、時々人の影らしきものが過ぎるが、雨や温気で曇った窓ガラスのせいでよく見えない。

一体自分が何をしようとしているのか、分からない。もうすぐ正午になる時間で、由布子や岡崎が昼食に外に出る可能性があるくらいだ。間違いなく由布子が中にいるという事実に、陰鬱な興奮というのか、胸騒ぎに似たものを少なからず覚えたが、ただビルの中で由布子という女の肉のにおいが膨れ上がってくる感じがして腹を擦った。

ビルの中に入り、由布子にブリーフケースに入った離婚届を渡しさえすれば、すべてが片付いて、他人になれる。後は一介のタクシードライバーとして淡々と生活していくだけだ。

と、そう思った時、入口に何人かの人影が現れて、その中から一瞬のうちに由布子の姿を見つけ出した。招き寄せたようなタイミングに腹の中が硬くなる。顔というよりも、体の動きや線が一気に記憶を揺り動かす感じだった。他の事務員の女達と雨空を顰めた顔で見上げ、コートの襟を立てているが、よく搔き上げていた肩まであった髪が、ベリーショートになっていて華奢な少年のようにも見える。

室田は制帽の庇を下げ、シートから体をわずかに下に滑らせる。まったく自分に気づかずに同僚達と喋っては傘を広げる姿が滑稽だった。膝から下を後ろに返してヒールの先を確かめ、体を捩じっているが、こんな時、由布子はこっちを見るのだ、と思ったと同時に視線が上がって、自分の乗っているタクシーに由布子の顔が向いた。

室田は反射的に息を詰めて、じっと帽子の下の視線を動かさない。別居中の亭主がタクシー運転手になったから自然に目に入ったのか、それとも雨の中を歩くのが嫌で単にタクシーに乗ろうとでもいうのか。少し前に見た夢の中の由布子のように、まさか近づいてきてウインドウを叩きはしないだろう。息を凝らして睨んでいるうちにも他の女達と一緒に商店街の方に向かっていく。歳下の同僚や先輩達に合わせて、傘の中で縮こまり、大袈裟に寒がる振りをしては笑っている由布子が、またもう一度、自分の方を振り返る。パッシングの一つもしてやろうかと馬鹿なことを一瞬考えて、「危ねえ……」と声をクルマの中に籠らせていた。

「徒労だな、あまりにも……」

四人の女達が雨の中を歩いていく後ろ姿を見つめながら、由布子が他の男に体を開いているのを敢えて想像してみる。猛烈に歯軋りするような嫉妬を自ら呼び込んで、ビルの中に飛び込むほどの力を得たいと思っている自分がいた。男の無骨な腕やら肩、ペディキュアを塗った由布子の爪先や、尻の間にある暗がりが、断片になって見えるが、まるで嫉妬や情欲の部分を煽られることもなく、ただ女がいるのだと思うくらいだった。

「……完全に、離れている、か……」

体を起こしてルームミラーを見ると、とんでもない角度を向いていて、通りに面した小さなフラワーショップを映している。そっちの方を見ると、薄ぼんやりと曇ったウインドウに雨滴がいくつもついていて、その中に外の風景が閉じ込められ、いくつも黒曜石の欠片《かけら》のように光っている。室田はルームミラーの角度を戻し、表情を確かめると、送風を最大にしてクルマの中の空気を入れ替えた。そして、携帯電話を手に取り、会計事務所の電話番号をプッシュする。

数時間前にかけた時の女とは違う、年配の女の声がして、室田はまた都タクシーの川上を演じようと深呼吸した。いや、自分が思い描いている架空の岡崎だったりもする。

「室田、と申しますが、岡崎さん、いらっしゃいますか？」と切り出すと、女は事務的に用件を聞いてくる。

「私用ですよ。室田といえば、分かります」

そう答えて、由布子はひょっとしてまだ室田の姓のまま働いているのだろうか、それとも旧姓の黒木と名乗っているのだろうかと思っていると、電話の女が、「あっ」と小さな声を漏らして、いきなり保留状態にした。一気に頭に血が上り、耳の縁が熱くなるのを感じる。会計事務所の中で噂される話が聞こえるようで、そんな俗っぽさが羨ましいほど健康に思えた。誰が別居中だとか、離婚するだとか、どうでもいいネタに身を乗り出す余力が欲しいくらいだ。

「お電話、代わりました。岡崎でございますが……」と、相変わらず落ち着いた声が近くに聞こえ、室田は思わずブラインドの下ろされたいくつかの窓に視線をやる。

「室田です。大変、連絡が遅れました。由布子がお世話になっておりまして、ありがとうございます」

緊張して青年のような、いやに角張った口調になっている。声を落とそうとして腹に力を込めた時、今度はむこうの方が急に態度を変えて声音を柔らかくしてきた。

「ああ、これはこれは、室田さん、ご連絡頂けて恐縮でございます。是非、お会いしてお話ししたいことがありまして……」

留守番電話に録音された声とはずいぶん違って、親密な色を混ぜ、こっちの警戒を解こうとしている感じがあった。初めての電話での会話で、一息に互いの距離を無理にも縮めようとする姑息さが気味悪い。由布子はまた騙されるのだろうが、自分の知ったことではない。

「今、私用で横浜におりまして、クルマには乗っておりませんが、これから戸塚でしたか、東戸塚でしたか、東海道線で伺おうかと思っているのですが……」

そういうと、電話の中の岡崎は慌てて、自分からすぐに出向くと答えた。横浜駅西口地下にあるミキという喫茶店に一時というのはいかがですか、私、保土ヶ谷総合会計事務所の大きめの茶封筒をテーブルの上に置いておりますので……と、早口で話す岡崎の姿が、今、目の前のビルにあるのを思って、室田は唇に薄笑いを浮かべた。

「私は、それでは、テーブルの上に、ヴィラ・ロボスのCDを置いていますので……」

唐突に自分の口から出た作曲家のCDは、今、川上が運転している日産クルーのダッシュボードの中に、ロン・カーターのCDと一緒に入っているはずだ。南米の現代音楽家の曲を聴いてみろ、といってずいぶん前に貸してくれたのは、元中学校教師の三枝だが、一回聴いて飽きてしまった。三枝は今頃、どの辺りを流しているのだろう。

室田は電話を切ってから、素早くクルマの中を点検した。生天目クリニックの薬、携帯電話、ゼロハリバートンのブリーフケース、実車記録、明治神宮のお守り、そして、ルームミラーの角度を少し左目にセットする。モロに客の顔が見えても駄目だ。こっちが体の角度を変えた時に顔全体が見えるくらいがいい。

会計事務所ビルの入口に人影が現れるのを待つ。ルーフやボンネットを叩く雨音に紛れ、鼓動に合わせて、耳の奥で砂が流れ落ちるような音がする。三橋電気の構内で一服安定剤を服用していたのが、それでも良かったのかも知れない。思ったほど胸が塞がれるような苦しさはなかった。男が出てきたと同時にウインカーをつけてクルマを前に出し、挙手するかしないかで、回送表示を空車にするか迎車にするか判断すればいい。客がどちらを待っているかくらいは、すぐにも分かる。

五分ほどして、ついに男の人影が入口に現れた。間違いなく、岡崎だろう。アイボリーのステンカラーのコートを着て、紺色の傘を持っている。何か岡崎の体臭やコロンが一瞬のうちに、クルマの中に充満する気がした。髪をポマードなのかジェルなのか、自分が休日の時にするオールバックのヘアスタイルにしていて、シルエットだけ見ると、いやに輪郭が自分に似ていると室田は思う。

雨脚に眉を寄せて、傘を開こうとしている姿を見て、室田はウインカーをつけ、サイドブレーキを下ろした。男が開きかけた傘を体の前にやったままこっちを見て、手を上げるかという時に、表示を空車に切り替えた。同時に手が上がる。これで岡崎を確保した。腹の底に重い鉛の玉でも落ちて、内臓の上をバウンドしている感じだ。

ハザードをつけて、ビルの前までゆっくり走らせると、男が雨に肩をすくめ、顔に皺を捩じり作りながら、駆け寄ってくる。後部ドアを開けると、「いやー、助かった」という、間違いなく電話での岡崎の低い声が飛び込んできた。岡崎の体重でタクシーがひと揺れし、それから、シトラス系の整髪料のにおいが膨らんでくる。

「いきなりの雨だから、タクシーが全然摑まらなくてねえ。ラッキーだった」

そうかよ、と室田は腹の中で唸り、ちらりとルームミラーに視線を走らせた。いきなり、岡崎の目と合って、息を呑む。年齢は自分よりも一〇歳ほど上だろう、オールバックの髪に白髪が混じっていて、奥二重の目の底が冷徹な感じだが、何処か表情に若さを残しているタイプだ。コートの中は、濃いグレーのスーツに、細かいペイズリー模様の入った焦げ茶色のネクタイを締めている。ひょっとして由布子の見立てかとも思い、一瞬喉の奥を塞がれる。

「いやー、お客さん。戸塚駅からきて、偶然こっちの方に一人お客さんを降ろした所ですよ」と答えながら、室田は制帽の庇で目を隠した。靄《もや》のようなぼんやりした塊が自分の目の前に浮いている感じがして、「ああ、これが俺の感情という奴か……」と思っていると、後ろで小さな咳払いがある。慌てて後部ドアを閉める。と、今度は一回鼻を鳴らす音が聞こえた。また制帽の下から覗くと、煙草のにおいが気になっているのだろう、小鼻を膨らませて、少し視線を泳がせていた。

「運転手さん、その、戸塚駅に戻って欲しいんだけどね」

「戸塚駅ですか。……あの、お客さん、東海道線か、横須賀線、ご利用ですか？　さっきのお客さん、いってましたけど、大船駅でポイント故障らしくて、かなり遅れてるらしいですよ。それに、この雨で、もうロータリーに、タクシー、いませんわ」

「ポイント故障？……」

ルームミラーの中で、岡崎が薄い唇から下の歯を剥き出し、舌打ちしている。地の表情なのだろう、眉間に皺が寄り、細めた目の中で冷やかな視線が横に動いている。そうだ、一時までに横浜駅西口地下だろう？　少しでも遅れたら、室田は不機嫌になってすぐに帰ってしまう。あいつはそういう男だ。

「……じゃあ、横浜駅までね、お願いしたいんだが。西口、髙島屋近くにね。急ぎで」

室田は無言でハザードを消すと、外していたシートベルトに腕を通した。

9

風に煽られて雨がフロントガラスやウインドウを強く掃いては音を立てる。しぶいているのは窓の外なのに、激しい雨音の塊が右に左に動くたびに、室田は顔を嬲《なぶ》られた気分になって、目をしばたたかせた。ルームミラーに視線をやると、岡崎がステンカラーのコートの内ポケットから、二つ折りにした茶封筒を取り出している。待ち合わせの喫茶店で、テーブルの上に目印として置くといっていた封筒だろう。

「これは、ひどい雨ですわ……」

帽子の庇で目を隠しながら声をかける。一瞬見えた岡崎の顔が鈍くて、隙だらけに思える。

「え？　あ、ああ、そうだね」と、岡崎の低い声が、もろに自分の左の耳間近に聞こえてきて、腹の中が硬くなった。整髪料のにおいと一緒に、スーツに染み込んだ事務所のにおいだろうか、何処か埃臭さが混じっている。四〇歳過ぎだろう、岡崎の体臭とともに、由布子のつけているコロンや他の社員のにおい、事務機器や書類などのにおいが繊維の奥に染み込んでいるのだ。

「今井で、横浜新道上がりますか？　下の道からいきますか、お客さん？」

前田町という所から県道218号線を曲がって、ワイパーを最速にする。アスファルトに飛沫を上げている雨を、他のクルマのタイヤがさらに砕いて霧を巻き上げている。

「早い方でいいよ。お任せします」

鏡の中の岡崎を見ると、腕組みをして眉間にくっきりと皺を入れていた。ウインドウ越しの灰白色の光が、男の顔をブロンズや鉛の塊のように見せて、左半分だけ嫌に脂ぎって見せている。窓の外に視線をやりながら、まったく風景を見ていない。思いというのか、企みを巡らせて、自分の中へと入り込んでいる目つきだ。

　室田はルームミラーから、フロントを見やる。シルバーのヴィッツがブレーキランプを瞬かせていて、慌ててブレーキを軽く踏んだ。岡崎が小さく唸る声が聞こえ、ふと、肉の底から漏れた声のようだと思う。

　交わりの粘った入口で上げる声なのではないか。岡崎というよりも、男の動物の部分が反応するような声が不愉快にもなって、室田も小さく咳払いした。一瞬、由布子の首筋に膨らんだ静脈が擦過する。

　今井に入って、一気にアクセルを踏んで加速した。ワイパーがついていかず、フロントガラスに夥しい雨が叩きつけて視界を遮る。合流地点まできて、水滴を弾いたバックミラーに視線を投げ、さらにアクセルを踏み込んだ。後ろから引き摺るようなクラクションが鳴って、ルームミラーを見ると、いすゞの大型トラックがすぐ間近まで迫っていた。

「……うるせえな」と、口の中で囁いたつもりだったが、岡崎にも聞こえたのだろう、自分の顔をルームミラー越しに確かめてから、体を捻ってリアウインドウに視線をやっている。トラック運転手と目が合ったのか、眉間を捩じり寄せ、舌打ちすると、また憮然としてシートに体を投げ出すように預けている。

　わざとポンピングブレーキを踏んで速度を落とし、大型トラックを近づける。と、また大きく引き摺るようなクラクションが二度鳴って、今度は岡崎が「何だよッ」と声を上げるのが聞こえた。

「いるんですよ、ああいうのがねえ……」

室田はそういうと、素早く車線変更して一気にアクセルを踏み込んで、前方のプジョーに接近し、また左に変更する。そして、またプジョーの前に出た。さらに加速して、一二〇キロほどに速度を上げる。雨の音が強くルーフやガラスを叩き、車体の腹に水飛沫が抉るような音を立てている。ルームミラーを見ると、はるか後方に雨に霞んだトラックの影があったが、保土ヶ谷インターチェンジに入って、ようやく速度を落とし三ツ沢方向に合流すると、トラックは他のクルマに紛れてしまった。

岡崎の大きく深呼吸する音が聞こえ、ルームミラーを見ると、神経質そうな節くれだった手に携帯電話を持って、細めた目から遠ざけている。老眼がすでに少し始まっているのか、昏の両端を無愛想に下げ、ゆっくりとボタンを押しているようだった。

「……ああ、俺だけど」

車内に籠る低い声で電話に呟く。それでも、自分に対して、バリアーを張っているつもりなのか、囁き入れる感じの声音だった。だが、電話の相手に対してはまるで構えのない地の声だと室田は思う。

「……今から、会うんだよ……」

室田は反射的にアクセルから足を離して、ブレーキペダルの上に浮かせ、また足を戻した。ルーフやウインドウを叩く雨音でよく聞こえないが、受話器の奥で喋る相手の声がかすかに紛れて耳に入ってくる気がする。それとも耳の錯覚なのか、雨の激しく当たる音の中に女の高い声に似た音があるのかも知れない。

「いや、だから……ご主……室田さんに、だよ」

また足がアクセルから一瞬浮いた。岡崎は鼻から深い息を吐き出しながら、わずかに唸り声を混ぜている。「ご主人」という言葉が岡崎本人にすれば、関係のない一介のタクシー運転手に聞かれたくない類のものなのだろう。だが、自分にとっては「ご主人」だろうが、「室田」だろうが、どちらでも同じだ。

岡崎が口にしている室田という名前が、自分のことだと分かっていながら、何故か遠い所を迂回してやってくる。車内からルームミラーの中に入り込み、そこに背中を映している川上の姿が現れて、彼が今運転している光タクシーの乗務員証を経由し、その男が都タクシーという別の会社のクルマを運転しながら、室田という名前を聞いているのだ。三面鏡の奥に映った自分の後頭部を見て、一体、あの見たこともない男は誰だろうと思うのに似ている。

「横浜駅地下の、ミキっていう喫茶店だけどな……」

室田は右車線に出て前方のプリメーラを追い越すと、一気に加速して、ボルボの後ろにつけ、また左車線に戻る。そして、またアクセルを踏む。

「……うーん、まあ、丁寧な話し方だったけどな。問題ない……」

ルームミラーを庇の下から睨むと、岡崎はぼんやりした顔で窓の外を流れる風景を見ながら、ペイズリーのネクタイのノットを緩めている。第一ボタンまで閉めたワイシャツの襟口に指を繰り入れ、少し引っ張ってもいる。

「だから、はっきりと伝えるつもりでいる。ああ、今、ちょっと、タクシーの中だから……。え？　それは関係ないだろうが……。大丈夫だろう……まあ、そのへんは分からんけれども……」

ふと岡崎の上げた視線とルームミラーで合って、室田は目を慌ててそらした。岡崎の返答の仕方では、電話先の由布子が何を話しているのか推測もできない。三ツ沢のトンネルに入るあたりで、岡崎は携帯電話を切ってスーツの内ポケットに入れたが、また取り出して、何かメールでも打っているようだった。

「お客さん……西口へは、何時目標でしょう？」

「早い方がいいんだけどねえ。何、渋滞の表示か何か、出てた？」と、岡崎が後ろで顔を上げるのが分かる。

「鶴屋町方面も、浅間下方面も、渋滞ほどではないですが、オレンジ色になってましたからね」

情報板について岡崎が知ろうが知るまいが構わない。

「一時ちょっと前には、着きたいんだよ、運転手さん。何のためにタクシーに乗ったのか分からない」

少し岡崎の語気が荒くなった気がするが、どの客も同じようなものだ。打ち合わせや待ち合わせ、会議、接待、何でもかんでも、タクシードライバーはそこに向かう客達の抱えている緊張やストレスの捌け口になってしまう。

「この雨がねぇ……」

はるか右斜め前方に、雨で霞んだ横浜駅西口の風景が灰色の空に黒く凝って見えてくる。岡崎の小さく舌打ちする音に、室田はわずかに目を伏せた。

「まあ、大丈夫ですよ。ここまでくれば、一五分前には着きますよ、お客さん……。打ち合わせか、何かですか。私らもクルマの中にいるとはいってもですね、雨の日はねえ、嫌なもんですよ……」

ミラーを見ると、岡崎が唇を少し尖らせて、ネクタイのノットを締め直している。人差指と親指の輪が喉仏でも挟み込もうとしているのかと思うほど、強張っていた。

「渋滞に巻き込まれれば、お客さんに苦情をいわれる。事故は起きやすい。何より、憂鬱になるんですよ、お客さん……雨の日はねえ」

岡崎が口から舌先をわずかに覗かせた奇妙な表情をしながら、鈍い二重の目を細かく瞬かせる。そして、助手席のヘッドレストが邪魔なのか、首を傾げて、ダッシュボードの乗務員証に視線をさりげなくやっているのが分かった。いつも乗っている光タクシーならば、背後から心臓のあたりを刺される感じがして、それから腹の底から煙ってくる不愉快さに、いきなりハンドルを切りたくなるが、そこにあるのは都タクシーの川上の乗務員証だ。

「運転手さん……都、タクシーさんというのは、都内、だよねえ」

岡崎の声に、室田はルームミラーに素早く視線を投げる。岡崎はミラーではなく自分の後頭部を見ているようだった。鏡に映る岡崎の顔の角度が、何処か間が抜けた感じに見える。ドライバーと乗客が直接目を合わせて話をすることなどまずないのに、それでもルームミラーに映る自分の目よりも、自然と生身の方へ向かう岡崎の視線は、正直といえばいえるのかも知れない。自分よりは屈折がない人間なのだろう。

「ええ、そうですよ。中央区にありますが、ご用命はどうぞ、神奈川でも……」

川上の営業用の声を想像して、声を出している。さっきよりもかなり作った声だと感じ、不器用なのは自分の方だと室田は思う。

「いや、そうじゃなくて、都内には、タクシー会社は、どれくらいあるんだろう。一〇〇社くらいですかね？」

「いやいや、とんでもない。乗用旅客自動車協会……というのが、まあ、あるんですが、それだけでも三五〇社くらいありますよ。個人を入れたら、タクシーだらけですよ、お客さん」

「……そんなに、あるのか……はあ」と、座っているシートの右側に目を落としている。会計事務所のロゴの入った茶封筒でも見ているのか。

「じゃあ、光タクシー、という会社は、知らないよねえ、運転手さん。小さいらしいんだけどねえ」

胸や腹の中で内臓がもんどり打ち、蠢《うごめ》く。光タクシー？　よく知っているよ、お客さん。磁石に鉄片が吸い寄せられるように、岡崎の言葉がいちいち吸いついてきて、まとわりつく。

「光タクシーさん？　ああ、知ってますよ。江東区で近いですからねえ」

　そう答えたと同時に、岡崎がルームミラーをまっすぐ見返してきた。オールバックの髪の下で、額の皺を幾重にも寄せている。汗というのか、脂というのか、由布子という女を抜きにした、中年の男臭さが一気に滲み出てきた。この男と取っ組み合いでもしたら、至る所に油染みのような痕が点々と残る気がして、そんな獣じみた部分にも惹かれる女の浅薄さに、胸が悪くなる。

「光タクシーさんが、どうかしましたか、お客さん……」

「いや、どんな会社かと思ってさ。……俺の……知り合いがそこにいるらしいんだ」

　知り合い……か？

　痒い、とともに、軽く引っ掻かれた感じで、室田はルームミラーの岡崎の顔から、フロントガラスを叩く雨滴の迸《ほとばし》りに焦点を合わせた。せわしなく往復するワイパーが一瞬だけ目の前の風景を現すが、すぐに飛沫に霞む。岡崎の口にしている知り合いという奴がまさに自分で、人の噂に乗って勝手に歩き出している自分自身が、いかに遠くて軽いものかと思う。そして、そいつと何処かで実際に遭遇しそうな妙な気分にもなった。

「ほう、お知り合いがですか。……まあ、タクシー業界など、似たり寄ったりで、何処も苦しいですよ。……お客さん、確か、会計事務所から出てらっしゃったでしょう」

今度は室田の方が帽子の庇を上げ、まっすぐ岡崎の目を見つめ返した。川上の乗務員証の写真をじっくり観察したとしても、生身の顔と写真は端から結びつかないものだ。それよりも、岡崎が敏感な男で、自分の言葉に何か引っかからないかと期待していた。もちろん、気にも留めるはずがないが、これから、横浜西口の喫茶店で由布子の夫・室田貴之と会う男の気持ちの毛羽立ちに、悪戯してみたかったのだ。

「え？　ああ、まあ、そうだけど。ビルからね、出てきたからね……。で、タクシーの運転手さんというのは、休みってどういうふうに取ってるの？」

「え？……休み、ですか？……そんなの聞いて、どうするんです、お客さん？」

ルームミラーを見ると、岡崎が憮然とした表情で、また室田の首筋のあたりに目をやっている。気の短さというのか、体の中で一枚、肉でも剝がれ、剝き出しになった岡崎の地の部分が突き出てくる。もっと何か出てこないか。

「いや、別に、後学のためだよ。話したくなきゃいいよ……」

「普通は一日おきに取りますわねえ。二日連続なんていう運転手もいますけどねえ、近センター……近代化センターという元締めみたいな所がうるさいんですよ。まあ、お客さんのいわれた光タクシーですか……あそこはね、こっち系が多いからね、ずさんなやり方してでも、水揚げ、取ろうとしますわね」

室田は人差指で自分の頰に線を引いて見せたが、生まれて初めてそんな仕草をした。一気に安っぽい気分になり、羞恥心で体の輪郭が強張る。

「何、そんなに、ヤクザ屋さん風なんだ……。あいつも、大変だな……」

室田はじっと前を走るクルマのリアウインドウを見つめ、ハンドルをカーブに合わせて右にゆっくり切る。

「タクシー運転手は、まあ、みんな、堅気じゃない所、ありますからねえ。……私もねえ、まだ小さい子供が二人、どっちも娘なんですけど、食えませんよ、マジで……。お客さん、会計事務所さんだから、安心ですよねえ。お子さんは？」

「……ああ、私も、二人。もう上は高校生だよ。来年は大学だよ。いくらあっても、あんた……」

「……何か、面白いことないっすかねえ」

「本当に、ないんですかねえ」

「ないよ……」

「……ない……」

ルームミラーを見やると、岡崎が眉を捩じり寄せて窓の外を遠い目つきで眺めている。外の灰色の光が、さらに岡崎の顔を油粘土で作った未完成の塑像のように見せていた。

「運転手さん……煙草、吸ってもいいですかね？」

乗車した時よりも目の下のクマが青く浮き出て、瞬きがぼんやりしている。

「どうぞ。私も吸いますから」と、換気のスイッチを入れ、数センチほどウインドウを下げた。アスファルトに叩きつける雨音とタイヤの飛沫の音が、聴覚を麻痺させるほどの激しい音で入ってくる。三越やベイシェラトン・タワーズを右に見ながら出口を探したが、逆方向の入口ばかりで、結局、横浜駅を通過する。

「……三ツ沢で、降りないとね」

岡崎が煙草を深々と吸って、ゆっくり吐き出しながらいった。煙草の煙と岡崎の口臭なのか、饐《す》えた妙なにおいが混じっている。

「おっしゃってくれればいいのに、お客さん……」

「何か、面倒に、なった……」

室田は三ツ沢線から横羽線へと大きく右にカーブを切る。鉛色に沈み揺れる横浜港が見えてきて、細く長く息を吐いた。頭の芯が灰色に溶けた水平線やコンビナートの方へ一気に逃げていくのを感じながら、東口出口の方へと降りる。

「一時には、間に合いますよ」

「……ああ、まあ……」

「大事な打ち合わせなんでしょう」

「……運転手さんねえ。あんた、ブレーキの踏み方、荒いな。運転自体がさ……」

ミラーに視線をやると、岡崎はまだ港の方を見ているが、目尻に弱い笑みを浮かべている。はるかに自分よりも疲れた表情をしている。だが、その疲れ自体を顔にしている粘りがあると室田は思う。歳という奴だ。

仕事として当然のことなのに、薄暗いタクシーの中で、いい歳をした男が二人してじっと座っているのが奇異に思え、無理に咳払いするのもかえってバツが悪い感じだ。

「……性格、ですよ」

「性格、ねえ……」

ミラーに岡崎の目が戻ってきて、室田は視線をそらし笑って見せる。視野の隅に、古ぼけたパールのような艶でブリーフケースが鈍く光っている。このまま無言で岡崎にケースを突き出してみるやり方もあるだろう。唐突な咳のように由布子のことを口にしたくもなり、また岡崎の口からも聞けるのかと思っていたが、永遠にどちらも喋らない。当たり前だ、ともう一度、室田は軽く溜息を漏らした。

内海橋のビブレ21前近くで岡崎を降ろし、室田はハザードをつけたまま、コートの肩をすくめて小走りにいく男の後ろ姿を見ていた。雨のせいか川沿いの道を歩く人々が疎らで、その中に混じっていく姿を見ているうちにも、何故か谷中にあるアパートの暗く湿った部屋が過ぎる。新聞紙を広げ、一人、足の爪でも切っている自分の背中が見えてきそうだ。じっとりと重い鬱が覆ってきて、室田は煙草をくわえると、もはや他の通行人達の姿と紛れた岡崎に、「室田は、こないよ」と呟いてみる。

徒労感とともに、子持ちの岡崎がまた新たに由布子と一緒になって抱えるしんどさを思い、何か遠い地平線というのか、自分や岡崎の生活の果てにある、枯れて寂れた風景が想像される。何もありはしない。畳に弾け飛んだ爪のかけらみたいなものだ。

「ご苦労なこったな、岡崎……」

ブリーフケースのぼんやりした反射に目をやってから、助手席の上の携帯電話を確かめる。着信が六件も入っていて、どれもが川上からのものだった。

「あんたも、ご苦労だな……」

回送表示に切り替え、ハザードを切ると、室田は川上に電話しながらタクシーを発進させる。迂回して西口ランプから横羽線に出ればいいだろう。スルガ銀行前で傘を上げている客が見えたが、無視して角を曲がると、五回ほどの呼び出し音で川上がぼんやりした声で出た。

「光タクシーの室田さんか？」

ふざける気分でもないのにそう口にしていて、岡崎を乗せていた緊張から解放されたせいだと情けなくもなる。今頃、岡崎は神妙な顔をして、ミキという喫茶店のテーブルに会計事務所の茶封筒を置き、煙草も我慢して自分を待っているのだろう。それとも、ヴィラ・ロボスのCDが置かれているテーブルを探しているのだろうか。

「そういうの、疲れるよ、室田さんよ」

「用は何だ？　落ち合う時間と場所か？」

「……雨の日は駄目だな。あれから、こっちも土砂降りだ」

横浜の方はだいぶ雨も落ち着いて、室田はワイパーの速度を落とす。横浜新道を走っていた時の雨が、今は東京方面に移ったのだろう、ホワイトノイズのような音が受話器から聞こえてくる。

「雨の日は、客、取れるだろう」

「客の話じゃない。こっちの気分のことだ。あんたにいっても、分からない……。で、室田さん、今、何処だ？」

「……川上さん、あんたな、ラブホテルの真ん前に、光タクシー、駐めて、女とか連れ込んでないだろうな。前、いってただろ。女子高生から婆さんまでってな……。今、横浜だ、西口……」

「黄金町あたりでも寄ってたのか、室田さんよ」と、川上の乾いた笑い声がしてから、唸り声の混じった長い溜息が耳を擦る。互いに、下卑た冗談を交わしながらも、まったく他の方向を向いていて、ただだらしなく言葉を絡めているだけだった。中年近い諦めと同時に、さらに歪《いびつ》な形で厳格になったり、神経質になったりする脆さを隠そうとしている。

「都タクシーの連中とは、擦れ違わなかったか？」

「分からないな。俺は他のタクシーなど見ないからな」

「夜中の零時くらいでどうだ？　それとも、もっと早く、箱崎で交換でもいい。……雨の日はな、駄目だ。意味がない」

　川上が何をいおうとしているのか分からないが、聞いても答えないに決まっている。

「どっちでもいい」

そう答えると、一瞬沈黙があって、「ふーん」と鼻に籠った川上の含みのある返事が聞こえてきた。

「室田さんよ。もうそっちで、自分の用件は済んでしまったのか？　あんたが大事に抱えていたゼロハリバートンのさ。そうだろ？　なんだ、女か？　借金か？　もう殺ってしまったのかよ。ああ？　つまらん話だなあ、室田さんよ。あまりにつまらんな」

西口ランプ入口に、片手でハンドルを大きく右に切って入り込む。そのままアクセルを一気に踏み込んだ。岡崎が最後に自分の運転についていった言葉が過ぎって、室田は昼の片端を捩じり上げる。光タクシーの中では、誰よりも慎重な運転で通っている自分が、無意識のうちにGのかかる荒い運転をしていたか。

「……何もしちゃあいないよ。客を一人、乗せただけだ。ぶっ殺すほどの客じゃない」

「深夜の箱崎ジャンクションは、あんまり好きじゃないけどな。……周回路から浦安に抜ける、信号のあたりでどうだ？……なあ、室田さんよ。あんた、箱崎ジャンクションは、朝の八時と、夜中の、遅くても二時くらいにしかいたことがないだろ？　午前のさ、午前の三時過ぎとかさ、もう最悪だぜ。誰も、一台もクルマが通ってないんだよ。信じられないだろう？……表示板と信号と街灯と、てめえのヘッドライトだけだよ。箱崎のどでかい肋骨の中というかさ、空っぽのさ……そこを一〇キロくらいで、ゆっくり、ゆっくり、タイヤの音をアスファルトに染み込ませるように、走ってみろよ、室田さん。気が狂うよ。生天目クリニックだよ……。信じられねえくらい、みんな、寝てやがる

「……」

みなとみらい大橋だろう、そのむこうの巨大なクレーンや建設中のビルを見ながら、横羽線の左のカーブに入った。

桜木町のみなとみらい都市の特集を、「C」で取り上げたことがある。当時は、確か、東横線で横浜にきて、京浜東北線だったか、駅の端にある線に乗り換え、次々に建てられるビルやホテルを取材しにいったのだ。そして、帰りには建築家や施工主の営業担当らと、必ず中華街に寄って、敢えて構えの汚い古い店を選んでは飯を食った。通ぶったオーダーや酒の呑み方をし、よく分かりもしない建築について喋っていた若さというか、大雑把さに、ごっこの感触だけが残って、その間だけでも食えていたこと自体が不思議に思えてくる。

「おい、聞いているのかよ……」

今が、あまりに貧し過ぎるせいかも知れないし、単に、少しは齢を取ったからかも知れないが、横羽線を走るタクシーを自ら運転している方が、むしろ生活という意味では本当の姿に近いのだろう。本当の姿など、死んでも分からないが……。

「……川上さん、あんた、光タクシーは、気に入ったか？」

「……何だよ、それは……。まあ、都タクシーよりは、いいわな」

「どっちでもいいんだろう？」

「どっちも悪いんだよッ」

川上の語気が強くなったと思うと、受話器の奥でクラクションが膨らみ、一気に捩じれ萎んで消える。

「箱崎でな」

室田はそう一言だけいうと、電話を切って助手席に放り出した。ルームミラーに、まだ岡崎の疲れた顔の半分が映っている気がして、手を伸ばして鏡の角度を変える。

東京湾側の鉛色の倉庫や化学工場、火力発電所などのどす黒い建物が、焼け爛れた電気回路板のダイオードやトランスの部品などが犇いているように見える。所々で白い蒸気や痰を思わせる黄色の煙が上がっていて、薄く開けたウインドウから硫黄臭い空気が入り込んできた。

後、半日、都内を走り回って、適当に客を乗せるか、由布子に離婚届を郵送してから、生天目クリニックに寄ってもいい。室田はウインドウを上げ、指先で都タクシーの制帽の庇を弾く。

10

生麦ジャンクションを通過して、鶴見川を渡ろうとした時だった。

助手席に投げ出したばかりの携帯電話がまた鳴って、室田は反射的にルームミラーに目をやり後続のクルマを確認する。鉛色の巨大な建物の壁が映っていて、慌ててミラーに手を伸ばす。予想もしなかった風景に頭の中が一回転する感じだ。さっきまで乗せていた岡崎の顔が残っているようで、少し前にミラーの位置を動かしたのだった。

遥か後方に紺色のパジェロが路面に細かい飛沫を巻き上げている。当然、かけてきたのは川上だと思い、液晶画面にチラリと視線をやると、非通知になっていた。軽く何度かブレーキを踏みながら、受話ボタンを押す。

「室田さん？　室田さん、ですか？」と、何か焦った感じの男の声が唐突に聞こえ、一体誰だと、室田は無愛想な声で問い返した。

「あッ、ああッ、岡崎でございますッ」

「えッ？」と、実際に声を上げたのか、上げないのかも分からぬまま、ブレーキペダルの上に足を上げ、またルームミラーのパジェロを確かめる。かなり近づいてきていて、アクセルに足を戻した。

最も想像していない声を耳にして、内臓がもんどり打つほど動揺している自分がいる。さっきまで後ろのシートに座っていて、今は横浜駅地下街のミキという喫茶店で自分を待っている男が、何故自分の携帯電話などにかけてきたのか。もちろん、番号は由布子に聞いたのだろうし、前にも何度か無言電話があったから、番号を知っているのは当然だが、あまりにも近距離の連絡というのか、まだ体臭さえ車内に残っているような男の声に、横羽線の風景が一気に遠のいた。

初めから、奴は自分のことを室田貴之本人だと気づいていたのか？　光タクシーについて聞いてきたというのに、男は岡崎とは別人だったのか、とも一瞬考え、頭の中の遠近感が狂う感じだった。

「……はい、室田です……」

電話の奥に神経を凝らして、返事をする。日本鋼管や旭硝子の工場が右に見えてきて、もうすぐ汐入インターに入るはずだった。都内の方に重く灰色の雲が覆い被さり、何本もの根のような細い筋を街に降ろしているのが見える。こっちに降っていた激しい雨が都内の方に移って、叩きつけているのだろう。

「いや、本当に遅れまして、申し訳ありませんッ」

少し息の上がった声が耳を擦った。後ろのシートで鈍く低い声を出していた岡崎とはまるで違う声だと思う。室田はウインカーを指先で弾いて、走っていた右車線から左車線に移った。横羽線から見える地平線のむこうの雲は少しも動かず、重くずっしりと蟠っている。汐入で降りた方が無難だ。携帯電話の岡崎の声に気を取られて、すぐに風景が逃げて頭の隅へと消えていきそうだった。

「あ、ああ、はい……」と曖昧な返事をするくらいしかできない。本来なら自分はミキという喫茶店で、テーブルの上にヴィラ・ロボスのCDを置いてじっと俯いているはずなのだ。

俺はさっきおまえをビブレ21前で降ろした男だよ、岡崎さん……。

「大変、大変、申し訳ありません……。今、室田さん、ミキにいらっしゃるんですよね。……私、とんだ急用が入りましてですねえ、まだ、戸塚という有様で……」

戸塚にいる？　室田はもう一度ルームミラーを確かめてから、ウインカーを左につけ、汐入を降りる車線に入った。スピードやカーブの感覚がうまく摑めないまま、ただ適当にハンドルやブレーキを操作している。中の鉄骨の錆が染み出たコンクリートの壁が迫り、遠のき、また迫って、小さく舌打ちしてブレーキを何度も踏み込んだ。

「申し訳ありません、本当に。弁解の余地もないです……」

「ああ、いや……」などと答えながら、岡崎の電話を持っている姿を想像する。喫茶店の前で、身を隠しつつ電話をかけ、中の様子を窺っているのではないか。そうだとしても、店の中に客がいるとして、一人くらいは携帯電話を耳にしている者もいるかも知れないし、あるいは、横浜に不案内な自分が店を間違えていて、そこにはいないというのも考えられた。

「いえ、くるはずの書類が、何やら大船駅あたりでポイント故障らしくて、その書類を持ってくる者がまだ着かないんですよ……本当にこちらの勝手で……」

自分のついたポイント故障という嘘を利用して喋っている岡崎の声に、気持ちの焦点が自分の中に入り込む。と、思った時、かすかな衝撃の後、クルマに重く抵抗がかかって、耳に痛いくらいの粗くざらついた音が車内に響いた。

「あ、室田さん、聞こえてますか？　雑音がひどくて……」

　室田は慌てて片手でハンドルを右に切る。いつのまにか左に寄っていて、脇のコンクリートの壁に鼻を擦ってしまったようだ。最悪だと顔を顰めながら、ハザードを素早くつけて、料金所手前のスペースにクルマを寄せる。料金所の中にいた初老の男が、唇を歪めてこっちを見ているのが分かった。

「え？　ああ、はい。大丈夫です……」と、思わず口にしている自分に耳が熱くなって、何か弾けた音とともに右の耳に金属音に似た耳鳴りがする。そして、胸のあたりを圧迫される感触が訪れて、鼓動が激しくなってくるのを感じた。パニック性障害という奴が始まりそうだ。

　室田は硬く目を閉じ、ルーフに向けて息を細く吐き出す。残像に奇妙な縞模様があったが、料金所前に置いてある緩衝用クッションの模様だと分かった。

「わざわざ、横浜まできて頂きましたのに、どうにも、今日はちょっと伺えそうにもなく……このお詫びは何でもしますので、どうぞ……」

「……ということは、まだ、会計事務所の、方にいらっしゃると……？」

　胸の苦しさに何とか声を搾り出してみて、恐ろしく陰険な響きだと自分でも思った。

「……大変申し訳ありません。御察しの通り、まだ……。室田さん、本当にお詫びはどのようにでも、何とか……」

　電話の奥のへつらった岡崎の声が、さっき後ろに乗っていた時とあまりに違うことに対して、腹の底からジリジリと黒く燻った煙が捩じり上がってくるようだ。壁に接触したいらついた音が耳に蘇って、胸を内側から夥しい爪で掻き毟《むし》られる。一介のタクシー運転手を舐めているのか、それとも逆に怖気づいたのか、「あんた、ブレーキの踏み方、荒いな」と憮然としていった声が脳裏を擦過する。

「岡崎さん……あんた、くるとおっしゃったじゃないですか……。こっちも、時間に都合をつけて……」

「もう本当に、重々承知でありまして、どう埋め合わせしていいのか……」

また切迫した声を出してくる岡崎が、横浜駅地下街の雑踏に紛れながら、ミキの店内に目を凝らしている姿が浮かんでくる。他会社である都タクシーのクルマを傷つけた面倒が、よけい苛立った気持ちを炙って、腹の中を搾ってくる。まさか、自分は妙なことをいわないだろうと思いながら、ふと、三橋電気の構内で警備員相手に荒げた声を思い出し、重ね合わせているのだ。それでもいわない。いうわけがない。と思っているうちにも、口が動いていた。

「だったら、岡崎さん、あんた、由布子とは結婚させないよ」

自分が発した言葉に呆れ驚くと同時に、羞恥と興奮で一気に頭に血が上った。いい大人が、長いこと別居している妻の不倫相手を責めてどうなるというんだ。不倫とさえもいえない。

いったん、子供じみた駄々をこねたとなると、恥ずかしさの一線をもはや跨いだ気になって、自分が抱えていた鬱屈の、忘れていたような辺鄙な所にまで針が引っかかってしまう。岡崎が自分の言葉を聞いて、一拍、沈黙しているのが、また馬鹿にされている気分になった。

「……いや、それは、室田さん……」

「何が、それは、だよ」

「いえ、いえ……そうではなくてですね。その話をさせて頂こうとしていて、お会いするわけですのに、やむを得ず、伺えないことになっているわけですから、由布子さんのことは無関係……」

少し声のトーンが変わり、迂回するもののいい方に、生天目クリニックの医師が病状の説明をする時の喋り方を思い出す。いや、それとも、自分が発作を起こしそうになっているから、そんな連想をしてしまうのだろうかと室田は思う。

「……あんたなあ、岡崎さん。人の女房と寝て、話し合いもないだろう、ああ？　まだ籍が入ってるんですよ。まだ、人の妻なわけだよ。由布子の方から誘ったのか？　それとも、あんたか？　同じ事務所の中で、人の女房のケツをまくって、股座舐めたのか、岡崎さん。どうなんだ？　汚らしい話だよ。じつに、汚らしい……。愛、か？　あんたにも、歳からして、家族があるんだろう？　大事な奥さんとお子さんがおありなんだ。だというのに、あんた、岡崎さん、悲しいねえ。悲しい。そして、俺が、今度はあんたの奥さんと懇《ねんご》ろになってしまうわけか。縁という奴かも知れないが、由布子とは、一緒にさせないよ。その話をしに、ここにきてるんだからな……」

「……何処に……？」

「ミキ、だろう？　あんた、本当は、そのへんから覗いているんじゃないのか？　岡崎さん？　何なら手でも振ろうか？」

「……何をいってるんです」と、激昂した気分を抑え、岡崎は震え声を出していた。卑俗な口調で罵る自分に、鼓動が激しく体の内側から叩く。考えもしなかったことを口にして、さらにズタズタに引き千切れていくのが、半ば破れかぶれの気持ち良さにも通じているようで、その悪人面を見てやりたいと、室田はルームミラーに手を伸ばした。

細長い矩形のフレームの中に、制帽を目深に被った緑がかった顔が見上げる。帽子の縁から、こめかみに膨らんだ静脈が溢れ、細めの鼻筋から張った小鼻の穴が広がっていた。そして、歪めた唇から煙草の脂で汚れた歯を覗かせ、恐ろしく凝り固まった小さな瞳で、ルームミラーの自分を睨んでいる。

「岡崎さん……あんた、本当は、何故、ここに、こないんです？」

「いや、ですから……」

「怖気づきでもしましたか？　俺には、見えているんですよ」

岡崎の短く息を吸う音が聞こえてくる。室田は制帽の庇の下からミラーを見据えながら、口元を緩めた。一台、二台と、料金所へとクルマが降りてくるが、路面の水溜りを弾く音は岡崎の耳にまでは届かないだろう。

「……今度は、私の方が、会社か、ご自宅の方に、お訪ねしますから……」

「こなくていいですよ」

「……こんなことをいっては何ですが、室田さん、あなた、お若い……」

ようやく、後ろのシートにもたれていた男の落ち着いた声になったと思った。奥二重の目を鈍く瞬きする岡崎の顔が見えるようだ。

「あんたよりは、疲れていると思うけどな」

少し鼓動が治まってきて、室田も脱力した声を出す。ルームミラーにまた視線をやった時、岡崎がぼんやりと呟くようにいい加えた。

「……みなさん、疲れてるのではないですかね」

「……よその女とやる元気がないほど、疲れてるということですよ。あんたらとは違う」

室田はそういって、電話を切った。

みなさん、疲れてるのでは、か。

面白いことなど、ない、と眉を捩じり寄せて断言した岡崎を思い起こし、ふとビブレ21前を歩く男の後ろ姿に、自分と地続きの地平線を見た気がしたが、馬鹿な感傷だと頭を振る。自分とはまったく無関係な所で、事は着々と進んでいるものだ。

腹の底で、まだ弾けなかった不愉快な泡がいくつか蟠り、重なっているのを感じる。

室田は制帽の庇を摘み、左のウインドウにぶつけるようにして投げ飛ばし、ギアをパーキングに入れた。ネクタイのノットを緩め、ペットボトルから温い水を一口含む。

自分から後で電話して、店を間違えたといい訳するつもりが、むこうから断りの連絡を入れてきたのが、滑稽とも哀しいともいえる。たいしたアドバンテージではないが、岡崎が横浜の地下街で逡巡していたのは間違いない。だが、堰を切ったように薄汚い言葉を募らせた自分のみっともなさに呆れ、自らを嘲る乾いた笑いしか出てこなかった。

室田はドアを開け、眉を寄せて小雨の空を見上げると、肩を竦め、外に出る。湿って冷たい空気に、排気ガスと一緒に何処かの湿った土のにおいが紛れていて、煙草のにおいに麻痺していた鼻の中が新しく通る気がした。料金所の男が領収書の紙片を持ちながら、まだ自分を遠目に見ている。

軽く首を突き出して料金所の男に頷き、ジャケットのポケットから煙草を取り出してくわえた。横羽線から降りてくるクルマが、一様に中から、ハザードをつけた自分のクルマに視線を絡めてくる。室田は火のついていない煙草を唇にぶら下げるようにして、タクシーの前にゆっくりと回った。

バンパーの左角に巨大なヤスリで擦ったような粗い傷がついている。樹脂が抉り取られた感じで、波の浸蝕を受けた海岸の奇岩にも見えた。ウインカーにも罅《ひび》が入っていて、安く見積もっても、修理に一〇万円はかかるだろうと溜息が漏れる。

「冗談じゃねえぜ……」

川上が陰鬱な表情をさらに曇らせつつも、薄い唇に冷笑を浮かべるのが過ぎる。靴の裏で傷をしごくと、強張りざらついた感触で、靴裏のゴムが負けそうだった。取り敢えず、川上に連絡を入れた方がいいのか、箱崎ジャンクションで会った時にいえばいいのか、としばらくの間、バンパーの傷を見下ろしていたが、室田は小雨の冷たさに身震いして、クルマの中に急いで戻った。

岡崎のつけていた整髪料のにおいが残っている。ウインドウをいっぱいに開け、ファンを最大にして回しながら、くわえていた煙草に火をつけた。車内は煙草臭くはなるし、クルマは傷つけられるしで、川上も運の悪い奴だと胸の中で戯言を放ってみるが、由布子の不倫相手である岡崎を乗せた悪戯から始まったことだと思うと、歯軋りしたくなる。もちろん、修理代は都タクシーの加入している保険から出るに決まっているが、川上の減給分を当然自分が払わなければならないだろう。

室田は歯の間から勢いよく息を漏らすと、助手席に投げ出した携帯電話を手に取った。見ると、着信になっていて、川上の番号が表示されている。クルマの傷を見るために外に出た時に鳴っていたのだろうが、横羽線からのクルマの騒音や雨音で聞こえなかった。

「また、何だよ。待ち合わせ場所の変更か？」

そのまま川上の番号にかける。いやに9の数字の多い川上の番号が、一個ずつ並んで移動していくのを確かめながら、さらに重たい気分になっていくのを室田は感じた。もっとシンプルな番号にならないのか、と愚にもつかないことを思っていると、珍しく一回呼び出し音を鳴らしただけで、川上がむっつりとした声で出た。寝起きのような低く籠った声と、素早く出たタイミングが不釣合いで、急いでいようがいまいが、川上という男はペースを崩さない男なのだと思う。自分よりも遥かに楽に過ごせる性分か、逆に極端なほど不器用で神経質なのかも知れない。茅場紡績の木下が、川上を丁寧な応対をするドライバーだといっていたのが嘘のようだ。

「室田さんか？　今、走行中だったら、何処かに停車してくれや」

こっちが何もいわないうちに、受話器のむこうで川上がいきなりいった。

「客が乗っていたら、どうするんだよ、川上さん。……まあ、今、停車中だけどな」

「一〇分ほど前に、誰か客を乗せただろ？」

一体何事だと、室田は歯を剝き出して俯いた。すぐにも、助手席裏のホルダーに入った川上の迎車用名刺が絡んでいると思った。何か不審に思った岡崎が、そこに印刷された川上の携帯電話の番号に直接電話を入れたか、それとも、都タクシー本社経由で川上の方に連絡がいったのか……。岡崎にとっては、川上という男は、今バンパーに派手な傷のある都タクシーに乗っている自分自身なのだ。

「どうしたんだよ、その客がさ」と、室田はサンバイザーのあたりを仰ぐ。と、いつもの習慣でサンバイザーとルーフの間に挟んでしまった、生天目クリニックの処方薬が覗いていた。室田という手書きのボールペン字と、印刷された生天目の文字が見える。薬袋に手を伸ばして二つに折ると、ワイシャツのポケットに乱暴に突っ込む。視野の隅に何かチラチラ動くのが見えて、視線を素早くそっちにやると、料金所の男が手を振り、早く通過するようにと指示していた。電話を示してから、顔を顰めつつ片手で拝んで見せる。

「後部シート、確かめてくれないか？　印鑑ケースの忘れ物があるはずなんだが……」

「忘れ物だと？」

「何か、えらい、焦ってたぜ」

一瞬、小さな眩暈がくる。岡崎が忘れ物をして、さりげなくホルダーから抜いた迎車用名刺の川上の電話番号に連絡した。それはすぐにも分かったが、ひょっとして、と室田は猜疑《さいぎ》の念が頭をもたげてくるのを感じた。いや、猜疑というよりも、確信に近い。岡崎は、故意に、忘れ物をしていったのではないか……。

すでに都タクシーの運転手を演じている自分に気づいていたということもありうる。由布子が持っていた自分の写真を見たことがあるかも知れないし、乗車中の自分の会話を不審に思ったかも知れないし、サンバイザーに挟んだ薬袋の名前を見たかも知れず、あるいは、会計事務所前に出てきた由布子が自分の存在に気づいて、携帯で連絡を取り合っていたかも知れない……。際限なく猜疑心が膨らんできて、何でも材料になりそうだ。

いや、単に自分の妄想だと、室田は疑いを切るように頭を振る。犯罪者の心理という奴だろう。生天目クリニックの医師なら、強迫神経症や妄想狂とでも説明するのだろうか。

「おい、あるか？　もしもし？」

「……なあ、川上さんよ。あんた、その客から電話が入った時、どう応対したんだよ」

「ああ？　今、他の客が乗ってるから、後で連絡するってな。電話番号も聞いておいた……」

「あんた、本当に、川上さんなのか？　それとも、室田貴之さんか？」

「……何いってんだよ、室田さんよ。早く探してくれ」

室田は一度ルームミラーに映る自分の顔を確かめてから、体を捻った。後部シートに光っているものがすぐ目に入ってきたが、シートベルトのバックルだと分かる。さらに体を捻って、シートを確かめてみるが、何も見当たらなかった。

「印鑑ケース？　そんなもんねえぞ……」

携帯電話を耳にしながら、後部座席のドアレバーを下ろしクルマの外に出ると、後ろに回った。また、バンパーについた派手な白い傷が目に入り、川上に伝えようかと迷っているうちにも、さっきまで岡崎が座っていたシートの下に、黒い小さなケースが転がっているのを見つけた。

「あったか？」という川上の声が聞こえる。声も発していないのに、息遣いで知られてしまったのが恥ずかしく、隙だらけだと思う。革を模したプラスチックに、銀の留め金がついた印鑑ケースだった。小さなわりに重くて、三文判とは違う用途に使うものだろう。

室田は、「ちょっと待ってくれ」と川上にいって、携帯電話をシートに置くと、留め金を外す。朱肉の色がうっすらと先に残る象牙の印鑑で、反転した篆書体の文字が入り組んでいる。確かに、岡崎と読めた。

「……あったよ。……岡、崎、さんか？」

「ああ、それだ、岡崎だ」

たった一本の印鑑だというのに、一気に重く感じられ、判子やケースに残る脂っ気にその指を触っているようで、ズボンで手を拭う。川上に、「あった」などといわず、そのまま路面にでも放り出してしらばくれる手もあったと思う。「お若い……」という、少し余裕を含ませた岡崎の声が蘇ってもくる。

「で、どうするんだよ、これを？」

「何かなあ、焦っていてな、持ってきて欲しいっつうんだよ。今、室田さん、どのへんだ？　岡崎という客は横浜駅近辺だといっていたが……」

「そんな、川上さんよ、遺失物センター送りでいいだろう？　面倒臭いよ」

「室田さんよ。光タクシーじゃないんだよ。都タクシーなんだ。届けてくれよな。岡崎さんの携帯電話番号、いうから、メモってくれや」

光タクシーじゃない？　思わず、室田は唇を捻じ曲げた。そうだな、光タクシーの運ちゃんなら、「ないねえ」で終りだ。

「なあ、川上さん。あんた、その岡崎という客に、どんな応対したんだよ」

一瞬、川上が、どういうことかと訝って沈黙するのが分かった。

「だから、いっただろうが。今、他の客が乗車中だと伝えたんだよ。後で連絡するってな」

「どういう口調で話したといってんだよ。営業用の声か？　それとも、今みたいに無愛想な声か？」

「何いってんだ、あんた……」と川上が小さく溜息をつくのが聞こえた。室田は印鑑ケースをズボンのポケットに収め、料金所に並ぶクルマの列に目をやる。

「光タクシーの人間が、都タクシーに乗ってるとかよ、そんなもん、分からんよ。客がいちいち運転手の声なんかの違いに気づくわけがないだろ」

川上には自分のいっていることが分かるはずがない。

「室田さんよ……やっぱ、生天目クリニックだよ、あんた……」

「うるせえよ。どんな声で応対した？」

「……普通だ」

「……普通、ねえ」

室田は視線を足元にうろつかせてから、「分かった」と一言いって、携帯電話を切った。そして、相手への着信が非通知表示になるように操作し、ドライブモードに切り替える。

「……普通ほど、難しいもんはないんだよ、川上さんよ……」

川上が途中で切れた携帯電話を手にしたまま、自分の「分かった」という返事にぼんやりしている様を想像する。どんな声を出したと聞かれて、再現できる男も気色悪いに違いないが、まごついて、普通だとしか答えられない川上の不器用さが羨ましくさえなる。

　室田は握った拳の中に一回咳をして、岡崎の番号を液晶に表示させる。少し、また空が暗くなってきて、小雨の中に粒の大きな雨が混じってきたが、クルマの中からかけるよりはいいと思った。さっき岡崎と話した時と同じ空気になってしまう。

　迷うよりも先に勢いで話した方がいい、と室田は通話ボタンを押した。川上になりきろうと、陰鬱な横顔を思い浮かべてみる。岡崎を横浜駅近くまで送った時の自分の声がどんなものだったかも思い出せない。ただ、室田貴之本人である自分が激昂して、奇妙な絡み方をした声が蘇ってくるだけだ。

　二回、三回、四回と呼び出し音が鳴って、ようやく岡崎が出る。

「……岡崎さん？」と少し上ずった声を出していて、室田は顔を反射的に顰めた。

「あ、岡崎でございます……」

　クルマの中で話していた時の声とは違って、いやに腰の低い岡崎に、思わず由布子の夫である室田貴之にスイッチが入りそうになっている自分がいる。

「都タクシーの川上でございます……」

「え？　あ、ああ……」

　一気に声が低く粘って、岡崎はミキにいるだろう自分の声だと錯覚したのだと分かった。

「さきほどは他のお客さんが乗車中で失礼致しました。ありましたよ、黒い印鑑ケースですよね」

「あった？　ありましたか？　良かった。悪いんだけど、持ってきてくれませんか。今、どの辺にいらっしゃるか分からないが……もちろん、こっちまでの料金を出すのでね」

ようやく、横浜埠頭の方をぼんやり眺めていた時の岡崎の声に戻った。ミキにいる自分にかけている時とは、まるで声のトーンが違う。

「遺失物センター経由とか、あるいは、宅配便じゃ駄目ですかねえ」

「いや、急ぐんだよ。俺が落としたのは悪いけれども、何とかお願いできないだろうか……」

「ああ、そうか、お客さん、その打ち合わせに必要ということですか、さっき、おっしゃってたでしょう」

一拍おいて、岡崎は「そういうことなんだ」と答えてきた。室田は岡崎の声から、故意に忘れ物をして自分を試しているのかどうかを探ってみる。自分の疑い過ぎだとは思うが、声の一つ一つが引っかかってくるのだ。

「あのね、横浜そごう前の、上のロータリーでお願いしたいんだが……崎陽軒横のあたり。さっき降りた東口出口からすぐだよ」

そういって電話は無愛想に切れた。腕時計を見ると、すでに二時近くを差していて、ミキに自分がいたとしたら、とうに店を出ている時刻だと思う。

車内に戻り、助手席下のブリーフケースの横に落ちている制帽を取り、目深に被る。ポケットの中に入った岡崎の印鑑が動いて、室田はケースを取り出すと助手席に放り出した。この印鑑で離婚届の証人欄にでも判を押すつもりだったか、岡崎？　紙はすぐ横のブリーフケースに入っているよ。

ギアをドライブに入れて、ハンドブレーキを下げる。料金所の男がようやくきたかという表情をして、小さなチケットを手にして待っていた。一言も口を利かず小銭を渡し、アクセルを踏み込むと、一周するような形でまた汐入のインターに入る。雨脚が少し戻ってきて、フロントガラスに大粒の雨滴が弾かれては震えながらルーフへと這っていく。

「……岡崎、お互い、会いたくもない相手だが……」

高速で連続するクルマの列に合流する。

「一日に、二回もツラ見るとはなあ……」

アクセルをさらに踏み込んで右車線に移り、前方に走るクラウンの後ろにつけ、また左に移る。さらに右車線に戻ってスピードを上げた。

生麦ジャンクション、守屋町、子安、東神奈川と過ぎて、雨に煙っている高島の建設現場を横目に東口出口を降りた。上を通る横羽線の影で、道路が夕方のように暗くなっていて、フォグランプをつけているクルマもあった。室田はルームミラーに首を伸ばして、制帽の位置を確かめる。そして、煙草を取り出すと、わざと斜めにだらしなくくわえた。わざわざ客のために忘れ物を届けにきた徒労を装うつもりだった。

そごう前のロータリーにきて、ハザードをつける。クルマを左に寄せて徐行しながら、風景に目を細めた時、ペデストリアンデッキへの階段下で雨宿りする人影が見えた。

岡崎、だ。

そして、岡崎の横で、寄り添って立っている由布子の姿が目に入った。

11

ベリーショートになった髪、アイビーグリーンのコート……。

戸塚の事務所から他の女達と出てきた時と同じ恰好をしている。由布子に間違いない。そう思っているうちにも、徐行しているクルマはペデストリアンデッキ近くへと進んでいった。ハザードを消して、いったん、他のクルマに紛れるべきか。

室田は耳の奥で砂が流れ落ちるような血の音を聞き、激しくなった鼓動を抑えるように息を細く吐き出した。タクシーを待つ者達から目立たないように、ハザードを取り敢えず切り、表示は回送のままにして、円形になった路肩から少し離れる感じで徐行する。顔の角度を変えないまま、制帽の庇から睨むと、岡崎と由布子は、一介のタクシー運転手が忘れ物を届けにくることなどそれほど意に介してないのか、岡崎の持っていた茶封筒を見ながら何か話をしている。

「こっちを、見るなよ……見るなよ、由布子……」

由布子は髪を切ったのと少し瘦せたせいで、横に岡崎の姿がなかったら、割と身長の高い女に見えるようになったかも知れない。アイビーグリーンという、下手をすれば野暮ったく見える色を、それでもうまく着こなしている。由布子自身というより、岡崎の好みなのかも知れないが。

緩いワイパーの往復に二人の姿がフロントガラスに滲み、またくっきりと際立って雨空の鉛色の陰翳を濃くして現れる。岡崎がコートの袖口をめくって腕時計を確かめ、それを一緒になって覗く由布子の首の傾け方が、明らかに親密な者同士の仕草だと、室田は制帽の下で視線を揺るがせた。いまだに、何処かで由布子と岡崎の関係を信じていない自分がいるのかと、情けなくもなる。

岡崎が顔を上げ、眉根を寄せながら崎陽軒ビルの方を見た。まるで、自分のいる所と方向が違う。と、今度は由布子が視線を上げ、郵便局に向き、その横を徐行している自分のタクシーに顔を止めた。

室田はだらしなく斜にくわえていた煙草の先を止め、息を詰める。制帽の庇をさらに下げて、由布子が眉を開いて都タクシーの表示灯を見ている顔を睨んだ。アクセルを少し踏み、二人のいるペデストリアンデッキ横を通過しようとした時、由布子が岡崎のコートの袖を引っ張って促すのを、視野の隅に感じた。

岡崎が素早く大きく手を上げて、「おーい」と声を出しているのが、クルマの中に籠って聞こえてくる。目の端に何度も岡崎が手を上下させているのが見えたが、故意に気づかない振りをしながら、室田はそのまま徐行を続けた。

俺は都タクシーに乗り、制帽を深く被っている。さらに、雨空で暗いルーフの影だ。煙草をくわえているから、よけい顔までは視線が届かないだろうと、ほんのかすかに左を向き、二人の姿がウインドウの向こうを通り過ぎるのを確かめる。一〇メートルほど前方にいって停車すればいいと思って顔を戻した時、残像めいた感じで、由布子の目が見開き確実に自分の顔を捉えたかのような表情が過ぎった。

「気づかれた、か……」

クルマをさらに走らせ、ようやくハザードを点滅させて、二人がルームミラーに小さく見える距離になってから停車させた。大体、二〇メートル弱だ。雨も降っていて、おそらく岡崎だけが傘を差して走ってくるに違いない。室田は助手席に投げ出して置いた黒い印鑑ケースを手に取り、ルームミラーを睨む。思った通り、岡崎が不器用な手つきで傘を開く姿が見え、何か由布子にいってから走ってくる姿が近づいてきた。だが、その後ろで、顎のあたりに手をやってタクシーを見ていた由布子も、持っていた傘を開き始める。

「岡崎ッ、早く、こいッ」

左のウインドウを下げながらハンドルを強く握り締めた。ルームミラーの中の風景だけが目に突き刺さってきて、周りの東口の風景など目にも入ってこない。焦りで腹の奥に様々な大きさの泡立ちが生まれ、それが胸元までせり上がってくる感じだ。

傘の下でコートの肩を竦めて、駆け寄ってくる岡崎の、「運転手さん、悪いなー」という低いが弾んだ声が聞こえた。室田はクルマの横に現れた岡崎に、黙って印鑑ケースをウインドウ越しに渡す。ふと、風の加減で、岡崎がつけていた整髪料とは違う、女物の香水のにおいが雨の湿ったにおいと一緒に入ってきた。

「ああ、助かったよ。ここまでの料金はいくらだ、運転手さん？」

喫茶店ミキでヴィラ・ロボスのＣＤを持っている男に対しての口調とは大違いだな。室田は胸中で呟きながら、リアウインドウに近づいてくる由布子の影に視線を走らせる。ガラスには夥しい水滴がついていて、自分の顔までは見えないはずだ。

「いらないよ」と一言だけいって、ウインドウを上げ始めた時、「岡崎さん……」という由布子の声が一瞬聞こえて、眩暈を覚えた。女に対する感傷とは違う。仲良くやっていた時や憎み合って罵倒した時や、口も利かず冷え冷えした時間を過ごした時などの、すべての記憶が、生々しく肉の質感を持って滑り込んできた感じだった。もちろん、自分を呼んだ声ではないが、直接、由布子の声が耳に入ってきて、体の中に細くくねり潜っていく感触が残る。

岡崎が口を半開きにして後ろを振り返っている顔を一瞥すると、室田はクラクションを軽く鳴らして、クルマを走らせた。岡崎の短い声がまた籠って聞こえ、ミラーを睨むと、岡崎がこっちを見て、目を剥いているのが分かる。また、由布子を振り向き何か喋って、もう一度、こっちを見ながら携帯電話を取り出している。岡崎の姿も由布子の姿も、中央郵便局をバックにして、どんどん小さくなっていった。

大黒埠頭が灰色に煙って見えて、むしろ、雨雲の粒子が海上に下りてきて、ぼんやり凝り固まってできた風景に思える。雨の上がった山下公園を一人歩きながら、視界を斜めに過ぎるベイブリッジの橋梁や、すぐ目の前に停泊している氷川丸を見上げ、「C」の頃の記憶が断片的に脳裏を過ぎるのを感じた。

いや、断片というより、空気のにおいというのか。思い出そうとしてではなくて、錆が粉を吹いている巨大な停泊用の鎖や、分厚く白ペンキを塗られた柵や、オイルが混じった潮のにおいなどが、バブルで浮かれて建築関係の者達と呑み歩いた夜や、由布子や他の女達の感触を、直接思い起こさせるのだ。そして、どれもが、あの頃、やはり見ただろう、大黒埠頭の薄墨色に消え入る気がして、それが今感じていることなのか、昔感じたことなのか、と室田は思う。

「……どっちでも、いいんだよな、そんなことは……」

まだ昔ならば、それでもこだわって考え続けたかも知れないが、今は煩わしいというのか、徒労に感じ、確実に若さが萎んでいき、疲れた中年へと向かっているのだと実感する。

山下公園には、さほど人影がなくて、室田はズボンのポケットに両手を突っ込みながら港沿いに足を進めた。ベンチに青いビニールシートで簡単な屋根を作り、寝入っているホームレスの長靴の裏が見える。案外、自分達の雑誌が関わっていた建築関係の者だったかも知れないと思っている自分がいて、そのような偶然を求めている脆弱《ぜいじゃく》さに呆れ果てる。ついさっきの横浜駅でのことに対して、感じている以上に動揺しているのだろうか。

まさか岡崎と一緒に、由布子がきているとは思いもしない。ミキという喫茶店を前にして迷い始めた岡崎が、携帯電話で連絡して呼んだのだろうが、まるで予想もしていなかった。由布子が自分に気づいたかどうか確かには分からないが、十中八九は見破られただろう。

「岡崎さん……あの、運転手、室田本人よ」

動転しただろうな、岡崎さんよ……。由布子の、岡崎を呼んだ声がまだ耳に残っていて、体の奥へと入り込んでいった馴染みの声に、奇妙な抵抗と疼きが絡み合って靄っている。アルコールの中に水が泳いでマーブル模様を描く様を想像し、それが心地いいのか不快なのか分からない。ただ、ぼんやりした熱が蟠り残って、密かに呼吸し続けているのだ。

あの後、岡崎はおそらく、光タクシーに乗っている川上に電話したのだろう。つまり、崎陽軒前から発進したばかりの自分のタクシーに向けてだ。あれから携帯電話の着信記録を調べていないが、まず自分の電話にはかけてきていないはずだ。

ビニールシートのかかったベンチに視線をやると、今度は逆に、カーキ色にくすんだ毛糸の帽子と乱れはみ出した艶の悪い髪やら髭が覗いていた。室田は、雨が降っている間もそうして寝ていたに違いない男から目をそらし、ベイブリッジの衝突防止用の点滅ライトを見やる。煙草を吸いたくなって、ジャケットの左内ポケットを探り、思わず舌打ちした。着ているのはいつもの光タクシーのジャケットではなくて、川上のものだ。都タクシーのジャケットには、室田がいつも煙草を入れる内ポケットがなくて、クルマを出る時に右前のポケットに煙草を入れたのだった。

ルームミラーの奥へと消えていく、まったく別の自分の後ろ姿を探していて、いつもと同じか……。

胸の中で呟いて、唇を歪めつつ笑ったが、タクシー運転手が、他の会社のタクシー運転手を演じているというのは、意外にも最も遠いことかも知れない。そんなことを思いながら、公園を回り、クルマを路駐させたホテルニューグランド前に戻ると、横浜近辺を流しているタクシードライバーが二人、立ち話をしているのが見えた。室田がくわえ煙草の煙に顔を顰め、クルマに近づくと、そのうちの一人が声をかけてくる。

「都さん、どうしたよ、ごっつんこか？」

制帽を阿弥陀に被り、白髪混じりの髪を覗かせている、被っているというよりも、角刈りの髪に載せているという感じの男に、室田は「ああ」とだけ無愛想に答えた。ちょうど神藤と同じ歳くらいだろうか、口の端に楊枝を突っ込んで、目尻に皺を寄せていた。人がいいのか、それとも小馬鹿にしているのか、よく読めない表情だと思う。

「都さんだったらさ、ふんだくれるだろ?」と、もう一人、同じ制帽を被った中年の男が、タクシーの傷を見ながら首筋を掻いている。

「何、ニューグランド関係か?」

白髪の男が眩しそうに目を細め、楊枝を口から抜くと、横に投げるような仕草でホテルの建物を示し、またくわえる。

「ああ、今、お客さん、届けたところだよ」

「都内からだろ? いいよなあ。こっちは無線張ってるだけだよ。ホテル関係もな、みんな、駅まで歩くし、拾ってもゴミだあ」

二人して喘鳴の混じったような下卑た笑い声を上げる。短距離の乗客をゴミと呼ぶのは都内でも神奈川でも同じなのだろう。男の口元で上下する楊枝の先を見て、室田もかすかに笑みを作った。

「まあ、でもよ。こんな所で、都内のタクシーさんがよ、横付けすんなよ。分かるだろ?」

まだ目尻に皺を寄せて笑っているが、白目の黄色い、表情の抜けた横目で短い視線を投げてくる。

「悪いねえ。ちょっと、小便だよ」

「長いションベンだな……。まあ、タクシーのツラが悪いから、俺達の邪魔にはならないけどな」

そういって、角刈りの男が乾いた視線を室田の目や口元の煙草に彷徨わせる。左の鼻先が小さく潰れ、白いバンパーの傷と錆の入ったウインカーのタクシーには、ゴミも乗らないといっているのだろう。室田はズボンのポケットから雑に折った千円札を二枚取り出すと、「少ないけどな、煙草代にでもしてくれよ」と角刈りの男に渡す。見かじめ料みたいなものだ。

もう一度、山下公園の方を振り返り、港の方に視線を流すと、短くなった煙草をアスファルトに捨て、靴底で踏みにじる。背後に立っている二人は何もいわない。無意識のうちに陰鬱な顔の川上になっている自分がいて、ふと、奴も何処かで自分の性格や態度まで演じているのだろうと思うと、泡粒のようなおかしさが込み上げてくる。

「都さん、ふんだくれよ」

クルマに乗り込むと、角刈り頭の方の男がもう一度声をかけてきた。

箱崎ジャンクションを周回した出口手前の合流地点で、川上はハザードをつけて待っていた。合流の死角になった空白のスポットがあって、そこに停車し、夜のジャンクションに赤々と燃えるようなハザードを点滅させている。

室田も徐行しながら、渋滞するクルマの列を外れ、川上の乗った光タクシーの後ろにつけた。川上の睨んでいるルームミラーに、自分の顔がテールランプやハザードを受けて赤く染まっているのだろうと思うと、バツの悪い恥ずかしさに似た気分にもなる。ドアが開き、川上が煙草をくわえたまま出てくるのを見て、室田もハンドブレーキを引いた。

「さすがに、夜はしばれるな。一杯、やりたいぜ。……どうだよ、水揚げは？」と、光タクシーのジャケットを着たまま肩を竦め、眉間の皺を捩じり上げる。外は風がかなり強いのか、川上の髪が乱れ、吸っていた煙草の先から火が横に散っている。水銀灯のせいで、顔の骨の凹凸がはっきり現れ、紫色に変色して見えるのが、さらに不健康そうだ。

「……まあまあだな。だけどな、川上さん……」

口を噤んで室田は短い嗚咽じみた声を上げると、クルマの外に出る。隅田川からの夜風にジャケットの裾がはためいて、室田は何気なくボタンを留めた。川上がそんな仕草を見て、憮然とした表情をしながら顔とボタンにかけている指に視線を往復させる。

「……何だよ」

「……いや、そっちこそ、何だ」と、川上が半歩下がって、ズボンの両ポケットに手を突っ込むと、何か構えるように仁王立ちして見せた。室田は川上を無視して、俯き加減にクルマの前に回る。と、すぐにも察したのか、「おいおいおいおいおいおいおいー」と畳み掛けるような声を上げてくる。

「おい、室田さんよ、マジかよ、おいおいおいおいおいおいッ」

「……申し訳ない」

川上が目を剝き、クルマの前に回ってきて、体を屈める。ライトに照らし出された顔を顰め、歪めた口から並びの悪い歯を覗かせていた。

「川上さん……悪い。申し訳ないと思っている……」

川上は髪を掻き上げたかと思うと、口から長く息を吐き出して、目を閉じながら体を起こす。そのまま天を仰ぐ形で、光タクシーの方のトランクに尻をついた。

「……接触は、初めてだ……」

「……何処の……クルマのオカマ掘ったよ」

歯の隙間から声を搾り出し、目を開けたと思ったら、すでに自分を睨んでいた。

「いや……高速出口の、料金所近くの壁にな」

「壁？　壁って、おまえ、どうやったら……」と川上はいいかけ、また硬く目を閉じる。運転キャリアの長いタクシードライバーが、どうやったら動いていない物にぶつけることができるのだといいたいのだろう。生天目クリニックで処方して貰っている薬についていわれるかとも思ったが、川上はただ歯の間から息を漏らし、首に手をやっては、渋滞するクルマの列に視線を泳がせている。しばらく、額に手をやったり、首筋を掻いたり、腕組みをしたりしていて、ようやく川上は口を開いた。

「……まあ、仕方がない……としか、いいようがない、か。なあ、室田さん。壁にぶつかった、まったくの不注意で、どう逃れようもなく……なあ、室田さん。俺も、そういうミスってのは、したことがないわなあ。光タクシーはどうか分からないが……都タクシーでは一件もない。確率的にこれは珍しいケースだと思わないか、室田さんよ。初めて交換したクルマがねえ。いや、でも、事実だなあ」

ただ黙って川上のいうことを聞いているくらいしかできない。こっちから都タクシーの加入している保険の話をするわけにもいかなかった。

「……で、何だか知らないが、あんたの、乗せた客……印鑑を忘れた、何だ、岡崎さんか？　妙な電話はしてくるわでな……。ちゃんと、あんた、印鑑、届けてくれたんだろう？　あの岡崎という客がいうにはさ……『今、印鑑を持ってきてくれた川上さんだよね？』ときたよ。何だと思っていたら、『ちょっと、見えたんだけど、川上さんの持っているブリーフケースね、いい奴だけど、何処のメーカーのかなあ』だとよ。室田さん、あんたの、その殺し道具が入っているケースは、ゼロハリバートンの古いタイプのモンだよな？　で、『運転手さん、二つ、携帯電話、持ってないよねえ』だってよ。いかれてるじゃねえか……」

室田は川上の言葉を聞いて、すかさずクルマのフロントから離れると、ドアを開けて自分の携帯電話を確かめた。液晶画面に非通知の着信記録が二一件、しかも数秒ごとにかかってきている記録になっている。

「……室田さんよ。あんた、何、したんだよ。頼むよ」

「……川上さんさ、あんたは、女と、うまく、やれたか？」

「馬鹿がッ」と川上は唾棄するようにいって、もう一度額を掌で叩いていた。

「なあ……なあ、おい、室田さんよ、そのぶつけた壁っつうのはさ、いくら支払うことになったんだ?」

「それは……ゼロだ。問題ない」

そう答えると、小鼻を膨らませて睨んでいた川上の目が細かく瞬きする。

「……二度と、こんなミスしたらさ、もう頼まねえ」

「茅場紡績の木下さんは、いいのか?」

風に髪を乱れさせながら、川上はじっと見つめていたが、一回、大きな溜息をつくと、トランクから腰を上げた。

「悪かったよ、川上さん……。マジですまないと思ってる」

ジャケットを交換し、それぞれの携帯電話やブリーフケースを取って、互いの本来のクルマに座る。シートの位置がほとんど変わらない。その気持ち悪さを川上も感じているのだろう、テールランプに灯った不機嫌な顔がルームミラーの中に見えた。

そして、室田がシートベルトを締め、ブレーキからアクセルに足を乗せようとした時だ。いきなり、籠った重い音と同時に強い衝撃があって、一瞬何事かと思っている間にも、室田はヘッドレストに後頭部を打ちつけた。反射的にブレーキを踏んだが、クルマは一回バウンドして前に出る。すかさず、ルームミラーを見ると、ゆっくりと川上のクルマが横切り、室田のタクシーの右横に滑り込んできた。制帽の下で薄い唇の片端を上げている川上がこっちを向いて、ウインドウを開けてくる。

「悪かったよ、室田さんよ……」

そういい残して、室田のクルマを追い越し、出口の方に向かう都タクシーのテールランプが見えた。

示談が成立したということだ。

12

車庫へとクルマを進入させると、ホースで洗車していた人影が手を止める。ヘッドライトに照らし出された神藤が、眩しさに顰め面しながらも笑っているのが見えた。プレハブ小屋と変わらない簡素な事務所の明かりと、ガレージにいくつかついた蛍光灯が、よけい光タクシーの車庫を寒々しく見えさせる。神藤の手にしているホースから流れ出ている水の冷たさを想像し、思わず項の辺りが凝った。

「お、ムロちゃん、お疲れ」

「掘られちゃったよー」

「あちゃー、何処でだ？」

「箱崎ジャンクション」

ホースの水を止めて、神藤がクルマの後ろに回る。

「掠った程度よ。一日で修理、上がるさ……。でもよ、ムロちゃん、なんで箱崎なんて乗っかるんだよ。分からねえ」

室田もクルマから降りて、後ろに回ると、パンチパーマをホースの水飛沫で点々と光らせている神藤が、目をしばたたかせて傷を確かめていた。神藤の髪が、雨上がりの蜘蛛の巣みたいだ、と室田は思う。

クルマを見ると、右後ろのバンパーの角が小さく潰れ、熊手で横に擦ったような痕がある。細かく突き刺さっているのは、川上のクルマのウインカーの破片だろう。衝撃のわりには、たいした傷ではない。

「気分、だよ。別に意味はないさ」

「俺は、客が回ってくれっていったって、嫌なんだよな。地下鉄に乗るのと同じ感じでよ、眩暈つうか、重心が狂って、気持ち悪くなっちゃってさ」

神藤の地下鉄嫌いは前から何度も聞いているが、大体、タクシー運転手は電車も地下鉄も嫌う。道路も線路と同じでその上を走るが、あまりの窮屈さに、棺桶の中に入っている気分になる。ましてや、地下は空気が薄い。神藤がそんなことをいっていたのを思い出す。

「でも、何処のクルマと接触した？」

「……ああ、同業。都タクシー……」

「都、タクシー……」

神藤が下の歯を剝き出した形のまま歪め、軽く頷いている。港湾無線グループの大手のタクシー会社と聞いて、こっちが被害者側だとしても分がないと思ったのだろう。

「どっちにしてもよ、軽い始末書で済むさ、なあ」

室田はクルマの中に顔を突っ込み、現金袋と実車記録を取る。まだ、川上の吸っていた煙草のにおいや岡崎の整髪料のにおいが残っている気がして、腹の中が硬くなった。離婚届の入ったゼロハリバートンのブリーフケース。確か、ワイシャツの胸ポケットに入れたはずだが、サンバイザーに生天目クリニックの薬が挟み込まれていないか、念のため確かめる。

「今日は、カウンターは中山？　それとも、小松部長？」

「ああ、小松だ」

室田は小さく舌打ちして、神藤の顔にめくばせすると、事務所の中に入った。重い温気と一緒に、古靴下のにおいが籠っている。省エネのつもりか、奥しか蛍光灯がつけられていなくて、煤けた天井がさらに黒く見えた。石油ストーブを挟んで、川瀬と飯島がだらしなくパイプ椅子に体を預け、靴を脱いだ足を炙っている。川瀬がチラリと見てきて、すぐに視線を外したが、飯島の方は眉頭を上げた演技じみた表情で尻目に見ている。

「お、室田、上がったか？」

カウンターに足を投げ出していた小松が、体を起こして白熱灯スタンドをつけた。薄暗がりの中に潜んでいた巨大な虫のようだ。盛んに長い触手を宙に彷徨わせている気がして、室田は思わず目を伏せる。

「4号車、室田、ただ今上がりました」と、現金の入った袋と実車記録をカウンターの上に置く。

「室田……おまえ、今日……」

「いや、すみません」と無意識に口にしている自分がいる。「ああ？」と小松が実車記録から面倒そうに顔を上げた。ワンカップ酒でもやっていたのか、饐えた甘い口臭が届く。

「何だ？」

「ええ、接触をですね。都タクシーに掘られて。掠り傷ですけどね」

一瞬、沈黙があって、下からギロリと睨んできたが、唇を無愛想に曲げたまま横の棚から中質紙を取り出す。いつ印刷されたものか分からないが、文字や罫線が不鮮明な謄写版の始末書だ。

「車輌保険でいくのか、事故でいくのか？」

「どっちでも同じなんで、事故諸費用でやった方が……都さんもそれでいいと……」

「港湾グループじゃなけりゃあな……まあ、いい。後で見る……。はあ、なるほどー……」

老眼の小松は目を細め、実車記録を遠ざけるように見て、片方の眉だけ上げる。室田はその間に、袋から紙幣だけ取り分け、カウンター機に小銭を流し込んだ。頭の中を引っ掻き回されるようないらつく音に低く唸っていると、小松がでかい声を出していう。

「室田ッ、いつも、今日みたいに、頼みたいわけよッ。ああ？　おまえ、今日、無線、けっこう叩いただろッ。桐山がいってた」

硬貨の流れる音が止まって、耳に綿を詰め込まれたような静けさが戻る。小松の張り上げた声の尻尾が事務所に空回りして、奥の川瀬や飯島がこっちを見るのが分かった。

「水揚げ、凄いじゃないか。記録だよ。七万……いや、八万円いってるじゃねえか、室田」

八万円？　小松が計算機で確かめている手元を室田は見つめながら、腹の底に焦りの塊のようなものが生まれるのを覚える。

「……たまたまですよ……」

川上はいつも七万から八万円を稼ぎ出すのだろうか。視野の隅に年配の二人組がじっと窺っている気配を感じる。水揚げが多過ぎても、小さなタクシー会社の人間関係が簡単に崩れたりするのだ。神藤くらいにベテランになれば問題ないだろうが、法人から個人タクシーへと移る理由の一つに、そんな煩わしさから解放されたいというのもあるには違いない。

「たまたまじゃないんだよー。無線、叩いてるからだろー。そんなこと、当たり前だよ、室田。掠ろうが、オカマ掘ろうが、客乗せろよ。おまえ、まだ、若いんだからよ」

室田は小松に軽く頭を下げると、始末書を持ってカウンターを離れた。口の中に苦いものが込み上げてくるのを感じて、コーヒーの自動販売機に一〇〇円玉を入れる。ディスプレイの窓から覗く古いコーヒー豆が、いかにもまずそうだ。

煙草をくわえ、泥水色のコーヒーの入った紙コップを取り出すと、室田はすぐにテーブルについて始末書を書き始めた。現場の欄に、箱崎ジャンクションと記すのが躊躇《ためら》われる。神藤のいうように、この近辺のタクシーがわざわざ渋滞するジャンクションを通ること自体が、非効率的というわけだ。さらに、自分自身の、いつもの調整のために使っている秘密の場所を知られる気がする。だが、川上もおそらくは始末書に箱崎ジャンクションと書いているはずで、確認の時、符合しないと面倒なことになる。

室田は淡々と事務的な文章を記しながらも、こちら側が被害者であるように書いていく。9号深川線と周回路の合流地点で、黄信号確認後停止した所、箱崎周回路から深川線に割り込んできた都タクシーが自車の右後方に接触、協議の末、示談。川上だったら光タクシーが赤信号にかかわらず、周回路へと合流してきて接触とでも書くのだろう。その辺は合致しなくても構わない。いつでも運転手は被害者を演じていて、記憶も当てにならないからだ。

「おい、室田ぁ」

低く響く声がして、顔を上げると、川瀬がパイプ椅子の背に体を寄りかけ、両手を頭の後ろにあてがいながら、力の抜けた鈍い目で見ていた。制帽を被っていると分からないが、五〇歳を過ぎたばかりなのに、真っ白な髪を三分刈りにしている。室田も眉間を捩じり上げ、川瀬と飯島に視線を交互にうろつかせた。飯島はただぼんやりと石油ストーブを見つめている。奥の小さなロッカー室から、三枝がタオルを首に引っ掛けて、サンダルを引き摺ってくるのが見えた。

「えらい水揚げだなあ。おまえが、ほんとに乗ってたのかようってな、話してたさぁ」

川瀬達の所から三枝は死角になっているのだろう、壁の陰から親指で川瀬達を示し、頭の横に人差指を持っていくと渦を描いて見せる。室田は紙コップのコーヒーを飲みながら、そんな三枝と川瀬とに視線を合わせた。三枝は真面目な表情に戻ると、首にかけたタオルで口元を拭って、またサンダルを引き摺りフロアの方にやってくる。そして、初めて気づいたかのように、「お、ムロちゃん、お疲れ」と声をかけて、軽く片手を上げた。

「飯島がよぅ、芝浦あたりで、おまえの4号車を見たらしくてよぅ。どう見ても、おめえじゃねえような気がするっていうんだよなぁ」

「……アホ面下げて、運転してますから」

「なんか、おめえ、小っちゃいガキどもを物色してたらしいじゃねえか」

室田はくわえていた煙草に火をつけると、川瀬の鈍い眼差しを見据えた。斜向《はすむ》かいに座っている飯島は、相変わらず無視を決め込んで、ストーブの炎に目を落としている。まず自分とは口を利かない男だが、ジワジワとか、吶々《とつとつ》とか、あるいは、鼻で笑いながらか分からないが、川瀬に話をしたのだろう。

「見間違いでしょう」

内心、焦っている気持ちを抑えているせいか、口調が強くなって、室田は自分の声に少し動揺した。その瞬間、飯島の伏せていた視線が上がって、無表情だが含みのある眼差しを流してくる。

「行灯の光マークを、見間違う訳がないだろうよ、ああ？　室田よぅ。オカマ掘られるのはまだしもよ、ガキのオカマ掘っちゃ、いけねえぜ」

「川瀬さん、何、いってんだよ」

室田が口を開こうとした時、横から三枝が遮った。まだタオルで口元を覆っているせいで、声が籠って聞き取りにくい。

「なんだ、三枝。おめえも、ロリコンかよ。ああ？」

川瀬が口角の片端を捩じ上げていうと、黙っていた飯島が鼻を鳴らして小さく笑った。三枝が自分に視線をよこし、一瞬表情を窺うのに室田は気づく。何をもって川瀬達がロリコンなどというのか分からないが、前職が中学校の社会科教師の三枝にとっては過敏になる言葉だろう。たぶん、自分が川瀬達に激昂寸前と見たら、同調して絡もうというつもりかも知れない。

「川瀬さん、三枝さんは関係ないだろ。あんまり、つまらんことというなよ」

「おいおいおいおいおいー」と、川瀬が組んでいた足を解くと、脱いでいた革靴に足先を入れた。

「新米運転手がいい口利くわいな、なあ、飯島さんよ」

体の奥の何処かでゼンマイがキリキリと堅く巻かれるのを感じる。室田はわずかに目を細めて、距離を計ろうとした。石油ストーブを挟んだ二人の鉛色の影が、ホワイトノイズの粒子が凝集しているように見える。興奮したり、パニック性障害が訪れる時の前兆だ。頭に血が上って、耳の奥で油紙でも破ったような乾いた音がして、「ああ、自分は怒るのだろうか、暴れるのだろうか」と思っているうちにも高い耳鳴りがした。室田は慌てて、まずいコーヒーをもう一口啜る。

飯島に視線をやると、眉根を上げ、唇を半開きにしたまま、極端なほどの尻目で見ている。明らかに、自分を不快にさせようとしている顔が、頭の奥で粘っていた横浜での出来事を蘇らせもする。タクシーの中にいる岡崎の憮然とした態度と、携帯電話での腰の低い喋り方が脳裏を過ぎってくるのだ。ベリーショートになった由布子の髪やアイビーグリーンのコート姿……。高島屋へのペデストリアンデッキ下で、いかにも親密な仕草を見せていた二人の残像に、腹の中がもんどり打つ感じだった。ついでに、高速の出口の壁に川上のクルマを接触させたことまで鮮明に瞬く。

薄暗いプレハブ小屋で鬱陶しい男達に絡まれているのが、あまりにも馬鹿馬鹿しく、苛立たせる。体の中が燻り、黒い煙が充満するようで、室田は痰を切るような派手な音を立てて、思い切り息を吐き出した。

「おいおい、何だ、室田ぁ」

「あんたに用はないよ」

「いい口の利き方だなぁ、室田ぁ」

「いい加減にしなさいよ、二人とも!」と、三枝が困惑した顔でタオルを首から外す。

「おめえもうるせえな。おめえは大体、元教師だと思って、俺達を馬鹿にしてんじゃねえのか、ああ? おめえ、何だ、生徒に淫行働いて、クビだったっけかなぁ?」

飯島が川瀬の言葉に噴き出して小さく肩を震わせる。室田は紙コップを置くと、吸っていた煙草をアルミの灰皿に揉み消した。視野が捩じれて所々光ったような、ネガになって反転するようにも見える。

室田が息を詰めて、立ち上がろうとした時だ。いきなり、三枝が持っていたタオルで、座っていた川瀬の首を後ろから巻きつけ、引き上げていた。初め、何をふざけているのかと思った。だが、間違いなく、三枝は力を込めて川瀬の首をタオルで絞め上げていたのだ。目を剝いているが、いつもとは変わらない三枝の横顔があって、逆に怒りを超えているのが分かった。

「三枝さんッ」

短い嗚咽のような声が上がり、川瀬の口の両端が下がる。パイプ椅子の前脚が浮いて、もがき苦しむ両手が首に食い込むタオルを毟ろうとするが指すら通らない。

室田は慌てて三枝の元まで駆け寄り、タオルを引き絞っている手を摑んだ。

「おい、こらッ、何、やってんだッ、おまえらッ」と、カウンターの小松が怒鳴り声を上げて出てくる。

タオルの端を両拳で捩じ上げている三枝の手に、静脈の瘤がいくつも浮き出ていて、力の込め過ぎで指から血が抜けている。川瀬の背がパイプ椅子から外れそうになって、むしろ首にかけられたタオルに宙吊りになる恰好にまでなった。

「三枝、やめろッ」

パイプ椅子が外れて床に派手な音を立てたと同時くらいに、川瀬の顎がタオルから外れ、室田は勢い余って三枝と一緒に壁に突っ込み倒れ込んだ。煤《すす》けた神棚から供えた水のグラスが落ちてきて割れる。川瀬の激しく咳き込みながら、嘔吐するような音が背後に聞こえ、振り返ろうとした時、影が覆ってきて、後頭部を蹴られた。

眩暈の中、目を開けると、飯島がもう一度足を上げている。訳も分からぬまま頭を覆い、何とか立ち上がる。

「こらッ、おまえらッ、やめろッ」

室田は小松が止めようとする声も無視して、飯島の胸倉を掴んでそのまま逆側の壁まで押していった。口の端を憮然と下げた顔をして睨み続けている飯島に、殺意さえ覚えている自分がいた。まったく自分と口を利こうともせず、ただ冷やかに小馬鹿にした目つきを投げてくる飯島の真意がまったく読めない。単純にシカトという奴だろうが、四五歳にもなった男がずっと自分に対してやり続ける神経のタフさ自体に、腹が立っているのかも知れないとも思う。

飯島の痩せた胸骨が拳にあたり、顎にうっすら伸びた髭の硬い感触を覚えながら、壁に押し付け、喉仏を潰してやろうとしている。何も喋らない。ただ、飯島の鈍く睨んでいる瞳が上ずり、白目に変わるまで、手首で喉を押し付けているだけだ。

と、その時、飯島の口から小さな舌打ちが聞こえ、薄い唇が開く。

「……室田……ありゃー、誰だ……？」

押し潰れたハスキーな声が漏れてくる。爬虫類を思わせる小さく凝った瞳はまったく変化がない。

「アホか、あんた……」

そういって体重をかけて押すと、突然、頭を叩かれ、目の前の飯島も丸めた雑誌で叩かれて顔を顰めた。眉間に深く皺を入れた神藤が横に立っていて、自分と飯島の顔を交互に睨みつけ、丸めていた雑誌をテーブルの上に放る。飯島の胸倉から手を離すと、神藤は黙って床に割れたグラスの破片を拾い始めた。

川瀬はまだ床に尻餅をつき、ぐったりと肩を落としながら首を押さえていて、三枝は壁に背中を擦りつけ、体を細かく震わせていた。シャツの胸をはだけ、乱れた前髪を垂らしている三枝を見て、一瞬、教師時代か若い頃の顔が覗いた気がする。おとなしいというわけではないが、いつもは穏やかな男が、激昂して川瀬をタオルで絞め殺そうとした興奮に、不謹慎とは思いつつも、何処かおかしく、救われる気にもなる。

たぶん、そんなふうに考えること自体、自分の脆さだと思う。自暴自棄になって世界を白くさせ、成り行きに任せてにっちもさっちもいかない所まで自分を追い詰めるやり方だ。選択するものが少なくなる分、逆に楽になる。確か、そんな自分を「無責任男、もしくは、子供よね」といって笑っていたのは、由布子だった。おまえが選んだ岡崎は違うというのか、由布子？　岡崎も自棄になるタイプだと、同性の男ならすぐに分かる。

額に垂れた髪を掻き上げている三枝を見ながら、室田は眉間を開いてかすかに笑った。飯島の胸倉を掴むのに力を込め過ぎた左手が震え、まだ痺れている。三枝もそうだろうが、実際に人を殴るとか、喉仏を潰してやろうなどとしたのは、あまりにも久し振りで、ほんのちょっとしたことなのに体中が興奮していた。

室田は左腕を擦りながら、また自販機前のテーブルに戻ると、始末書の角張った自分の文字に目を落とした。

「本当に殺すところだったよ、俺。もう、後、一絞り、二絞りくらいだったと思う。怖いよ、マジで、ムロちゃん。やばいよ、俺は……。自分で自分が分からないよ……」

何処かで一杯やろうと誘ったが、三枝は事務所での件を引き摺っているとかで、谷中六丁目で降ろしてくれてそのまま帰ってしまった。

午前三時近い谷中霊園の横を歩きながら、アパートへとゆっくり向かう。霊園脇に駐車された何台かのクルマの中が、闇を恐ろしいほど濃く孕《はら》んでいて、ドアを開ければ、そのまま霊園にある墓穴の中へと通じそうな気がした。そんな幼稚なことを考えている自分を鼻で笑ってみるが、息の漏れた音があまりにもひっそりと夜気に吸い込まれるのを感じて、コートの中で鳥肌を立てている。

零度近い気温に肌を硬くさせているのに、まだ少し事務所での興奮が火照ったように残っていて、だが、体の芯を神経痛めいた感じで痺れさせる疲れがある。体の中に層を作っていて、瑪瑙《めのう》の断面などを想像するが、その境界が所々で綻び、隆起したり、陥入したり、混じり合って、疲れやら寒さやら火照りやら、何が今最も自分に響いているのかよく分からない。

部活でヘトヘトに疲れながら、二回でも三回でも自慰に耽る余力がある中学生のようでもあるし、疲れを知覚する神経さえ麻痺して、異様にハイになっているワーカホリックのようでもある。混濁の仕方がだらしないが、まさか、体にわずかに残っている若さが変異でも起こして張り切り出したわけもない。ぐったりと疲労に浸かった体が浅い夢でも見ているのだろうと室田は思う。

水銀灯に伸びては縮む路面の自分の影を見ながら、アパートの鉄製の階段までようやく辿り着く。小さな眩暈に続いて、大きく後ろへ引かれる眩暈がきて、思わず手摺りに摑まり、足を一歩出す。

部屋の中で、また留守番電話の赤いライトが点滅しているのだろうと考えると、さらに体が重くなる。何件入っていようと、今日は再生せずにそのまま寝入ってしまおう。

室田は共同の玄関のタタキに革靴を乱したままにして、冷えた木の廊下を静かに歩く。誰も使わないが、二つ蛇口のついた流しが左にあり、いつもの黴臭いにおいが鼻先を掠める。短い廊下を左に曲がり、奥から二つ目のドアに鍵を差し込んだ時、上ずった若い女の短い声が聞こえた気がして、手を止める。隣の田辺のかく鼾がかすかに聞こえるが、後は、遠くで救急車のサイレンがするだけだ。

気のせいか、と鍵を回し、部屋に入ると、また、女の突発的に上げる声が聞こえる。耳を澄まし、何気なく流しの横から、暗い部屋の奥に目を凝らせば、電話の赤い点滅ライトがゆっくり瞬いている。今度は痙攣《けいれん》するように連続する声が耳を突く。

左隣の佐々木という学生の部屋からだ。山形出身の気のいい、おとなしそうな男も彼女を抱くか。いや、彼女が出来て、当たり前に交わるわけかよ、と胸中で呟き、歯を剝き出して声に出さず笑う。物音を立てないように気をつかう自分の足取りが馬鹿馬鹿しくて、咳払いの一つもしようとしたが、小さく喉の奥で痰を切っては、また耳を澄ましていた。

歩くだけでも畳の震動が隣に伝わる安アパートで交わる若さに、こっちが恥ずかしくなる。室田は闇の中で目を伏せたが、学生には切迫していて、それどころではないのだろう。彼女の方もまた隣の住人が帰ってきたことを知って、声を懸命に布団に押し付けているのか、それともまったく気づいていないのか。

「ああ、臭ぇ、臭ぇ……」

囁いたつもりが重い鉛みたいな声が出て、部屋全体が唸った感じだ。小型のガスストーブのスイッチを入れるにも神経を使い、無意識のうちにも顔を顰め、舌を出し、なるべく音が出ないようにしている。青く膨らんだ炎が回り、徐々にオレンジ色に落ち着くのを待って、室田はストーブで煙草に火をつけた。顔の表面を炙られて、光タクシーの事務所にある石油ストーブが浮かび、嫌でも数時間前の騒ぎが脳裏を巡る。

飯島が芝浦あたりで光タクシーに乗っていた川上を目撃したのは事実だろう。制帽を目深に被っていたにしても、あるいは、逆に阿弥陀に被っていたにしても、一瞬の擦れ違いに顔を留めるのは難しいものだが、ちゃんと見ている所に嫌らしさを覚える。

胡坐をかいたまま服を脱ぎ、またストーブで手を炙る。揺れが激しくなって、若い女の素っ頓狂な声が、境にした薄い壁一面を押してきて、すぐ横で絡まっている錯覚に陥る。敷きっ放しの布団に横になって目を閉じると、若い男女の肉体の微妙な距離までが見えるほどに、女の声が露骨だった。

まるで声の質が違うけれども、敢えて由布子が発していると想像してみる。すぐにも肩まである髪を想像していて、いや、ベリーショートなのだと瞼に力を込めた。少しカールした毛先が頬に乱れかかり、闇に現れた白い項に静脈が膨らむ。尖った顎をのけぞらせ、深く抱え込もうとするほど静脈が快楽に膨らんでいくのだ。

タクシーの中に残った岡崎のスーツや整髪料のにおいが蘇ってきて、室田は思わず短く唸る。隣の女の声が規則的に上がったかと思うと、うねりながら尾を引く声に変わり、男の名前をちゃんづけで呼んでは、また声を上げる。室田は煙草を枕元の灰皿に押しつけると、冗談のように手をトランクスの上にあてがった。まったく何も反応しない、と思っているのに、若い女のとば口で、兆しだけ楽しもうとウロウロする自分を想像し、少し根に力が籠るのを感じた。闇の中で抱いている女を、知らない若い女にしているのか、由布子として想像しているのか、と探っているうちにも、今日、横浜で見たアイビーグリーンのコートを着た由布子のベリーショートが浮かんで、さらに力が籠る。

「……マジかよ、俺は……」

女の声がさらに高まってきて、短い髪の由布子が腕を絡めてくる。自分の首や髪に指先が遊んでくるが、さらに後ろに下がって、岡崎の逞しい背中に指先を突き立てる由布子の姿を見ていた。

勃起した輪郭を下着の上から摑んだ時、いきなり、枕元の電話から着信音が鳴って、室田は小さく体を震わせた。隣の部屋の声はまだ止まない。と、すぐにも、留守番電話に吹き込もうとする相手の声が雑音混じりだが、あまりにも朝の四時近くにはそぐわない大きさで入ってきた。

「ああ、室田さんかよ。携帯に出ないっていうのは、もう家だろ。もしもし？　もしもしー？」

隣の声が止んだ気がして耳を澄ますと、低い会話の声がかすかに籠って聞こえる。

「室田さん、俺だ、川上だよ。とにかく、出ろよ。もしもしー？」

室田は慌てて布団の上から跳ね起きると、受話器を取って、布団を被る。

「何だよ、こんな時間に。もう四時だよ」

「いたのかよ……」と川上が粘った声を出して、一回、「ああッ」と痰を切る。受話器のむこうで酔客の声が聞こえ、ラジオだろう、女のジョッキーの平坦な声がする。また、浅草の立ち呑み屋にでもいるのかも知れない。

「室田さんよー、本当は、会って話したい所だが、くるか？　前の店だよ、浅草の」

「もう寝てたよ。夢の中だ」と答えながら、闇の声に妄想していた自分に恥ずかしくなる。川上の、鼻から深い溜息を漏らす音が受話器を擦り、さっきまで隣の女の声に澄ましていた耳にモロにくる。一気に男の肉体が主張してきて、室田は声を低く上げながら、受話器を耳から離した。

「あのな、室田さんよ。なあ、接触は、まあ、仕様がないな。箱崎ジャンクションでお互いの不注意で接触だ。そうだろ？　有難く思えよ、本気で。……まあ、少ない水揚げも仕方がない……」

「川上さん、あんた、あの水揚げは、どういうことだ？」

「うるさいよ、ちょっと聞けよ。……いいか？　室田さん、あんた、プロだろ？　あのな、茅場紡績の木下さんを大船の工場に届けただろ？　そこで、何、やったんだよ、ええ？」

馬鹿丁寧なほど応対して、工場のエントランスまで送り届け、木下自身も満足していたはずだ。一体、何の問題があるというのか。川上の代わりできているといったことも問題ないはずだ。

「港湾無線グループでも、Ａクラスの対応だよ」

「馬鹿がッ」

布団を少し剝ぎ、隣に耳を凝らすと、また始まっている。

「三橋電気の警備員に何したよ、あんた。さんざん、暴言を吐き、さらに、火のついた煙草を投げつけたらしいじゃねえか。おまえ、苦情がひどいんだよ」

桜の木の下でのことか、と思い当たり、制帽を被った偏屈そうな初老の男が、威圧的な態度で絡んできたのを思い出した。

「光タクシーじゃねえんだよ。室田さんよ。それに、何だ、あんたの乗せた岡崎さんか、印鑑の……。あいつから、また何度も電話があるわけよ。一体、何なんだよ。……おまえさ、室田さんさ、タクシー云々っつうより、もう人格の問題だぜ。もう、上からさんざんだぜ」

室田はしばらくの間、布団の中で黙って川上の小言を聞いていた。確かに、三橋電気の警備員に絡んだのは、何処かで他社のタクシーに乗っていた隙がさせたのかも知れないが、人格の問題といわれ、てめえは何様だよ、と胸中吐き捨てている。

「接触なんて、どうでもいいんだよ、そんなもんは。室田さんよ、だけど、あんたさ……」

「川上さんよ。まあ、悪かったとしか言いようがないが……だけど、あんたもさ、一体、芝浦で何やってたんだよ」

布団の中で俯きになって蹲り、電話をかけている姿が苦痛で布団から体をのけぞらせた。隣の部屋から激しい震動と声が伝わってくる。

「光タクシーの運転手がな、ガキを物色してるってな、耳に入ったよ。どうやら、俺らしいんだな。俺は、いいか、ロリコンじゃねんだよ」

「何？……」という川上の声が受話器に漏れたと思うと、いきなり鼓膜が破れるほどの声が張り裂ける。

「馬鹿野郎ッ！　てめえ、ぶっ殺すぞッ！」

反射的に顔を顰めて受話器を耳から離すと、すでに川上からの電話は切れていた。

13

「室田さん、今日は本当に失礼致しました。お詫びのしようもなくて、恥ずかしい限りです。どうにも書類が事務所に届かず、わざわざ横浜までお越し下さったというのに、どのようにお詫びしたらいいのか……」

すぐに寝てしまうはずだったが、留守録の赤い点滅ライトがずっと頭の上で瞬いているのが気になって、結局再生ボタンを押したのだ。不可解なほど激昂した川上の声に、受話器を当てていた左耳が荒く擦られたようで、スピーカーから出る留守録の再生音さえ遠くに聞こえる。隣の学生達の小便臭い高揚に悪いかと思ったが、電話ごと布団の中に引き込むわけにもいかなかった。

携帯電話からの、岡崎の低い声が再生されて、まだ横浜の地下街にいる時のものだと思う。柔らかな口調で喋っているが、何処か底にしたたかさのある粘った声だ。まだ、「ガキを物色してるってな」と冗談っぽくいっただけだというのに、極端なほど怒った川上の声の方が、短絡的な分、ピュアにさえ思える。

室田は布団の中で寝返りを打って、次の録音を聞く。またも岡崎の声で、「今度は、こちらから直に伺いますので」と入っている。うるさい男だと、布団の縁に唸り、耳を澄ましていると、三件目に由布子の声が入っていた。

「……あ、もしもし？　由布子です……」と、少しハスキーな声が、暗い六畳の部屋にいきなり満ちて、室田は片肘をついて半身起き上がった。やはり、携帯電話からなのだろう、かすかにノイズが紛れているせいで、まったくの他人の声という気もするが、間違いなく由布子であることが、逆に腹の中を冷たくさせた。

「……運転していたのは……あなたでしょう？　どういうことか分からないけど……あなたのやり方ですよね、たぶん……」

わずかに鼻から息を漏らす音が聞こえ、雨で濡れたアスファルトを走るクルマの音が紛れ込む。調理用の油が爆ぜたような音だと思っていて、豆ランプがついただけの暗い天井を見つめながら、由布子が高温の油を引いたフライパンの上に立っているのを何故か想像している。

「……あなたは、気づいていないかも知れないけど、岡崎は……」

　初めて、由布子の口から「岡崎」という名前を聞き、内臓を巨大な手で鷲摑みされた気分になって、室田は口を歪め、歯軋りした。一気に由布子の体が隅から隅まで色を変える。

「ああ、そうか、もうどうでもいい」と眉を開きたい気分と、やはり、嫉妬なのだろう、激しくせり上がってくる滾《たぎ》りに目をきつく閉じた。

「……岡崎は、最初から気づいていて、故意に、印鑑をタクシーの中に忘れてきたんです。分かる？　私にあなたを確認させようと思ったというわけです。分かりますか？……次回は、岡崎が、こちらから、伺いますので。それでは、失礼致します」

　いやに他人っぽく角張って締めた由布子の作為的な声に、思わず鼻を鳴らしたが、一気に頭に血が上ってきて、耳の奥に砂でも流れ落ちるような音が脈打った。だが、室田は唇をすぼめ、笑い声を敢えて漏らしてみる。姑息で切ない嘘を作った二人を、自分から遠ざけ、薄笑いを浮かべながら眺めてみたかったのだ。

「……岡崎は、間抜けで……由布子は、嘘だらけで……えらい、二人は、男と、女だな……見事に、男と女であるな」

再生の終わった録音を消去し、また枕に頭を預けて、呟いた自分の声が宙に浮くのを見る。声に形があるわけもないが、距離を取って傍観しようとしている自分がいて、そのこと自体が、まったく無関係に成り立っている現実の強固さを思い知らせた。意味もなく、故郷の高崎に流れていた川土手を歩いている幼い自分を思い出したりして、泣いていいのか、穏やかに口元でも緩ませていいのか分からない。妻と別居中の三〇過ぎの男は、紛れもなく東京谷中の安アパートで、天井を見つめ、むっつりと呼吸しているのだ。

由布子の声が充ちていた部屋の暗がりに、ほとんど何も見えないまま視線を彷徨わせていると、一瞬、部屋が揺れる。寝入りばなの夢か、と思っているうちにも、また揺れて、隣の学生が再び始めたのだろう、と咳払いした。

いや、違う。アパート全体が揺り動かされていて、地震だと思った時、脳裏に由布子と岡崎が絡まっている図が過ぎる。このまま自分の寝ている谷中のアパートも、由布子達のいる部屋も潰れてしまえばいいのだ、と念じているうちにも、揺れがさらに激しくなったが、同時に、アパート脇の鉄の階段を上がってくる足音が聞こえてもくる。

「……何だよ……」

布団の縁にボソリと呟いて、遅めの新聞配達だろう、早朝から階段を勢いよく駆け上がってくる無神経な足音と揺れに、眉根を捩じり上げて耐える。と、共同の玄関で靴を脱ぐ気配がある。新聞配達ではなくて、隣の佐々木の友人が時間もわきまえずにやってきたか。そう思った直後、「まさか」と室田は闇の中に目を見開いた。

狭いコンクリートのタタキを靴裏で蹴《ふみつけ》る音が聞こえ、上《あが》り框《がまち》から短い廊下を、踵に体重の乗った歩き方で闊歩してくる。曇りガラスの入った廊下の窓が震動で音を立てたと思うと、室田の部屋の前あたりで足音が止まり、アパートの揺れが落ち着きかかる。そして、いきなりドアを強くノックしてきた。

「室田ーッ、室田さんよーッ、開けろよッ」

建てつけの悪い木製のドアが派手な音を立て、廊下に怒鳴り声が反響している。布団の上に半身起こしていたが、室田は舌打ちして大きく溜息をつくと、勢いをつけて立ち上がった。

「うるさいッ。今、開けるッ」

「早く開けろッ」

川上の張り上げている声に、慌ててドアまで寄ると、内鍵のボタンがついたドアノブを回す。開けるか開けないかのうちにドアが強く押されて、鎖骨にドアの縁が当たった。

「何時だと思ってる、川上さんッ」

廊下の貧しい白熱灯が川上の顔を黒く潰していたが、所々脂ぎった反射があって、さらに凹凸のある人相の悪い表情にしていた。時間も考えずに浅草の呑み屋から一直線にやってきた勢いや、ジャンパーの肩で息をしている姿に、一瞬怯んでいると、川上はいきなり胸倉を摑んできた。

「室田ッ、てめえッ、さっき、なんていったッ」

　また廊下の隅にまで響く大声を張り上げる。酒に酔って饐えた息が、唾と一緒に顔にかかってもくる。

「うるせえといってるだろッ。何時だと思ってるッ」と、室田も声を搾《しぼ》りながら、川上の黒い影を睨み、やはり相手の胸倉を摑んでいた。一瞬、会社の事務所であった騒動が擦過し、飯島の目尻にあった冷やかさを思い出す。

「何も分からねえで、いい加減なことをいうなよ、おまえッ」

　川上が胸倉を前後に揺さぶり、室田も抵抗するように激しく川上の体を揺さぶった。後ろの壁にぶつかり、部屋が揺れ、今度は川上が小さな流しに腰を打って、洗い桶に入れっぱなしの食器を鳴らす。

「あんたがやってることだろッ。俺が見たわけじゃない」

「一体、どいつがそんなアホなことヌカしてんだよッ」

「おめえにいう気はないッ」

「ふざけるなッ」

　今にも互いに握り締めていた拳を突き出しそうだが、狭い流し横で押したり引いたりして縺《もつ》れているだけだ。訳も分からぬ憤怒が込み上げてくる一方で、川上という男が、何に腹を立てているのか判然としない。ただ、闖入してきた事態に抵抗している。ほとんど同じ背恰好の男が薄暗がりの中で摑み合っているのが、何か自分自身の影と向き合っている感じだと室田は思った。ルームミラーの奥へと後ろ姿を見せて雑踏に紛れていく分身を頭に思い描いていて、その男が浅草の呑み屋で酔っ払って、谷中の安アパートに住む男の部屋に乱入してくる。あまりにも自分に似た、冴えない男が、髪を乱して出てくるのを見るのだ。

「室田さんよー、妙なことを軽々しくいうなってんだよッ」

「あんたこそ、人格の問題ってのは、何だ？　人に人格を諭《さと》せるほどの野郎か、あんた」

くたびれたロープの結び目のように互いに縺れていると、隣の田辺老人の部屋から痰を切る咳払いが籠って聞こえてきた。あまりにその苛立った咳払いが間近に聞こえ、川上の手の力が一瞬緩むのが分かる。見ると、静かに田辺の部屋のドアが開き、何か白っぽく悄然とした姿が現れたが、眩しさに細めた目に明らかに不快さが滲み出ていた。

「あんた方……外でやれ……。以上……」

しわがれた声でいって一瞥すると、またドアを閉める。

「……あっちは、チョンチョンマンマンで、こっちはホモの痴話喧嘩か、あぁッ」

田辺老人の、壁に籠った声に、室田が小さく舌打ちすると、川上の手がゆっくりと胸倉から離れた。室田のトレーナーの胸元に大きな餃子のような山ができているのを、川上は掌で払い、また強く胸を小突く。室田も川上から手を離して、相手の胸を押した。

「……この、近くに、呑み屋、あるか？」

川上はそう呟いて口をへの字に結ぶと、部屋の中の暗がりにチラリと視線を走らせた。

立ちそば屋の一角でやっている呑み屋は、朝早くに通勤するサラリーマンや現場仕事の男が数人、俯いて黙々とそばを啜っていた。立ったまま、背のある丸テーブルに向かい合って、コップ酒に、冷えたイモの天ぷらを摘んでいるのは、自分達だけだ。朦々と湯気の上がるカウンターや外の白みに、疲れがじわじわと体の中に浸蝕してくる。

「爺さん、ホモの痴話喧嘩だってよ。力、抜いてくれるぜ」

川上がコップを指先にぶらさげながら、ぼんやりした目つきでいう。瞬きの粘った目の周りが赤らんでいるが、浅草での酒を引き摺っているのだろう。

「しかしなあ……あの部屋……寂しい部屋だよなあ、室田さんよ。俺の高円寺の部屋と似てて、嫌になってくる」

テーブルの上の、小梅の入ったガラス瓶から視線を上げると、川上が薄い唇の片端を上げて、トロリとした目で見てくる。室田もかすかに息を漏らして、川上のジャンパーに残った胸元の皺に目をやった。

「……同業で、独り身の奴らは、みんな、同じように老いてよ、崩れていくんかな、室田さんよ」

室田はぬるい日本酒を一口やって、そばを啜っている中年のサラリーマンに何気なく視線を投げる。湯気で曇ったメガネを額に押し上げ、突き出した首筋に静脈を浮き立たせながら食っている。ただ丼の中の一点を見つめ、口を動かしているが、男の頭の中で何が想像されているのか。

「なあ、川上さん、あんた、八万円の水揚げってのは、あれは、何だ？」

一瞬、川上が自分の顔を舐めるように見つめ、片方の口角を攣《つ》れ上がらせるのを室田は見る。川上は奥歯が覗くほど馬鹿にした感じで笑って見せると、目を閉じ、小さく頭を振った。

「まあ、人格の、問題じゃねえのか？」と冗談めかしていうと、空になったコップを振ってカウンターの中にいる男に示した。

「他人の住んでいるアパートまで探して、くるか、普通。……気持ちの悪い話だ」

「タクシー運転手にとっちゃ、訳ないだろ。八万の水揚げを稼ぐ奴と、クルマに傷をつける奴との差はな、そういうとこに出るんだよ、室田さん。ああ、キティちゃんかよ……」

川上が唐突に妙なことをいって、自分の背後に視線を細めるのを見て、室田も振り返る。立ちそば屋の外を、白いムートンのコートを着た若い女の子が、携帯電話を耳に押し当てて歩いていた。腕にはでかい仔猫のキャラクターのバッグをぶら下げている。朝帰りなのか、通勤なのか分からないが、まだ薄明るい早朝には、気色の悪いほど可愛らしいキャラクターのバッグが、自分を馬鹿にしているように見える。

「どうしたよ？」

「何でもない……」

言葉を飲み込もうとして、川上の疲れた顔から目を伏せたが、室田は眉間を捩じって、また視線だけ上げる。川上は割り箸の先でイモの天ぷらを突ついて、まずそうな顔をして口に運んでいる。

「川上さん……あんたな、光タクシーの行灯つけてさ……。いいか、ガキを……、なんだ、あんた、前にいってただろ、女子高生でも、婆さんでも、ってな。その、若い女の子を、連れ込んでいるのか。うちの社の人間が見たっていってるんだ」

重く口を動かしている川上の目が一瞬少し凝って、見据えてくる。

「……だから、誰がそんなこといってんだよッ」

「アホなことしてくれんなよな、川上さん、ああ?」

「馬鹿がッ。もう腹を立てる気にもなれんよな、室田さんよー。光タクシーは揃いも揃って、おかしな奴らばかりだぜ」

室田は口元にやったコップを止めて、川上の伏せている目を見つめた。腹の底がくすぐられる気がして、怒りなのかおかしさなのか分からない。まったく愛社精神など欠片《かけら》もない男が、川上の言葉に反応して不愉快になっていること自体が奇妙だった。

「ロリコンよりはいいだろう」

「言葉に気をつけろや、室田さん」

「あんたもだ」

　しばらくの間、テーブルに肘をついた側の肩で牽制し合いながら黙って呑んでいたが、

「しかしなあ……」と、独りごちるように川上の方が先に口を開いた。室田は新しく入ってきた作業着の男に視線をやったままだ。

「あんたも、大変だなあ、室田さんよ。……さっさと別れてしまえや。でなきゃ、男を強請《ゆす》れよ」

「ああ？」と、室田は口を半開きにしたまま、カウンターに立っている作業着の男から、川上のアルコールに澱んだ目を見やった。角膜の濡れ方がゼリーのようで、黄みがかった白目が充血している。この男は谷中のアパートも調べた他に、由布子のことまで詮索したのか。そう思ったと同時に、耐えようとしているのにもかかわらず、先に手が出て、川上のジャンパーを摑んでいた。荒い動きに気づいたのか、店の客達がこっちを見るのが分かった。

「ほら……ほらッ」

　川上が顔を顰め、面倒そうに室田の腕を払おうとして、何度も手の甲をぶつけてくる。それでも、室田は黙ったまま、握っていた川上のジャンパーの布地をさらに捽り上げた。

「……岡崎という男からー、会社にー、電話があったといっただろう？　ほら、離せよ、室田さんよ。ああ？　俺のことを、あんただろっていうんだよ。川上さん、あんた、本当は室田さんなんだろ、ってな。で、携帯電話でも同じことをいいやがる。そりゃ、そうだろう、俺達は入れ替わったんだからな。……だけどな、一人で勝手に怒りやがって、

こっちはまったく話が見えないわけだよ。聞いてるしかねえだろうが……」

室田は目を硬く閉じると、川上から手を離した。ルームミラーに映っていた、岡崎の油粘土のような顔が浮かんでくる。そして、アイビーグリーンのコートを着て、垢抜けたベリーショートの髪型にした由布子が、ペデストリアンデッキの下に立っている姿も過ぎった。

「で、何だって、野郎は……」

「うん？　ああ、あのな……。室田さん、悪趣味だとは思いませんか？　名前を偽り、しかも、事務所の前に待機して、私を張っている、とか何とかいってたよ。……私はですね、気づいてましたよ。だから、ミキか？　ミキという店へはいかなかったんです。どう反応されるかと思いましたけどね……とか、いうわけだよ。俺はなんて答えていいか分からないだろ？　ただ、はあ、とか、いえ、とか濁しているくらいだよ。会社には三橋電気から苦情がきていて、割り込みの光タクシーさんのせいでクルマに傷は入る、水揚げは少ないで、他の奴らの前でどんなツラして電話に返事をすればいいんだよ、な

あ、室田さん……」

「災難だな……」

室田は軽く流したつもりだが、岡崎が川上に伝えたという話の内容に気持ちが空回りしていた。川上はすでに、自分と由布子や岡崎のことを大体は把握しているのかも知れない。

「で、印鑑を忘れたのは、わざとですよ。由布子さん、か？　由布子さんに、あなたの顔を確かめてもらうために、やったわけですよ、というんだ」

「……川上さん、あんたの反応は、まあ、いいとして、岡崎のいったことを、正確に伝えろよ」

そう室田がいうと、川上が短く息を吸って、頭を引いた。演技じみた表情で少し尻目遣いに見ていて、話を続けるか中断しようかと駆け引きしている顔つきだ。

「分かった。何をすればいい？」

「室田さん、明後日……いや、もう日が変わっているか……。明日なあ、茅場紡績に用事はないが、都タクシーに乗ってな、三橋電気の警備員さんに菓子折りでも持っていって、土下座してきてくれよ。土下座だよ、室田さん……」

まだ尻目遣いのまま自分を見続けている川上に、室田も睨みを利かして視線を動かさずにいた。土下座、と吐き捨てるようにいった川上の口調に、蔑んだ感じを覚えないわけがない。土下座など今までふざけてさえも一度もしたことがないが、都タクシーの川上になり切れば話は別だとも思う。川上にしてみれば、三橋電気の警備員に自分が土下座することが、川上自身にしていることだと考えているのかも知れないが、頭を地面に擦りつけているのは、川上、あんただ。

「……分かった。で、岡崎は？」

「岡崎は……岡崎は、こういってた……。お客さん、何か、面白いことないっすかねえ、光タクシーの中でいったな。あんたもミキになんていなかったんだろう？　光タクシーじゃなくて、都タクシーに乗って、ウロウロ横浜駅周辺で迷いやがって。三ツ沢で降りるんだろうッ、三ツ沢でッ。しかも、ブレーキの踏み方、あれは何だ？　動揺してたか？　由布子を寝取った俺に動揺してたか、あんた。早く、離婚届に判を押して、送ってこいよ。黙って、送ってこい、といってるんだ。こっちにも考えがあるんだよ？　穏便に事を済ませたいと思わないか、室田さん、ええ？　人の女房のケツまくって、股座舐めたのか、だと？　当たり前だろ、さんざん、舐めまくったよ、それで、由布子は落ちたんだ。あんたの貧相なモンじゃ、満足させられないよ、由布子はねぇ。なあ、室田さん、よその女とやる元気がないほど、疲れてるってのは、もう女房なんてのは、用なしだよ、室田。聞いてるか？　ほう、タクシー運転手ごときが、そういう口の利き方するのか。他に仕事がないとなりゃ、それしか手がないか。仕事に貴賤はないだと？　いい口利くよなあ、室田さん。あんた、そんなんで由布子を食わせていけると思ってたのか？　ガキさえ食わせられないよ、そんなんじゃ、ええ？　おまえ、舐めた口利くと、承知しないよ……」

箱崎ジャンクションから見えるTCATのビル窓が、青く冷たく反射している。冬の乾いた空が鋭利な刃の欠片を研いでいるようで、異様なほど煌いて見えるが、路上や隅田川はすでにスモッグで白っぽく霞んでいる。

道路標示板脇に、光化学スモッグ警報が出ているのを見て、室田は煙草を灰皿に押し付け、ウインドウを閉めた。昨日買った菓子折りが置いてある助手席から、ペットボトルの水を取り、生天目クリニックの薬を口に放り込む。一瞬、ルームミラーに映る後続のクルマに視線をやったが、まだ川上の乗る都タクシーの表示灯は見えない。

谷中の立ちそば屋で見せた川上の顔を思い出し、室田は目を閉じ、シートを倒す。岡崎の喋ったことを再現しながら、表情を凝らせていって、小鼻を膨らませていた。最初、自分を試しながら喜んでいるサディストの顔だと思っていたが、最後に口元を歪めて、「奴を強請るか、殺すか、しろよ、室田さんよ……」と呟き、沈んだ顔が脳裏に残る。

「死んだ方がいいよなぁ、室田さんよ。それとも、あんたが、死ぬかぁ」

呂律の回らない口調でいって、何か自分の、さらにむこう側をぼんやり焦点の定まらぬ目で見てもいた。浅草から呑んでいたせいだろう、立ちそば屋を出て、朝の通勤に急ぐ者達の間にいきなり戻したが、あれから無事に高円寺まで帰ったのかさえも分からない。

口に残った薬の苦さに舌を蠢かせ、ヘッドレストに両手を上げて頭を置く。バックミラーに渋滞するクルマの列が見える中、表示灯のあるルーフが小さく見えた。室田はシートを起こし、後ろを振り返ると、合流する列の後ろに都タクシーのマークが当たり前のように居座っているのを見る。川上のクルマも、自分と同じように代車なのだろう。それでも、港湾無線グループの都タクシーだ、光タクシーのようにタイヤがツルツルということはないはずだ。

室田はモスグリーンのジャケットを脱いで、助手席のヘッドレストにかけ、制帽をダッシュボードの上に置いた。そして、菓子折りとゼロハリバートンのブリーフケースを持つと、クルマの外に出る。排気ガスのにおいとアイドリングの騒音がジャンクション全体に充ちていて、時折吹く隅田川の風にも、まったく揺れもせず停滞している。煙草を唇に斜にくわえ、他のクルマに乗る者達をさりげなく牽制しながら、合流地点から二〇メートルほど後ろの都タクシーに近づいた。

ウインドウの奥に、やはり自分と同じように薬の袋を傾けている川上の姿が見え、室田は鼻先で笑う。まるで自分に気づいていないのか、薬に渋い顔をしながら実車記録のボードに挟まった紙を確認していた。クルマの横に立つと、川上は影に気づいて無愛想な表情のままウインドウを下げた。

「なんだ、あんたも、薬かよ?」

「……俺は、精神安定剤なんか飲まねえよ。胃薬だ。まだ、二日酔いが残ってる感じだ。あの店の酒は、相当、質が悪い」

被っていた制帽を、すでに脱いでいたジャケットの上に置き、クルマから出てくる。ワイシャツの糊のにおいが鼻先を掠め、室田は眉を上げて川上の表情を窺う。ふと、女の存在を感じたからだが、どちらでもいい話だ。

「何だよ?」と訝しげに見る川上の目はやはり充血していて、目頭から瞳にかけて毛細血管が煙のように放射していた。

「室田さんよ、マジで土下座してでも、三橋電気さんにはな。頼むぜ。……おう、菓子折りかよ、礼儀正しいじゃねえかよ」

室田の持った紙袋に鈍い視線が下りて、ニヤリとしている。

「一番安い奴だ。あの警備員に投げつけてくる」

「今日は擦らないでくれよな、室田さんよ」と川上は色の悪い唇を歪め、クルマと室田を一瞥し、背中を向けたが、「ああ」と地声を出して振り返った。

「……あの、なんだ……、岡崎の野郎は、あれから、また、何か、連絡あったか？」

室田は軽く宙に手を振って、都タクシーに乗り込む。渋滞するクルマの列とガードの間を歩いていく川上の後ろ姿を見やってから、ルームミラーの位置を調整しようと思ったら、また自分の沈鬱な顔が映っていた。

「タコが……」と、乾いた笑いを漏らし、シートベルトを締める。

「……川上さんよ。三橋電気の前に、あんたをな、光タクシーの室田貴之を、尾行させて貰うさ。……芝浦の埠頭公園だったよな、お客さん」

室田は空車になっている表示ランプを回送に変えて、くわえていた煙草に火をつけた。

14

川上は箱崎から京橋ジャンクションを抜けて、そのまま海岸通りに出たのだろう。だが、室田は西銀座の方に一旦迂回して芝浦へと向かった。

最初に市ヶ谷のアルカディア会館前で川上を乗せ、行き先を尋ねた時、「……ああ、どうしようかな……うん、芝浦の埠頭公園……」と、ぼんやり答えたのが残っている。飯島が芝浦あたりで4号車を目撃したといっていたことからしても、まず埠頭公園付近に間違いないと確かな感触があった。

川上が演技じみた仕草で、アルカディア会館前で自分のクルマを止めた時の姿を思い出し、室田は小さく鼻を鳴らした。いきなり大きく片手を挙げたと思ったら、もう片方の手でクルマを停める位置を示したのだ。それを見て、ジョン・カサヴェテスの写真を連想し、その監督の映画が好きだった由布子に繋がったことまで思い出す。

「……岡崎の奴は、バート・ランカスターか？　それとも『ハズバンズ』のピーター・フォークか？　ベン・ギャザラ？……腐れ豚だよ、由布子。……ま、それこそ、『愛の奇跡』という奴だな……」

岡崎が都タクシーの会社にいる川上に電話をして、自分だと勘違いし、さんざん口汚い言葉を浴びせた声を想像しながら、思わずアクセルを踏み込んでいる。一気に前を走る銀色のハリアーの後部が迫ってきて、室田は慌てて足を浮かせた。

高速会社線が直角に曲がっている土橋で、助手席に置いた菓子折りの紙袋ががさついた音を立てて倒れる。三橋電気の守衛に頭を下げにいく煩わしさに舌打ちしたが、自分でも何故、あの時、老いた守衛にあんなにも過剰に絡んだのか分からなかった。やはり、岡崎本人に会うことに対して、緊張し、神経質になっていたのか。

海岸通りに出て、左に霞み広がっている東京港や晴海の埠頭を眺めると、やけに茫漠とした気分になってきて、何か腹の中ががらんどうになる感じだ。

今さら感じることでもないだろう。胸中呟いてみるが、その声にはなっていない自分の言葉が、東京湾と同じように薄紫色をした体の中の空洞に吸い込まれ、消える。東京の地べたという地べたを走りながら、恐ろしいほどの数の人間を乗せている運転手が、今になって、人が何故またこんなにも多く生きているのかと青臭いことを思い、その徒労を疑い出しても埒《らち》があかない。人間が生活していることに対しては無関心でいるのが、一番楽だ。

てめえだけでいい。てめえだけでいいが、湾上にまっ平らに浮いているような薄いコンクリートの上で、それでも、ゴマンと人が生き続けているのが不思議に思えた。由布子や岡崎には、湾の風景を見ても、何も感じないに違いない。霞んだ空気の一粒〳〵よりもさらに小さな所で人が生きているなど考えもしないだろう。

「……おまえらには、未来があるからな。だけど、いずれ死ぬ……」

そして、由布子達よりももっと辺鄙な所でひっそり死ぬのは自分なのだと、室田は嘲り笑った。その拍子に、唾が飛び出て顎先を濡らし、一人手の甲で拭っている姿があまりにも寒い。

スモッグで霞んだ遥か前方に、アクアシティやフジテレビのビルが見えてきた所で、芝浦出口に向かう右車線へと室田は移動する。箱崎ジャンクションからまっすぐきていれば、川上もおそらく芝浦出口で降りているはずだ。

出口を降りてから、直接、埠頭公園へと向かわず、レインボーブリッジ手前の臨港道路に面した埠頭に出る。ゆっくりと港沿いに走らせていると、港湾労働者や会社員以外はほとんど見かけない地区であるはずなのに、疎らに、私服を着た中年やら若い男達の姿があった。コンビニで買ったのか、ガードレールに腰掛けて弁当を食っている者や、一心に書類に目を通している者、あるいは、だるそうな足取りで港へと向かう者がいて、何か特別な船の出港を待って時間を潰しているようにも見えるし、近くに場外馬券売り場でもあるのかとも思わせる。倦んで、そこだけ時間が停滞している感じがあった。回送表示だが、自分が流しているタクシーに反応する者は一人もいない。

少しいくと、左にハローワークの建物があるのに気づいて、すぐにも合点がいった。東京港職安前という住所が自分の走っているあたりで、昔、路上講習の時に埠頭公園や車輛工場を回り、確か、もう少し南にある港養護学校と職安前を間違えた覚えがある。

となると、すぐ裏に埠頭公園があるはずだった。

室田は右へと曲がり、台場線近くのイトキン芝浦センター前に路駐した。制帽を取り、ダッシュボードに投げ出していた煙草をズボンのポケットに押し込むと、クルマを出る。冷たい空気と一緒に、オイルの混じった重い潮のにおいがしたが、何処かにどぶ臭さも紛れていた。運河のにおいなのか、近くの汚泥処理工場のにおいなのか分からない。

人通りの少ない倉庫の間の道を歩き、左へ曲がると、すぐにも埠頭公園に出る。高速1号羽田線が真上を走っている、わずか一五〇メートル四方のグランドがあった。グランドには、運輸会社の作業着を着た若い男が二人、キャッチボールをしているのと、犬の散歩をさせている主婦が一人、広げた新聞紙の上に胡坐をかき、宙を指差しながら何か独り言をいっている初老の男がいるだけだ。

くわえた煙草に火をつけて、ゆっくりと公園の周りを歩き、川上の姿や光タクシーの車体をそれとなく探す。近くでやっている橋梁工事の音と高速を走るクルマの音がたえまなく聞こえているが、空が広いせいか、それほどうるさくは感じない。

「室、田、さんは、なんで、俺が、埠頭公園になんか、いくんだろうって思ってたろう?」

そんな声がふと聞こえてきて、光タクシーのルームミラーに映った川上の薄暗い顔が浮かんできた。客として乗ってきた川上が、田町駅近くまできて、やっぱり高円寺へいってくれといった時の言葉だ。知り合いの結婚式帰りで引き出物の袋をぶら下げ、少し酒に酔ってはいたが、憂鬱な顔をしていた。だが、知り合って後の方が、さらに陰鬱な男だと室田は思う。おそらく川上にすれば、自分もそうなのだろう。知り合えば知り合うほど、服の間から滲み出る相手の体臭に気づくように、疲れやら暗さやら愚かさが染み出てくる。あの時は確か夕方前で、別れた女房とよくいった公園で感傷にでも耽るのかと気色悪い男だと思っていたが、実際は、若い女を物色していたというわけか。

海岸通り沿いに出て、道路の左右をそれとなく見回してみる。工事のトラックやワゴンが路駐しているだけで、表示灯を載せたタクシーは一台もない。公園横にあるプラスチックの簡素なベンチに腰掛け、ジャケットから携帯電話を取り出して確かめてみたが、珍しく一件も入っていなかった。腕時計を見ると、まだ九時を少し回ったばかりで、自分の推測があまりにも馬鹿馬鹿しく感じてくる。

川上が埠頭公園にくる保証もなければ、くるとしてもこの時間だとは限らない。朝から若い女を物色するという方が無理な話かも知れない。まるで捉え所のない時間を前にして、それでも呆然と無為にやり過ごそうとする自分の性格……いや、人格だろうか、それに対して由布子は苛立ったということもあるだろう。

「C」時代に編集部のアシスタントの何人かと関係し、気づかれつつも、事実を確かめることに臆病だった由布子に甘えてだらしない関係を続けたが、さらにリストラされても、自分からはけっして動かず、目の前の茫漠とした時間を前にして何かを待っていたのだ。何か、といっても、ただぼんやりとした輪郭が見える気がするくらいで、単純に、彷徨っている自分自身の影を見ていただけかも知れない。

「……情けねえッ……」

ちびた煙草をグランドへと投げて、また新しい煙草をくわえ火をつける。服用している薬のせいか、煙草のせいか分からないが、舌がざらつき、腫れぼったい。派手な音を立たせて唾を吐き捨てた。芝浦入口の方から、近くの幼稚園児だろう、水色のスモックを着た二〇人ばかりが、グランドに入ってくるのが見える。三人のほっそりした人影は、引率の若い先生達だろう。時々、子供達の甲高い声が風に乗ってやってくるのを聞きながら、視線をそらし、キャッチボールをしている男達を眺めた。

宅配便会社のトレードマークのついた帽子を被り、やたら力が余っているような動きでボールを投げ、受けている。内野手がやるような軽いフットワークまでついていて、投球して捻った体の中に圧縮したバネでも入っていそうだ。タクシー運転手になる前に、宅配便会社も二つ訪ねたことがあるが、年齢と体を見られて落とされた。かなり高額の給料を貰える仕事だから、会社の廊下で擦れ違った面接官に食い下がったら、「声が悪いよ」といわれたのを室田は思い出す。

「声に力がないですよ。この仕事は、声を聞けば、大体、向いているか、いないかが分かりますから」と、いやに健康そうな艶のある声を返してきたのだ。

「……ツラも暗い、声も暗い、じゃあな」

そう独りごちて、また園児達の方に視線を戻した時、視野の隅に新しい人影があるのに気づいた。きたか、と目の焦点を凝らし、いや、やはり人違いかと思っているうちにも、その横顔は予想した通りの男の表情を覗かせる。

川上、だ。

やはり、奴はきた。制帽は被っていないが、見覚えのあるジャンパーを着て、五〇メートルほど離れたベンチに腰掛けている。間違いない。煙草を吸いながら、ブランケット版の新聞を開き、読み耽《ふけ》っている。

「何、やってんだ、あいつ……」

室田は目の端で川上の姿を捉えながら、静かにベンチから立ち上がると、背後の歩道へと回った。海岸通りを見ると、やはり、公園脇に光タクシーの行灯が載ったクルマがぴったりと横付けされている。何処から見ても、タクシー運転手がサボって停車しているようにしか見えない。

「……馬鹿野郎ッ、川上の奴……」

さらに、ここで、女を引っ掛けるわけか？　それとも、待ち合わせでもしているのだろうか。もう少し川上のいるベンチに近づき、俯いている横顔を遠目に確かめようと思った。グランドで園児達が歌いながら、踊りの練習をし始める。調子外れな元気な声が響き、砂煙が上がって、ゆっくり流れながら形を変えてくる。川上はそれでも新聞から目を離そうとしない。

園児達がお遊戯をやり、若い宅配便の兄ちゃん達はキャッチボールをやり、風変わりな爺さんが独り言をいう。一体、このあまりにも長閑《のどか》な風景に何があるのだ、と思って、また川上の横顔に視線をやって、息を呑んだ。

川上の目だけが、この埠頭公園にはそぐわない。川上は新聞に顔を伏せるようにしているけれども、実際にはじっと睨むような上目遣いで園児達の一団を見ていたのだ。新聞を両腕で広げながら、その上の縁から何かを狙うように見入っている。

「……マジ、か……」

ロリコンというのが冗談ではなくて、本気だったのかという思いが過ぎって、一瞬川上の抱えている病を目の当たりにしたようで、寒気が襲ってくるのを室田は覚えた。それとも、子供達の間にいる、三人の若い先生達のうちの誰かに焦点を合わせているのかも知れない。煙草をくわえ、無愛想に結んだ川上の唇の端が、今度はゆっくり上がっていく。少し離れた所からでも、川上の耳が後ろに下がり、口元が緩むのが見えた。

ふと、誘拐、という突拍子もない言葉が浮かび、飯島だったか川瀬だったかがいっていた物色という言葉に繋がる。都タクシーの運転手が、他の会社のタクシーを借りて、誘拐を計画している？　ありえない、こともない。時折、底の見えない暗く冷やかな眼差しを覗かせることがあったが、川上でなくても、人間、何でもやるだろう。

と、そんなことを思っていると、いきなり、川上の持っていた新聞が下がり、背筋が伸びた。何に反応したのかと川上の視線を追うと、園児の中の一人が転んで、水色のスモックを砂だらけにしている。派手に転んだのか、顎や唇にまで乾いた砂がついたようで、先生にハンカチで拭って貰っている女の子の姿があった。

川上を見ると、くわえていた煙草を指に挟んで、突き立てた親指の先でジャンパーの胸のあたりをしきりに擦っている。今まで見せたこともないような無心な横顔で、しゃがんでスモックの埃を払っている若い先生と、立ちすくんでいる女の子を見ていた。

その時、胸の中を鷲摑みされた気分になる。風景が反転したように瞬いて、小さな眩暈がきた。川上の横顔に隠されていた、まったく想像もしていなかった肉のようなものが露わになったようで、不意に吐き気に似たものさえ込み上げてくるのを感じた。

川上が見ているのは、あの若い先生でも、誘拐したい女の子でもない。転んでスモックを砂だらけにしている四歳くらいの女の子……。あの子は、川上自身の実の娘だ。

煙草の灰を落としたのか、首筋に静脈を浮き立てて、広げた新聞紙に息を吹きかけている川上は、やはり、チラリチラリとグランドの様子を窺っている。栗色に光を反射した柔毛の髪を、頭の上で二つ束ねて、小さな噴水のようにしている女の子がまた走り出した。川上の視線は、やはり、立ち上がった先生ではなくて、二つの噴水を頭で揺らしている女の子の方を間違いなく追っていた。

「……川上さんよ……冗談じゃねえぜ……」

胃がムカムカする感じが、不快からではなくて驚きからきていることは、自分でも分かっている。だが、川上に子供がいて、まるで隙だらけの表情をしている男に不意を衝かれて、たじろいでいる自分が、さらにみじめにもなった。離別しているにしても、俺よりは未来があるじゃないかよ、川上さん、と胸の中で呟いていて、ますます、塞ぎ込みたくなる。

子供達がグランドに砂埃を上げて、かけっこをし、体操をしている間も、川上は新聞の縁からじっと睨むように見つめていた。口元を笑みで緩めているにしても、逆に、痩せた体の中に、計画している悪事を充満させ、それをジリジリと煮詰め、搾っているようにも見える。そして、何処から見ても、男は、路駐している光タクシーの運転手にしか見えないだろう。

「はーい、おべんとうバスーッ」

先生の一人が手を上げて、子供達に声をかけると、川上が持っていた新聞を下げる。子供達が一斉に固まって列を作り始めた。川上がわずかに顔を動かして、押し合いへし合いして形の定まらない子供達の中から、さっきの女の子を探しているのが分かった。

「……なんて、ツラだよー……」

子供達が並んで歩き出すのを見つめながら、川上は手にしていた新聞を畳む。東京湾からの風に冷えたのだろう、筋張った両手を不器用に擦り合わせ、また煙草を一本くわえていた。

ジャンパーのポケットに手を突っ込み、背を丸めながら、子供達が小さくなるのを追っている川上の後ろ姿に、室田は近づこうと一歩足を進めた。と、川上がグランドを軽く見回して、ベンチから立ち上がる。慌てて体を引いて川上の視野から隠れ、様子を窺っていると、川上はゆっくりグランドの方へ歩いていって、腕を伸ばしたり、体を捩じりながらも進んでいく。そして、子供達がいたあたりまでいくと、俯いて、足元を見下ろしていた。首を傾げ、少し体の角度を変えると、また地面を見下ろしている。

　室田は川上の座っていたベンチに向かい、置きっぱなしの新聞紙が緩い風に膨らんだり閉じたりしている横に腰掛けた。口の中がざらついて吸う気にもなれなかったが、煙草をくわえてグランドにいる川上を見つめる。

　川上はグランドの土の上に自分の足跡をつけるような仕草をしては、また動き、また一歩踏み込んだりしている。キャッチボールをしていた宅配便の若い男達も会社に戻ったらしくて、グランドには足元を見つめて佇《たたず》んでいる川上と、一人で喋っている初老の男の影が湾側の方に小さく見えるだけだ。

「……まったく、寂び疲れた風景だよな……」

　キリコの風景画が萎れた感じで、その中に自分も含まれるのだと室田は鼻で笑う。自分の座っていたベンチに人影があるのに気づいたのか、川上が顔を上げ、ジャンパーのポケットに手を突っ込んだ、少し猫背の体勢のまま、じっと目を凝らし睨んでいる。室田もただ口元から煙草の煙を流しながら、川上を見つめ返した。

　川上は一瞬また足元に目を落とすと、顎を上げ、小首をわずかに傾げた面倒そうな顔をしてゆっくり歩いてくる。眉根を捩じり寄せた眼窩《がんか》と痩せた頬が濃い影を作って、無愛想な唇の口角がさらに下がっていた。

「……あんた……、三橋電気さんは、どうしたんだよ……」

室田の座るベンチから三メートルくらい離れた所で止まって、川上が掠れた低い声でいった。

「あんたこそ、ここで、何、やってんだよ……」

「そんなことはどうでもいいッ。三橋電気はどうしたよ？　室田さん、あんた、分かってねえよッ」

怒気を含んだ声を上げて、川上が歩み寄ってきた。だが、両手はジャンパーのポケットに突っ込んだままだ。

「人の会社だと思って、室田さんよ、舐めてんじゃねえのか？　お得意さんなんだよッ。朝一でいくから、意味があるんだろ？　大体、なんで、ここにいるんだよ、あんた……」

薄い唇から煙草の脂《やに》で薄汚れた歯を剝き出して、顔の半分を小さく痙攣させる。見下ろしている目の底が恐ろしく冷やかだ。

「あれじゃ、川上さん、誘拐犯ってツラだぜ。キッドナッパーだ」

「キッド……？」と、川上は片方の眉を開いて、指先に摘んでいた煙草を捨てる。踏みにじった革靴から小さな土煙が立って、地面を這うように流れた。

「だから、なんで、ここにいるんだよ、室田さん」

「昨日の朝、人が寝ているアパートにまで押しかけてきた奴は、誰だよ」

「まったく問題が別だ。アホかッ」

低く唸り声を上げて、川上もベンチに腰掛け、息を吹き上げている。饐えた息のにおいが顔にかかって、室田は一瞬息を止めた。目撃されたことのバツの悪さに対してか、興信所の人間のように確かめにきたことに対してか、川上が不機嫌になるのは当然だろうが、光タクシーを使われて、妙なことをされるのを見逃すわけにはいかなかった。

「……なんて、名前なんだ？」

「……ああ？」と、眉を顰め、尻目遣いに見てくる川上の目を捉えると、明らかに蔑視の色があった。子供もいずに、寝取られたの寝取られないのといっている悠長さを馬鹿にしているのだろう。ガキのことなど少しも分からない。うるさくて、面倒なだけだ。

「光タクシーを、あんな目立つ所においてよ、誘拐犯は、室田といってるようなもんじゃないか、川上さん」

「……ナオ、ミ……」

不意に川上の口から出た名前に、目の端で川上の横顔を牽制した。眉間に皺を刻んだままだが、細い目の睫毛の間にグランドに反射した光が溜まっている。まるで何処か山の頂きや崖のある海岸にでも立って、違う空気を吸っているような表情だ。室田は嫌なものを見たと苦い気分になる。

「娘さんだろ？　あんたのさ……いくつだ？」

「なあ、室田さんよ。……ちょっと、前だったら、俺は、あんたをぶん殴ってるよ」

「同じだよ」

「こんな所にまで張り込みやがって」

「今は、どうして、殴らないんだ？　ま、そうなったら、首、絞めてやるけどな、こっちも」

川上は唇を捻じ曲げたと思うと、息を短く漏らし、室田の顔に視線を彷徨わせる。買い言葉のつもりだったが、川上のいやに老成したような視線が、自分からまともさを探そうとしているのに出くわして、頭の一つでも本当に殴ってしまいたい衝動に駆られた。

「そんな気がなくなった。もう、どうでもいい……」

「俺の会社にいる奴を、ぶっ殺すんじゃやなかったのか？」

「……四歳に、なる。今は、別れた女房の実家にいてな、会うこともできないからな」

「この近くの幼稚園か？」

「保育園だ」

川上はジャンパーのポケットからハイライトを取り出し、パッケージの中に指を繰り入れて探ると、いきなり丸め、グランドに向かって投げようとする。だが、その手を止めて渋々とまたポケットの中に収めた。歪な形に唇を尖らせ、頬をへこませている横顔を見て、室田は自分の煙草を横に投げた。

「毎日毎日、この時間になると、埠頭公園に、保育園の子供達が遊びにくるというわけか？」

「都タクシーにな、苦情の電話がきてな。気持ちの悪い男がいつもいるけれど、お宅の人ではないか。いやー、あそこは単にタクシー運転手の休憩場みたいなもんで、なんて答えてたけどな。俺だよな、気持ちの悪い男ってのはさ」

「で、今度は、光タクシーの運転手が、ここで休憩かよ」

「……何かさ、室田さん……犯罪者の心理みたいなもんでさ。何もしないのに、後ろめたいってのが、情けないじゃねえか……。それにしても、頭にくるよ、あんた」

煙草を一本抜くと、川上はパッケージを投げて返す。渋面を固めて、百円ライターを両手で包んで火をつけた。

「ナオミ、ちゃん、なんて、シンプルで、いい名前だよ。嫌味がない」

「よけいなお世話だ」

「ちょんまげ、してたな」

「……俺はおかっぱの方が、好きだけどな……」

グランドにまで入って、夥しい子供達の足跡の中から娘のものを探し、それに自分の靴跡を並べたのだろう。川上も世間並みに人の親というのか、やさぐれているようで、俗っぽいほどの感傷の沼を胸の中に抱えていて、波を立てているのか。そんなことを思うと同時に、由布子と暮らしている間、一度も子供を作ろうなどと考えもせず、一時期流行ったＤＩＮＫＳ紛いの生活に、何処かで満足していた自分達の浅薄さに冷や汗が出る。そして、結局は、リストラされて、タクシー運転手になり地べたを這っている。

「……もう少し離れた所に、クルマ、停めろよ」

「……室田さんよ。さりげなくさ、さりげなく、そのジャケット、脱いでくれや」

「ああ？　何だ？」

一体、何をいい出すのかと川上を見ると、室田から目をそらし、グランドの方に視線を投げている。

「あのな……見るなよ。そのままだ。四時方向だな。五〇メートルばかりいった所、芝浦入口近くに、おまえさんとこのクルマが停まった。ドライバーの顔は見えないが、あの行灯は、光タクシーだ」

「……そういうことかよ……。だから、いっただろうが」と、室田は舌打ちすると、ジャケットを肩にかけたまま袖から腕をゆっくり抜く。

「気持ちが悪いぜ、男がそういう脱ぎ方してるのを間近で見るのはよ」

そして、ズボンのポケットから都タクシーのキーを取り出し、川上の横に置いた。おそらく、飯島だ。光タクシーに乗っていた別人を確かめにきたのだろう。

「室田さんよ……いいか？　相当な貸しだ。俺のクルマは何処に停めてある？」

「イトキン前だ。グランドのむこう」

「俺が結局、三橋電気へいくということだろう？　ああ？　馬鹿野郎がッ」

川上も光タクシーのキーをベンチの上に置いて、吸っていた煙草を地面に落とす。一回、大きなゲップをしたかと思うと、低く唸りながら腹を擦り、唾を吐いた。

「俺のブリーフケース、絶対に開けるなよ」

「開けるよ」

「俺のジャケットは？」

「クルマの中だ。……ああ、畜生、携帯電話が置きっぱなしだ……、まあ、いい、後でな。いいか？　じゃあ、ジャケット、取るぞ」

そういうと、川上は素早く室田の肩からジャケットを剝ぎ、立ち上がる。

「川上さん。ナオミ、ちゃん……可愛いな」

「……当たり前だろ」

「箱崎ジャンクションでな」

「零時くらいだな」

川上がジャンパーの背をわずかに丸めて歩いていくのを見送り、室田も立ち上がった。ベストを着ているとはいえ、埠頭の風がワイシャツ越しに応える。どのあたりに飯島の乗っているタクシーが張っているのか分からないが、まったく気づかないように乗り込めばいい。それから、長くてデカいクラクションを二回ばかりわざとらしく鳴らして、戸塚の保土ヶ谷総合会計事務所に向かうのだ。

15

室田は埠頭からの風で乱れた髪を掻き上げ、ズボンのポケットにもう片方の手を突っ込む。

ポケットの底で指先に当たる紙片があって、わざとそれを取り出し、意味があるかのように視線を落としては表情を作った。芝浦入口近くに停まったという、飯島の光タクシーのクルマはまだ視野に入らない。高速の領収書だと思っていたのは、箱崎ジャンクションに上がる前に、薬を飲むためにコンビニで買ったボルヴィックのペットボトルのレシートだ。

「……何処にいるんだ、飯島？　嫌らしいことしやがって、あの野郎……」

歪めた唇の先で嘯いて、指に挟んだレシートに頷きながらゆっくりと顔を上げる。右の潮路橋方向を見ると、ヤマト運輸の倉庫から大型のトラックが銀色の車体を光らせて右折していく。さっきまで川上が乗っていたクルマの後方から回って、芝浦入口の方にさりげなく視線を流す。

日産クルーの小型、6号車の光タクシーが、安田倉庫と表示のある建物の前で停まっていた。ボンネットを光らせ、フロントウインドウだけがやけに暗い。じっと息を潜めているようにも見えるが、ふてぶてしく、ただそこに停まりたいから停まったという感じの方が強い。見張っているというよりも、自分との駆け引きなど端から問題ではなく、いちいち互いに警戒したり牽制したりする応酬を、すでに図太く飲み込んでいるやり方だ。

ドアに鍵を差し込みながら、故意にしばらくの間、6号車のウインドウを見据えてみる。ウインドウ越しの飯島の影は少しも動こうとせず、制帽の暗がりの中であの無表情な視線をぼんやりと向けているのだろう。

「飯島……ご苦労なこったな」

一昨日、事務所で揉めている時に、後頭部を靴裏で蹴ってきた飯島の、自分を見下ろしている顔が過ぎり、「……室田……ありゃー、誰だ……？」という押し潰れたハスキーな声が蘇る。一瞬、頭に血が上って、右の耳奥で紙が張ったような音が聞こえたと思うと、高い耳鳴りが籠った。6号車を睨みながらドアを開け、体を滑り込ませる。ヒーターというより、川上の体温と日差しのせいで温まった車内に、人の吐いた息の中で呼吸している気分になる。

フロントガラス越しに6号車を見ると、まだ制帽や肩を少しも動かさずに、睨みを利かしている飯島の影があった。室田はわざと悠長な仕草で煙草に火をつけ、ウインドウを開ける。そして、手をだらしなく、ウインドウの外に垂らしては吸った。

こんな仕草でさえ、飯島にはほくそえむ材料になっているのだろう。飯島は埠頭公園のベンチに座っている川上の顔をはっきりと見たのか。二日前に光タクシーに乗っていた男と同一だと確信を深めたかも知れないし、ひょっとして、似たような男が二人並んでいたことで、記憶がむしろ混濁し、光タクシーにいた川上の顔が曖昧になるということもないか。

くわえ煙草の煙に顔を顰め、助手席のジャケットの下にあった実車記録のクリップボードを手に取った。別に何の意味もない。ただ、飯島の視線に対して、余裕をかますことだけが重要だと思った。何も記されていない空白欄の連続に視線を彷徨わせ、手にしたボールペンの先を宙に動かしてみる。

「……何、やってんだよ、俺は……」

くわえた煙草を揺らし、鈍く籠った声を出していて、クリップボードを助手席に戻すと、モスグリーンのジャケットを手に取った。上目遣いに6号車を見れば、いまだに同じ形の飯島の影がフロントガラス奥の暗がりに凝っている。

「暇、というか、しぶとい奴だな……」

ジリジリと飯島の体から黒く粘った脂が滲み出てきて、クルマの中に充満していくのを想像する。ウインドウにへばりついた脂がクルマの隙間という隙間から溢れ出し、ゆっくりと流れてくるのだ。

ジャケットから川上の携帯電話が助手席シートに滑り落ちたが、室田はそのまま袖に腕を通し、シートの上で体を少し弾ませた。内ポケットで何かがさつく。ふと手を突っ込むと、見覚えのある薬の紙袋が入っていて、一瞬、入れたままだったのかと思ったが、いや、自分の薬はワイシャツの胸ポケットに入っている。川上にジャケットを渡す前は、全部ポケットの中身を確かめて、出しているはずだ。

視線を飯島のクルマにやりながら、袋を取り出してハンドルの下で見ると、千駄ヶ谷にある総合病院の袋だった。何処の科のものかは分からない。

「何だよ……」

処方の日付がすでに一週間前のもので、袋もくたびれている。

「川上さん、あんたも、心療内科じゃねえのか、おい？」と、室田は唇を歪めて笑みを噛み殺した。袋の口を開けると、白い顆粒状の薬と、小さな水色と白のタブレットの入った金色のパッケージが見える。悪趣味か、と袋を助手席に投げ出してみて、今頃、川上の方は自分のブリーフケースを開き、腹を抱えて笑っているのではないかとも思う。

すでに署名も捺印もしているのに、紙が変色するまで離婚届を手元に置いているのを見て、未練たらしい男だとせせら笑っているかも知れない。ついでに、何週間も前に発行された就職雑誌まで入っている。

別居している四歳の娘を一目見ようとして、タクシーを出すたびに埠頭公園に寄っている川上も、異常で未練たらしいと思うが、ブリーフケースを後生大事に抱えている自分もかなり異常だろう。だが、自分の場合は、未練ではない。単に、だらしがないだけだ。

硬く目を閉じると、瞼の裏にオレンジ色の痰のような塊が残像になっている。何か、と顔を上げたら、飯島の6号車のボンネットが跳ね返している光と重なった。

「まだ、いやがる……」

室田はオフのまま無線マイクを掴むと、「横浜戸塚……」と囁き入れ、イグニションキーを回す。ダッシュボードの上に、几帳面にも庇をこっち側に向けて制帽が置いてあるのを見て、また川上の横顔からまったく違う表情が覗いた気がした。

制帽を素早く手に取り、目深に被る。安田倉庫前に停まる6号車を見据え、ギアをドライブに入れた時、いきなり、聞き慣れない携帯電話の呼び出し音が鳴って、室田は思わずギアをパーキングに戻した。

川上の携帯電話の液晶画面が緑色に発光していて、受話ボタンが瞬いている。放っておこうかと思いつつ、電話の液晶画面を確かめていた。

着信番号に覚えがある。ふと、川上からか、と思っている自分がいて、その次に光タクシーの室田貴之がかけているのか、とも愚かな錯覚が過ぎる。一瞬、小さな輪のルートを激しく回っている感覚に捕われていた。瞬間的にも自分が消え失せて川上になっている感じが、頭の奥に小さくて生温かい空白を作ってもいる。

「大丈夫かよ、俺は……」

声にもならない呟きを零《こぼ》して、ようやくその番号が岡崎の携帯電話からのものだと気づいた。岡崎が都タクシーの川上を、光タクシーの自分だと未だに勘違いして……いや、信じ込んでかけてきているのだろう。ウロボロスの環だよな、と胸中で言葉にしていて、電話に出るべきか、放置しておくべきかと、しばらく呼び出し音を鳴らし続ける。

シンプルだが、自分の電話とは違う電子音が鳴り続けるのを聞きながら、蛇が自らの尻尾の先に噛みついている図を思い浮かべ、前にも同じことを考えた気もして、いつだったかなどと記憶を探っている。

ぼんやりと受話ボタンの瞬きを見ていたが、室田は電話を取り、ボタンを押した。自分で自分の尻尾を噛んでいるのではなくて、都タクシーの川上になりきり、その川上が今度は逆に自分になりきって、輪になっている図を無意識のうちにも描いているのだ。

「……はい、川上でございます」

川上の出す営業用の声を想像しつつ、それでも一昨日、都タクシーの会社にまで電話をかけてきた岡崎に対する不快さも滲ませる。川上の吐き捨てた唾でも飲み込むような気持ちの悪さに、胃が硬くなるのを感じた。

「川上じゃないだろうが？　室田さん。いい加減にしろ」

思った通り、岡崎の重く低い声が聞こえてきた。6号車のボンネットの反射が残像になっているのを感じながらも、川上を想像してみる。あくまでも、自分は川上だ。埠頭公園のベンチに座り込み、定刻にやってくる園児達の中から、恐る恐る自分の娘を探す男だ。グランドについた子供達の足跡から娘のものを探し、その横に自分の足跡を添えてみる男……。

「由布子から全部聞いたんだよ。何が、ミキで待ってるだ、この野郎ッ」

「……お客さん……一昨日も申しましたけれども、その、室田とかですね、由布子さんですか？　とかですねえ、私には分からんのです。お客さん、一応、後々のトラブル処理のため、この電話は録音させて頂いておりますので」

「録音でもなんでもしろ、室田。ああ？」

間違いなく、由布子の別居中の夫だという前提で喋っている岡崎の口調の荒さに、頭に血が上ってくる。また、視野に、飯島の乗ったタクシーが入って、室田は小さく舌打ちした。

「おーい、おいおい、何だよ、室田。舌打ちか？」

「お客さん……あんた、おかしいよ。いいですか？　私は、あなたを戸塚の事務所前で乗せて、横浜駅へいった。それと、忘れ物の印鑑を届けた。それだけですよ。分かります？　そんな自信を持って、人違いをされてる人は初めてですわ。幸せですな、お客さん」

室田はズボンのポケットから自分の携帯電話を取り出し、非通知を解除する。そして、素早く着信履歴から岡崎の番号を繰り出した。

「何だと？　くだらん狂言をやったのは、どっちだ、ああ？」

通話ボタンを押して、すぐに切る。もう一度、押して、また、切る。これで岡崎が電話を切った後、光タクシーの室田貴之からの着信履歴が表示されるはずだ。

「いやー、お客さん、私こそ、その狂言を喰らってるような気分で……。私ではない、その室田とかいう人だと確信して、私に電話をかけてきて、罵声を浴びせているわけですからねえ。世界は、あなた一人のためのものですな。ほんとに、幸せな方だ。羨ましい……」

「おい、室田、タクシー運転手が、そういう口の利き方するのか？　ああ？」

岡崎の言葉が、虫でも払う平手のように打ってきて、室田は奥歯を噛み締めた。

と、頭の奥で明滅するものがある。贋の追想のようなものかと思ったが、違う。同じ岡崎の言葉を川上から聞いている。谷中の立ちそば屋で、川上が悪酒に酔っ払いながら岡崎の口調を再現した時だ。そして、泥のように沈んだ顔をして、「奴を強請るか、殺すか、しろよ」と暗く疲れきった声でいい添えたのだ。

タクシー運転手ごときが、そういう口の利き方するのか。他に仕事がないとなりゃ、それしか手がないか、と川上は呂律の回らない口で、岡崎を真似ていた。

いい口利くよなあ、室田さん。あんた、そんなんで由布子を食わせていけると思ってたのか？　ガキさえ食わせられないよ、そんなんじゃ、ええ？　おまえ、舐めた口利くと、承知しないよ。

また、さっきまで近くのベンチで川上が四歳になる娘を遠くから見ていた姿が脳裏を過ぎる。一日の水揚げが八万円あっても、子供を食わすことができないこともあるんだよな、川上さんよ。一体、川上がどんな気持ちで岡崎の言葉を聞いたかと思い、室田は激昂したいような、笑いたいような、気持ちが複雑に捩じれていくのを覚えた。恐ろしく重くて苦い塊を腹の中に収めた気分だ。

室田はルーフに強く息を吹き上げると、伏し目がちに6号車を見やる。ウインドウの奥の影に変化はないが、タクシーの後ろに中型のワゴンが停車してハザードをつけている。

「ああ、お客さん。あんた……その、室田さんだっけ、に、殺されるかも知れないね。同じ……タクシー運転手として、私も、ちょっと、そんな気分になってきた。気をつけた方がいいですよ」

そういって、室田は電話を耳から離すと、ゆっくりHOLDボタンを押した。液晶画面の表面が、自分の顔の脂で曇っている。小さな携帯電話を押し付けていたせいで耳が熱く、そうまでなるほど血を集めたのが、岡崎の声だと思うとさらに苛立たしくなる。室田はズボンに携帯電話の画面を拭うと、助手席シートに放り投げた。

「今、殺しにいくからさ、お客さん」

ギアをドライブに入れ直し、サイドブレーキを下ろす。

ついでに、おまえもだ、飯島。

室田はバックミラーで潮路橋からのクルマを確認すると、アクセルを静かに踏み込む。苛立ってタイヤをスリップさせるような発進は、飯島をほくそえませるだけだ。異様なほどゆっくりと走らせて、停車した飯島のクルマを舐めるように通過すればいい。

安田倉庫前に停まった飯島のタクシーが近づいてきて、フロントガラスの奥の影がはっきりしてくる。制帽を被っているせいで顔はよく見えないが、首や肩の線が間違いなく飯島だ。ルームミラーで後続のクルマが途切れているのを見て、室田は車線ギリギリに寄り、徐行で前進した。奴からも、自分の姿がよく見えるだろう。

室田は腹の底の燻りを宥めるように、故意に表情を和らげて、さらに飯島のタクシーに近づいた。日差しを反射した6号車のフロントガラスの奥に、飯島の黒い影がくっきりと現れて、反射が途切れる。制帽の庇の下から視線だけ、飯島の方に向けた。

一昨日と同じように、冷めた無表情な目を流してきているはずだ。ルームミラーを素早く一瞥し、前方の対向車を確かめてから、室田はさらに車線を跨《また》いで徐行する。6号車がすぐ間近にまできて、運転席の飯島を目尻で捉えた。眉間を開き、なるべく力のない目つきで、だらしなく見やる。

飯島、がいる。だが、飯島はシートをわずかに倒し、深々と被った制帽の下で目を閉じていた。顎を引いているせいで、耳から顎にかけて何重もの皺を寄らせ、素知らぬ顔で眠っているように見えるが、いつもは無愛想な唇の端に、仄《ほの》かな鈍い笑みがあった。

一瞬の間に、このまま6号車の横っ腹に擦りつけるか、と思い、それとも、クラクションを派手に鳴らしてみるか、あるいは、横付けして、お疲れさんだね、とでも声をかけるか、とも思う。自分が擦れ違うまで、伏し目でじっと探っていた男がふと目を閉じてみる瞼の軽さに、腹の中を抉られるようだ。

室田は徐行したままゆっくり左車線に戻り、右のバックミラーに6号車が小さくなっていくのを見つめる。

「馬鹿馬鹿しいが……あの、しぶとさはな……」

ルームミラーを見上げると、そこにも6号車の後部が映り始めて、当然、自分が見ていると分かっているのだろう、シートの上で大きく伸びをする飯島の影が揺れた。

横羽1号線から横浜新道を一五〇キロくらいで飛ばし、川上インターで降りる。まだ、世間の会社が昼食時間になるまで三〇分ほど余裕があって、東戸塚駅近くの中華料理屋で軽くラーメンを啜った。

タクシー運転手で賑わう定食屋のいくつかは、もちろん知ってはいるが、同業の人間が集まる店に足を踏み入れる気分にはなれない。まだ運転手になったばかりの頃、よく神藤に連れていって貰ったが、飯を食っている時も会社の事務所にいるようで、胃が硬くなり、飯がまずくなる。たぶん、今頃、大船の三橋電気の警備員に頭を下げている川上も、運転手御用達の店などにはいかないだろう。

とんだ闖入者のおかげで、自分の代わりに三橋電気へ謝りにいった川上の、公園での後ろ姿が浮かんでくる。憔悴した感じと、やはり、実際の歳よりも老けたタクシー運転手のしぶとさが滲み出て、黒く焦げた芯が歩いているようだった。ラーメンを口にぶら下げながら、一人、鼻から息を漏らし笑っている自分も、何処から見てもくすんでいて、若さが何処かに抜けてしまった、すでに中年の域に片足を突っ込んでいる男だ。

「……だから、私、いったの。入院させるんだったら、最高級の病院にしてーって」

「あらぁー、分かるわよ、あんた。冗談じゃない」

店のすぐ横のテーブルで、七〇歳近い女が二人、低く下卑た感じの声を上げて喋っている。昼から餃子にビールかよ、いいな、おばちゃん達よ、と室田は胸の中で呟いて、レンゲのスープに顔を近づける。

「お金の問題じゃないのよぅ、あんた」

「でも、保険は、誰が受けとんのよ、こういっちゃ何だけどさぁ」

「お墓にまで持っていこうかと思って、あんた。笑っちゃうわよぅ」

「何、息子さんにはいかないわけ？」

「もういいのよ、あの子はさぁ。嫁の尻に敷かれて、あんた」

室田は腕時計を確かめ、ズボンのポケットに入った携帯電話を取り出した。思った通り、岡崎の番号が二件着信表示になっている。人違いしているとも思わず、都タクシーの川上にかけ、罵詈雑言を浴びせている間に、本物の室田貴之から連絡が入った着信表示を見て、岡崎が焦ったことは間違いないだろう。

「もうちょっと、食べてよ、あんた」

本物の室田貴之？

「ほら、みのもんたさんが、ニンニクの、丸焼き、一日三粒でいいって、ほらぁ」

らも本物で、どちらも偽物だ。自分が川上になって大船の工場で土下座をしていようが、本人がしていようが、変わりがない。自分の輪郭が綻び崩れて、夥しい埃の粒子になって宙に漂い出し、様々な街にガスのように揺れ迷うのを想像してみる。

「みんなねえ、あんた、歳、取らなきゃ分からないことって、あるのよう、ねえ」

岡崎の前で、少しずつ凝集し、自分の姿を作ってみても、すでにゴーストのようになっていて、本人でさえ分からないということもありうるだろう。ルームミラーに映る他人の後ろ姿を、自分だと置き換えたり、目を細め、静かにミラーの中に入っていく奇妙な儀式をやること自体が、はぐれていて、すでに幽霊みたいなものだと室田は思う。

「……こんなアホなことを、考えているのは……おそらく、俺だけだ、な……」

ぼんやりと、ルームミラーに映る人影を見ようと顔を上げて、室田は、味噌ラーメンや麻婆定食などの品書きが並んだ赤いプラスチックボードを見ていた。あまりにも度外れた放心の中にいて、溜息を小さくつき、苦笑する。

「……殺しにいく、というより、殺されにいくという感じだ……」

パイプ椅子から立ち上がると、隣の二人組の女が見上げ、口角を下げながら視線を上下に動かしているのを室田は見る。呟きを声に出したのかさえ分からなくて、ただ憮然と女達の脇を通り過ぎるだけだ。

保土ヶ谷総合会計事務所のチョコレート色のビルを遠目に眺めながらも、入口を出入りする人影に神経を凝らす。

もうすぐ昼休み時間で、岡崎も出てくるはずだ。窓の内側を覆ったクリーム色のブラインドに、縞状の影が佇んだり、過ぎったりしている。二本目の煙草を吸いながら、計器のアナログ時計が立てる、唾を飲み込むような音が耳障りだと思っていると、三人の女達が入口に現れるのが見えた。

ベリーショートの髪。アイビーグリーンのコートは着ていないが、近くの店にでもいくつもりなのか、黒のカーディガンを羽織った由布子の姿が、目に飛び込んでくる。

「由布子か……。黒木、由布子さん、だな。岡崎は、どうした？」

クルマの中に声を籠らせると、由布子が一瞬、他の女達とは違う所に顔を向けるのが見える。やはり、いつもとは違う、事務所前の気配に気づいたのだろう。宙に視線を彷徨わせ、ゆっくり振り向くようにして、事務所から二〇メートルほど離れて停まっている自分のタクシーを見据えてきた。

二日前とまったく同じタイミングだったが、こっちはそうじゃない、と室田は由布子に目を細め、焦点を合わせる。都タクシーの川上ではなくて、おまえの別居中の亭主が、よく意味の分からない留守録を聞いて、わざわざ戸塚まできたというわけだ。

室田はフロントガラス越しに由布子と目が合ったと同時に、二回パッシングして見せる。由布子は表情一つ変えずに、他の二人の女に視線を戻すと、前に立つ女の腕を笑いながら小突いた。そして、掌を広げると、ベリーショートの頭を二、三度上下させている。二人の女達が小さく指先だけで手を振って、歩いていくのを見送り、ようやく、由布子が振り返った。カーディガンの肩をわずかに竦め、軽く腕組みしつつ、履いている黒のパンプスの先を見つめて歩いてくる。

ひょっとして、光タクシーの行灯をルーフに載せた自分を見せるのは、初めてかも知れない。室田はダッシュボード上の表示を回送から迎車に変え、シート脇のレバーを下ろして、後部ドアを開けた。

一本の直線の上を渡ってくるような歩き方は、昔と変わらない。足の甲を伸ばして爪先を投げ出し、一拍、宙に遊んだ感じで、降りてくる。ジーン・セバーグの歩き方に似ていると、学生時代付き合っていた恋人にいわれたと話していたことがあったが、髪もベリーショートになって、まさにそのものじゃないか、由布子。そんなことを思っているうちにも、すでに助手席ドア脇にまできていて、パールの入ったピンク系のルージュを塗った唇から下がウインドウに佇んでいる。由布子から見れば、自分の足や、助手席に置いた実車記録のボードや、川上の携帯電話や薬の袋が見えているはずだ。ゼロハリバートンのブリーフケースを、偶然、川上のタクシーの中に置いてきたのは、運が良かったといえばいいのか、悪いのか。

「……入れよ」

「……けっこうです」

ルーフから下の光った唇が動いて、開けた後部ドアの方から由布子のハスキーがかった声が聞こえてきた。

「何を、今さら、意地張ってんだよ。いいから、入れよ。タクシー運転手が、会計事務所のお姉さんをナンパしてるみたいじゃねえか」

少し間を置いて、パンプスのヒールがアスファルトを躙る音がして、開いた後部ドアを回ってくる。

「ねえ、その煙草を消して、窓を全開にしていただけませんか?」

「ああ、そうか」と室田はシートに体を弾ませて、灰皿に煙草を押し付けると、ウインドウを開け放つ。クルマの中の温まった空気が、顔を撫でるほど勢いよく、ルーフの縁を巻いて出ていくのが分かった。冷たい空気と一緒に、何処かに植え込みか庭でもあるのか、湿った土のにおいと、由布子がつけている香水のにおいが滑り込んでくる。

タクシーの車体が軽く一揺れして、視野の上にあるルームミラーに新しい影が張りついた。短い髪のかかった広めの額と、かすかに高さの違う眉が見えて、その下に、事務所の方を見ている薄青いアイラインの入った二重の目が覗いている。横浜駅ではまったく気づかなかったが、髪の表面の艶に濃いブルーが入ってもいた。髪を染めるのも、岡崎の好みなのか。

「取りあえず、ドア、閉めるぞ」とシート脇のレバーを引く。ルームミラーの中の由布子が、眉根を寄せて、細かく瞬きするのが分かった。

「……久し振りだな、由布子」

「……よくいうわね。一昨日、会ってるじゃない、横浜駅の東口で……」

「一体、あの留守録は、何なんだよ。意味が、分からない」

「あ、私、やっぱり、降りる。開けてよ」

由布子のつけている香水のにおいが鼻先を刺激して、室田は短く息を吸う。前につけていたペーパーノート系とはまったく違う、オリエンタル系というのか、白檀に似たにおいがした。

「岡崎に話がある。会社にいるんだろ？」

「ちょっと、開けてよ、何、これ」

ドアロックしているせいで、由布子が両手で力を込めてノブを引っ張っても無駄だ。

「岡崎、いるんだろう？　くだらん電話を貰ったよ」

「いい？」と、由布子が体を前のめりにして、防犯ガラス近くにまで顔を寄せて喋った。目の端で後ろを確かめると、間近にあった由布子の顔がすかさず引かれ、タクシーをまた一揺れさせる。

「岡崎はぁ、朝からぁ、あなたが乗っていた都タクシー、という会社にいってます」

「都タクシーだと？」

思わず、腹の底から笑いの泡が立ち上ってきて、室田は喉の奥で噛み殺しながら、肩を震わせる。大小様々なおかしさがさらに泡の形を変えて、次々と水面に上がってくる感じだった。午前中に川上の携帯電話に連絡があった時は、すでに、岡崎は都タクシーにいっていたのかも知れない。そう思うと、よけいおかしさで腹の中が踊る。

室田はギアを入れて、サイドブレーキを下ろす。

「何するのよッ、あなた、何よッ」

ルームミラーに目を見開いて声を上げている由布子の顔が見えたが、室田は無視してそのままアクセルを思い切り踏み込んだ。アスファルトにタイヤがスリップする音が聞こえ、かすかにクルマが尻を振ったかと思うと、強い衝撃と同時に走り出す。

室田はダッシュボード上の表示を、賃走に切り替えた。

16

「停めてッ。早く、停めてッ」

由布子が狂ったように叫んで、ヘッドレスト裏の防犯ガラスやウインドウを華奢な拳で激しく叩き始める。故意に大袈裟なほど抵抗しているのか、本気で恐怖を覚えているのかは分からない。

だが、室田は目深に被った制帽の庇の下から前方だけを睨みつけ、さらにアクセルを踏み込んで、細かくハンドルを右に左に捌いていった。片側一車線しかない下の道で下手に口をきいて、事故でも起こしてはまずい。とにかく、横浜新道に乗るまでは黙っていることだ。

「あなたッ、一体、何なのよッ。おかしいんじゃないッ？　これは、犯罪よッ。立派な拉致じゃないッ」

犯罪？　拉致？　だったら、岡崎のやっていることは、脅迫と嫌がらせだろう、由布子？　違うか？

アクセルから足を浮かせ、素早くブレーキを軽く踏み、ハンドルを右に切る。黄色から赤に変わろうとする信号の交差点を、やはり対向車が焦って直進してくるのも構わず、右へと曲がった。車体が左に斜めに傾いて、タイヤのアスファルトに軋む音がクルマの腹から聞こえてくる。クラクションの音と、由布子の上げる金切り声。ルームミラーを一瞥すると、シートの上でバランスを崩した由布子の右手が過ぎる。

由布子が新しくつけているオリエンタル系の香水のにおいに、腹の中を引っ掻き回され、自分にはまったく知る余地のない岡崎との時間を露《あら》わにされている気分にもなる。嫉妬には違いないのだろうが、岡崎に呆気なく馴染んだようにも見える由布子の欲望が、あまりにも俗っぽく、また潔くて、自分だけがただだらしなく停滞し、どす黒くくすんでいく感じに、苛立っているといえばいいのか。新しい女と付き合う？　冗談じゃあない。ただ、疲れるだけだ。

横浜新道への合流の緩い道を一気に上がり、右にウインカーを出して、後続車もほとんど無視したまま、車線に滑り込む。さらに、アクセルを踏み込んで、スピードを上げると、頭の芯が後ろへ引っ張られた。ルームミラーの中の由布子は、すでに諦めたのか、黒のカーディガンの腕を組んで、憮然とした表情でシートに凭《もた》れかかっている。

「……あの、留守番電話は、一体、どういう意味だ？」

室田は前方を走るパジェロを見やって、ようやく口を開いた。由布子が反射的に嘲り、短く吹いた息の音が、すぐ耳元で聞こえる。自分でも陰気で、延々執拗に絡むために用意したような低い声だと思う。

車内に籠る自分の声に、よく目黒のマンションで口論をした時の重い気分が蘇ってくる。「ああ、記憶とは、こういうものか……」と胸中呟いていて、ぼんやりした意識の焦点に、黒い陶器の一輪挿しと花弁のくたびれたトルコ桔梗が見えてきた。マンションのリビングのテーブルにあったものだ。縁が褐色に枯れた青紫色の花を見つめながら、何について口論し続けたのかは思い出せないが、腹の底に粘り、沈澱していく不機嫌さが、腸《はらわた》を腐らせていくような感触ははっきり残っている。

さっきまで紫色に霞んで見えていたパジェロがすぐ目の前まで近づいていて、室田は慌てて車線を右に変更した。

「……俺のアパートに留守録、吹き込んでいただろう？　運転していたのは……あなたでしょう？　ってさ。あなたのやり方ですよね、たぶん……、とかいってたろう？」

また、由布子が小馬鹿にしたように口先から息を漏らす。ルームミラーに視線を投げると、尖った顎先を上げ、伏し目がちに外を眺めていて、ぼんやりと広がったアイラインの下で、濡れた角膜が異様に光っている。

「岡崎が最初から気づいていて、わざと、印鑑をタクシーの中に忘れてきたとか、何とか……あれは、何のことをいってるんだ？」

「……あなた、まるで、変わってないのね」

由布子は落ち着いた低い声音でいおうとしているのだろうが、侮蔑の気持ちが綻び弾けて吐き捨てるようにいってくる。

「由布子は、変わったのか？　それとも変えたのか？……いや、変えられたか？」

小さく舌打ちする音が聞こえて、一三〇キロ近いスピードのまま、いきなりハンドルを左右に荒く動かしたくなる。それでも、三年は一緒に暮らしたのだ。自分が苛立ち興奮して、耳の縁を熱くしているくらいは分かるだろう。室田は故意に唇の左端を上げ、由布子の角度から笑みを浮かべているように見せていて、そんな浅ましさにどんよりと曇る気分になった。

「明らかに、私を裏切っていて……まるで、他の女との関係などないように、平然と澄ましている……。まあ、そんなこと、今の私には、まったく興味もないですけれども」

「同じくだ」

「じゃあ、何よッ、これは。なんで、私をクルマに乗せるわけ？」

「岡崎という野郎は、一体、何処のタクシーに乗ったんだ？　印鑑をわざと忘れて、おまえに、俺を確認させようと思っただと？　アホか、おまえらは。気持ちが悪いッ」

ルームミラーに短い視線を投げると、今度は由布子が口元に笑みを溜めている。つけているルージュのせいもあるのだろうが、やはり、湿った艶を柔らかく光らせている唇は、しばらく会わない間に、動きが微妙に変わったように思った。それでも、自分と暮らしている時よりは、はるかに大人の女の唇になった気がする。

「だって、横浜駅の東口にきたのは、明らかに、あなたでしょう。……都タクシーというのは、どういうことなんですか、ねえ……」

「どういうことなんですか?」

新保土ヶ谷料金所が見えてきて、料金を支払っている間に、たぶん、由布子は声を上げて、係の親父に助けを求めるのだろう。それでも、知らん顔をしてウインドウを閉め、そのまま当たり前に走り出せばいい。怪しく思われて、そのうちパトカーが追跡してきたとしても、自分がどう対処するのか、楽しめるじゃないかとも思っている。拉致紛いに由布子を乗せた騒動が、岡崎に少なからず影響を与えることは間違いない。

料金所の一番左端のゲートにつけて、ゆっくりウインドウを下ろしながら、小銭を摑む。由布子は腕組みしたまま、足をさりげなく組み直しただけだった。視野の隅に黒いパンプスの先がわずかに揺れる。ルームミラーを睨んで確かめると、由布子が尻目に自分を見ている顔があって、携帯電話を取り出し、手にしていた。寄り目になるほど、液晶の画面を顔に近づけている。

料金所の係の者から受け取ったレシートを、室田はサンバイザーに挟み込んで、またアクセルを静かに踏み込んだ。

「メールじゃなくて、ここから、岡崎に連絡したらいい。その、さっき、おまえがいった都タクシーからな、苦情がきている。川上とかいう男だけどな。なんで、私が光タクシーの室田さんに間違われなければならないんだって、いってたけどな。都タクシーさんにとっちゃ、嫌がらせもいい所だ。訴えられるよ」

携帯電話のボタンを一心に押していた由布子の指が止まる気配があった。額にラフにかかったベリーショートの髪。左の眉尻が緩いカーブを描いて上がっている。

「似ている奴ってのは、いるもんだよなあ……。由布子が見た、その川上っていう運転手は、昔の俺に似ているんであって、今の俺には似てないんじゃないか？　お互い、少しだが、歳を取った。俺は特にな」

「……あなた、それで、何処にいこうとしてるわけ？」

「そういう口の利き方を、岡崎が聞いたら、楽しいんだがな。……都タクシーだよ。港湾無線グループの大手、都タクシーへいって、川上という運転手と会って貰う」

「なんで、私がいくわけッ？」

後部シートから背中を浮かせる由布子を感じる。確かに、自分自身で都タクシーに乗っていた男が別居中の男だと認めたはずなのに、揺れ始めたか。

「……俺も、由布子という女に似ている人に、何度も遭遇したが、今のおまえじゃないんだな。……まあ、結局、相手のことを見ているわけじゃない。てめえの中にある相手を見ているんであってさ。最も、見間違えるのは、自分自身ってわけだな……」

室田は右車線から左へと移り、後ろから迫ってきた個人タクシーに譲る。年配の、苦虫を噛み潰したような運転手の顔がミラーに見えて、客を乗せてクルマを走らせている同業の、何処を見ているとも分からない虚ろな視線に目を伏せた。すぐにも、右横をスローモーションのように個人タクシーのクルマが追い抜いていく。どちらも一二〇キロほどのスピードを出しているのに、まるで徐行して進んでいるようで、いつもそんな時、薄紫色に曇ったゼリーの中に入っていく感じを思い浮かべた。もっと速度を上げれば、さらにブヨブヨとしたまったく違う空気の層の中に入っていって、時間の軸さえ変わるのだろう。そんな午睡から覚めたばかりのような朦朧《もうろう》とした考えに、気持ちの焦点をぼんやりさせていく。

ふと、このまま由布子を乗せて分離帯か側壁に激突して大破し、二人とも即死ということになったらどうなるのだろうという想いが過ぎる。

「……まあ、それも、あり、だよな……」

「え?」

口には出さず、ただ胸の奥で唸っただけのつもりが声になっていたのか、由布子がルームミラーの中で顔を上げる。わずかにアクセルから足を浮かせて速度を抑えると、右車線を走っていた個人タクシーが少しずつ離れていく。

「……俺は、時々さ、自分が何を考えているのか、分からなくなることがある……。と、考えること自体に、動揺するわけだよ。いい歳こいて、そんなもん、どうでもいいと思っているが、時々な、顔を出す……」

「ねえ、なんで、私が、都タクシーへ、いかなきゃならないんですか？　やめてよ、ほんとにッ」

「……その、川上さんがさ、光タクシーにまで電話をくれてさ、教えてくれるわけだよ。まあ、相手にすりゃ迷惑で、こんなこともいわれたんだと、不愉快になっていってるんだと思うが……、岡崎とやらは、俺より上か？　下か？　俺には、えらい腰の低い、丁寧な男という印象があるが……」

ルームミラーを見ると、由布子の目が左右に少し揺れているのが分かる。わずかに頬を上気させているが、逆に、パールの入ったルージュがどぎつく目立って、酒でも呑んでいる顔のようにも見える。一瞬、岡崎を乗せた時ににおった、背広の埃臭さや整髪料が鼻の奥に開いて、腹の中が硬くなる。と、同時に、完全に諦めている自分がいて、ただ、いらつかせるだけの見ず知らずの女性客を乗せている気分が膨らんできた。

当然だ。縒りを戻す気など端からなく、由布子に何を求めているのかさえも分からない。口論し、停滞し、堂々巡りしながら、粘った穴を掘り進んでいった昔と同じだと思う。呼吸する道さえ細くなったような息苦しさに、由布子もまた目黒のマンションに住んでいた時代を過ぎらせているかも知れない。

「俺は都タクシーの川上さんに電話をしたのは、岡崎じゃないと思うんだよな。……あんた、動揺してたか、由布子を寝取った男に動揺してたか、っていったらしいが……」

「ふんッ、馬鹿ねえ」

「早く、離婚届に判を押して、送ってこいよ。黙って送ってこい、だと。川上さんから、話を聞いてて、こっちが恥ずかしくなった。仕事に貴賤はないだと？　いい口利くよなあ、室田さん。あんた、そんなんで由布子を食わせていけると思ってたのか？　だとさ。……岡崎は、そんなこと、いう奴じゃないだろう？」

「どうせ、あなたの作り話でしょう？　あなただって、ずいぶん、汚い言葉で、岡崎に電話してきたんじゃないんですか？」

たぶん、自分が料金所手前の壁に都タクシーの鼻を擦った時に、岡崎からかかってきた電話で罵倒したことをいっているのだろう。同じ事務所の中で、人の女房のケツをまくったのか、岡崎さん、とかいったはずだ。

「俺は、ミキという喫茶店で待っていた時、電話で話しただけだよ。あいつから、これないと電話がかかってきた時だ」

「ミキになんて、いなかったくせに」

「いたさ」

「いませんでした」

「いたよ」

「いません」

　室田は保土ヶ谷インターチェンジを大きく右に曲がって、三ツ沢方向へと走る。前に、岡崎を乗せたコースとまったく同じだ。

　明らかに嘘をいっているのに、横浜駅地下街のミキという喫茶店で、ヴィラ・ロボスのCDをテーブルに置き、岡崎を待ち続けている記憶が妙にはっきりとある。何をオーダーしたのか。ウインナーコーヒーだったか、エスプレッソだったか、と、思い出せなくて頭の中で空回りする感触が、不思議なほど生々しい。そうか、俺は、あの時、横浜新道の保土ヶ谷インターチェンジを走っている自分の姿を夢想していたのかも知れない、とも室田は思う。ぼんやりした意識の焦点を戻したら、まだ、ミキという喫茶店で岡崎という男を待っているのではないか。あるいは、まだ、箱崎ジャンクションで、ルームミラーの儀式を終えて、街を彷徨っていた自分が戻ってくるのを待っている所ではないかと……。

「……タクシーの運転手さんて、みんな、ゼロハリバートンのブリーフケースを持っているのかしら……」

「何だよ、それ」と、ミラーを一瞥しながらも、一気に体の中が硬くなる。

「俺は持っちゃいない」

　いつもなら助手席にあるはずの鈍色の書類ケースは、今、川上の乗っている都タクシーにある。

「Cの時、よく使ってましたよねえ」

「C時代の話はするなよ。気分が悪くなる。いろんな意味でな。あの頃の……空気みたいなものが、全部、嫌悪の対象だ」

由布子が乾いた笑いを漏らすのが聞こえて、室田も低く唸るように笑った。岡崎が横浜の東口から川上の運転する光タクシーに電話を入れた時にでも、ブリーフケースのことを聞いて、由布子はさらに自分だと確信したのだろう。偶然、同じ物を持っていることは何処にでもある話だが、胸の中で音を立てるくらいに確かな感触があったに違いない。

「……それで、離婚届は、どうなったんですか？」

まるで、ブリーフケースの中にその紙片が入っているのを知っているかのような話し方に、室田はアクセルから思わず足を浮かしていた。目の前で緩くカーブを描いているアスファルト道路が、一回、もんどり打つようにも見える。

「……とっくに、署名も判も押している」

「なんで、送ってきてくれないんですか？」

「おまえは、なんで、郵送なんてことをするんだ？　直接、持ってくればいいだろう？　その場で、署名も捺印もして、渡すよ」

室田がミラーを睨みつけると、まっすぐ力の籠った尖った視線をよこしていたが、すぐにも由布子はウインドウの外を見る。

「でも、あなた、すぐに郵送するって、岡崎にいったんでしょ？　俺達の薄っぺらな関係を象徴する？　こんな紙切れは？　今すぐにも、郵送するって、岡崎にいったんでしように……」

何をいっているのか、分からなかった。すぐにも、岡崎の作り話だとは思ったが、ふと川上の無愛想な横顔が浮かんでくる。川上が一度か、二度は、自分を演じて岡崎と電話で話し合ったということもありうるのだろうか。

岡崎が室田の電話と間違えて川上の携帯電話に連絡する。その着信履歴に、今度は非通知で電話をすれば、訳ないだろう。いや、川上の方から、まったく無関係の岡崎に連絡をする意味がないか……。

「岡崎の嘘だな。俺はそんなことをいった覚えはない」

「……一体、何処まで……」と、由布子が唇の先で囁いて、言葉をぶらさげる。ルームミラーに映った由布子の右半分の顔が、かすかに痙攣しているのが分かった。

「ねえッ、もういい加減にしてッ。いい加減にしてよッ」

いきなり、由布子が声を荒げたと思うと、助手席のヘッドレストを掴んで激しく揺らした。

「もう自由にしてッ。自由にさせてッ、自由にさせてくださいッ」

前方を確かめながら、素早く目だけで後ろを見やる。ヘッドレストを引っ掴んだ由布子の細い指先が硬く筋張って、めり込んでいる。揺すりながらも、俯き、頭を横に振っていた。

室田は、また、前方に視線を投げ、前を走るアウディとルームミラーの奥に映るユーノスのクルマを確かめる。指から血が抜けるほどヘッドレストに力を込めている由布子の姿は、自分の首を絞めるのと同じ感情からなのだろう。室田は歪めた口から細く息を吐いて、ウインカーを右に出して、車線変更した。低い嗚咽めいた声が聞こえてもくる。もう一回、車線変更。まったく無意味なことをやっていたが、憎み、興奮して、男の首を両手で絞めるほどに女を苦しませていることに、少なからず慌てていた。一緒に暮らしている時は、どんなに醜い口論をしていても、もはや本気で激昂すること自体を馬鹿にするように、由布子は冷めた態度を取る方が多かったが、何か演技じみたほどの興奮の仕方に、さらに残酷になりたい気分が頭をもたげる。と同時に、うろたえ、狼狽している自分がいる。

ランドマークタワーやインターコンチネンタルホテルの建物が霞んで見えてきて、横浜港全体が紫色のガスに沈み込んでいた。遠く、停泊中の大型船や巡視船などが逆に宙に浮いているようで、ベイブリッジの衝突防止用の青白いライトが点滅するたびに、船が空中から海へと戻って見える。

ヘッドレストを摑んだまま、俯き、啜り泣いている由布子に、しばらくの間、室田は黙ってアクセルを踏み続けた。何を話していいのかも分からないし、何を黙っていればいいのかも分からない。由布子にとっては、いち早くこのタクシーから降りて、自分から離れたいだけだろう。

「……岡崎の家庭の方は、もう解決ついているのか……？　あいつには、かなり大きなお子さんがいるんだろう？」

ようやく口を開いていってみたが、あまりにも無力な言葉で、自分でも嫌気が差してくる。何に対して無力というよりも、喋ること自体に意味がないのだ。

「あなたに、そんなこと、いわれたくないわよッ」

「そうか……」

由布子の手が助手席のヘッドレストから脱力したように滑り、シートの肩に手首が引っ掛かった。

「……やめた。馬鹿馬鹿しい……」

室田は制帽の庇を指で弾いて、後頭部を完全にシートに預けると、片手でハンドルを緩く握る。由布子の体の輪郭がじっと凝り固まっているのを感じた。

「……しかし、男というのはさ……馬鹿な話だが……欲望がないと、駄目だな。何をやってもな。……ある人にいわれた。……よその女とやる元気がないほど、疲れているのは、もう女房など用なし、なんだと。……確かにな……」

岡崎が川上に電話した時にいった台詞だ。いや、自分の耳で聞いたわけではないが、川上が酔いながら岡崎の口調を真似て話してくれた。

助手席のシートの肩から手首を外して、由布子はゆっくりと背中を後部シートに戻している。ルームミラーの中で、由布子がしている仕草を見て、室田は思わず声を上げる所だった。由布子は放心して斜視のような目つきをしながら、右手の親指の爪を一心に噛んでいる。体を小刻みに震わせて、広い額にかかった短い髪の先が激しく揺れてもいた。エンジンの震動ではない。

「……由布子。……由布子ッ」

室田が声を上げても、ただ夢中になって親指の爪を剝き出した歯で齧り続け、左右の瞳がさらに開いていく。まったく今まで見たこともないような表情だった。別居してからの生活が、由布子の体の奥にあった芯のようなものを、時間をかけて幾重にも折り曲げ、捩じり上げていて、それが今、一気に弾けたかに見える。

「由布子ッ。どうしたよッ」

いきなり、後続のクルマからクラクションを派手に鳴らされ、前を見ると、自分のクルマがゆっくりと右へと移動していって、中央分離帯にクルマの脇腹を擦りつける所だった。慌てて、ハンドルを両手で握り、左へと戻す。後ろのユーノスがクラクションを鳴らしながら、ルームミラーに膨らみ、接触すると思った時、さらにユーノスは左へとぎりぎりかわし、車線を変更して前に出た。室田は走りを立て直して、その後ろにつくと、ミラーを確認して少しずつブレーキを踏みながら、前の薄暗い車内のルームミラーに向かって手を上げた。

「……命拾い、だな……」

スピードを上げて、どんどん小さくなっていくユーノスのクルマが、後ろからクラクションを鳴らしてくれなかったら、おそらくそのまま分離帯に激突していただろう。車線の真ん中にスピンしながら弾き出され、後続のクルマと多重衝突をしていたかも知れない。シャツの下にべったりと冷や汗をかいていたのに初めて室田は気づき、制帽を取って、ジャケットの袖で額を拭った。

「由布子……、戸塚の事務所でいいな？」

「……え？」

ようやくルームミラーに由布子の顔が上がるのが見えたが、まだ幼女のように親指の先はくわえたままだ。自分でも気づいたのか、口にしていた指を焦って離していて、唾液が光って糸を引くのが見えた。

「戸塚の事務所でいいんだな？　話は終わった」

「……都タクシーへ、いくんじゃないの？」

低く掠れた声と一緒に、饐えた息のにおいがして、何か、由布子の体臭というのか、汗のにおいが濃くするのを感じた。ミラー越しに見ると、由布子はアイラインの滲んだ目を何度もしばたたかせて、また腕組みをしている。少しは気持ちを取り戻したのか。

「いくわけないだろ」

「……横浜駅の東口で降ろして」

「今のうち、岡崎に電話しておけよ」

「あなたには、関係ない……」

横浜駅東口……。印鑑を岡崎に届けにきた時と同じように、東口出口を降りて、そごう前のロータリーへと向かう。その間、室田は一言も喋らなかった。由布子と岡崎が待っていたペデストリアンデッキが見えてくる。崎陽軒ビルと郵便局……。ハザードをつけて、徐行し始める。あえて、前とまったく同じ位置に停車してやろうと思う。どう取るかは、由布子次第だ。

「由布子……、岡崎は、そんなに、いい奴か……？」

「……あなたには、関係がないんです」

「お互い、苦労の繰り返しだな」

そういうと、一拍沈黙があって、含みのある声で「……そうね」と落ち着いた声で答えてきた。

クルマを停めて、サイドブレーキを上げる。たぶん、二度と、由布子とは会わないのだろう。

二度と……会わない。

室田はルームミラーを睨みながらレバーを下ろして、後部ドアを開ける。由布子がしばらく俯いて、片方の眉をわずかに痙攣させながら、唇の先を硬く動かしているのを見つめ続けた。罵倒する言葉を選んでいる？　あるいは、はい、さよなら、だ。

「……あなたがそうであるように、私も……まったく未練はない、です。……それだけ」

「珍しく、気が合ったな」

由布子は一瞬ルームミラーを一瞥し、滑るようにタクシーの外に出た。由布子が降りた分、クルマがかすかに揺れ、一度、その後ろ姿を見送ったが、すぐにもドアレバーを引く。由布子が忘れ物をするわけはないが、一応、確かめようと後部シートを振り返ってみた時、自分でも驚くほど、大きく息を呑んだ。

由布子は失禁していた。

17

時折水が噴き上がる水の守護神像……。そのむこうに、夕刻近いせいか、氷川丸の黒い船体がピンク色を帯びて見える。

山下公園通りに横付けされたタクシーの列を離れ、クルマの後部ドアを開け放ったまま煙草をぼんやり吸い続けた。茫然というよりも、腹の底に沈んだ鈍い塊のせいで、見るもの、聞こえるものが頭を素通りしていく感じだった。

「……まったく未練はない、です……か。……当然だ」

後部シートのカバーを剝いだ時に、由布子の残したものがシート表面の合成樹脂に弾かれて、斑模様を描いて光っていた。アメーバが仮足を繋げたような液体の痕を、丸めたカバーで拭きながらも、由布子を故意に深く吸い込んでいる自分がいる。

　女を失禁させるほどに追いつめた悪戯、いや、自分の存在自体にといえばいいのか、体の中から搾り上げられるような不快さが込み上げてくる。ほんのちょっとした気分の傾きで、唐突に暴発し、公園でくつろぐ人々に誰彼となく乱暴を働きたいような、あるいは、自分を抉り傷めつけたい衝動に駆られもする。

　ルームミラーに映った由布子の、親指の爪を一心に嚙んでは、ぼんやりと斜視になっていく目つきが脳裏を過ぎり、室田は大きく息を吐いて、頭を振った。

「……最悪、だな。最低な野郎、というのかな……」

　低く鈍い声を漏らしてみて、自分が今、タクシーの運転席に座りながら、横浜港を眺めていることを確かめようとするが、声すらもが他人のようで遠い。ルームミラーに滑り込み、遠く街を彷徨っている分身の方が、よほど潔いと思う。鏡に露わに映る顔は、いつも自覚しているよりもさらに禍々《まがまが》しく自分を煽り立て、さらに不機嫌を握り潰した塊のようにさせるのだ。由布子は、そんな男の顔を見ていたのだろう。

「……最悪と……最低と、どっちが、タチが悪いのか……」

　油のにおいが混じった港からの海風をクルマの中に通し、少しずつ本牧や大黒埠頭に犇く倉庫の壁が、夕焼けを反射して輝き出すのをただひたすら見つめている。

　まだ昼の青さのまま空が広がっているというのに、遠く水平線や埠頭だけが人工的なほどの鋭利な光を発していた。金環蝕の輪やナイフの刃を見ているようだ。

水のにおいが濃くなり、ベイブリッジに点滅するいくつものライトが強くなって、一気に気温が低くなったのを感じる。室田は羽織っていたジャケットの袖に腕を通し、くわえていた煙草を路面に捨てた。ほんの少し視線を動かしただけで、夕刻の色が濃くなる気がする。ぼんやりしているうちにも夜になってしまうのだろう。

助手席に投げ出していた携帯電話を取ると、思った通り、岡崎からの着信が七件も入っていて、後は三件、公衆電話からの着信だった。電話を光タクシーに置き忘れたままの川上が、かけてきたに違いない。

ドライブモードを解除して、また助手席シートに投げ出すと、後部ドアを閉める。じっと同じ恰好をしていたのと気温が一気に冷えてきたせいか、体が強張り節々が軋んで、自分の体ではないようだ。いや、すでに気持ちが離れているとはいえ、由布子をドン底に落とした、自分の残酷さや何処かに残っている幼稚さに、自分自身呆然として、うろたえているせいかも知れない。

「……何が、岡崎の家庭の方は、もう解決ついているのか……だよ」

イグニションキーを回し、ヒーターを最強にしてスイッチを入れる。一段低いエンジン音に変わって、体に響く震動がきた。ふと、また、山下公園の方に視線をやると、公園の木々が黒く潰れたシルエットを浮き上がらせている。

制帽を被り、サイドブレーキを下ろそうとしたちょうどその時、携帯電話の着信音が鳴り、室田は「ああ……」と唸りながら手を伸ばした。液晶の表示すらもが明るく感じるほど夕刻になっていたか……。発光した薄緑色の地に、また公衆電話の表記が表れて、室田は受話ボタンを押す。

「……やっと、出たかよ、室田さんよお……。頼むよ……」

川上の嘆いたような低い声が聞こえてきて、むしろ、いつもの日常という奴に引き戻してくれる声にホッとしている自分がいた。

「ああ、川上さんか……」

「……川上さんか、じゃないよぅ」と、小さく舌打ちする音と、重い声を引き摺っているのが聞こえる。室田はバックミラーを確認して、サイドブレーキを下ろす。一気にアクセルを踏み込みながら、ハンドルを片手で右に回した。公園通りの反対車線に回り、宅配便トラックの後ろに迫る。

「大船の三橋電気の方は、挨拶しといたよ、室田さん……。土下座だからな、額を、冷たいコンクリートに擦りつけて、謝ったよ、俺は……」

「嘘だろ」

電話の奥で鈍く笑っている川上の声が耳を擦った。

「今、何処だ？　箱崎に近いか？」

「まだ、横浜だ。……夕方の横浜港というのは、寂しいもんだな……」

柄にもないようなことを口にしたが、川上にすれば、感傷を装ったジョークくらいにしか聞こえないだろう。ゆっくりと動き出した宅配便トラックにクラクションを一回鳴らすと、左にウインカーを出して、トラックの尻を掠めるように大桟橋通りで曲がった。

「ああ、港やら……海沿いってのはな。生活の果てだからな……」

　予想もしないような川上の返事に、室田は片眉を上げる。感傷的な気分に落ち込んでいるのは、自分よりも川上の方か？　今度は夕方の埠頭公園にでもいるのだろうか。

「……俺達の背後っつうかさ、街の方には、それでも生活という奴があるが……、海の方を見ているこっちとしては、何もない……なんてな。どうしたよ、室田さんよ」

「アホか」と胸の中で吐き捨てながら、室田はアクセルをさらに踏み込み、右車線に移った。

「で、何だよ。箱崎での待ち合わせ時間か？　あんたの携帯電話、女からいっぱい連絡入っている。お婆ちゃんから、女子高生までだ……ああ？」

「馬鹿がッ」と、川上も唾棄するような声でいって、洟を啜る短い音を立てた。

　効き始めたヒーターの温気で、由布子の残したにおいが膨らんでくる。リアウインドウ近くに置いた脱臭剤のポットを全開にして、さらに脱臭スプレーもシートにかけたが、なかなか由布子の影が逃げない。

「……あのな、室田さんよ。俺は、三橋電気にいったと思ったら、すぐに会社に呼び戻されたんだぜ。無線でな。稼ぎ時だっていうのによぅ……何だと思う？　ほんとに、勘弁してくれよ、まったくよぅ」

「……岡崎、か？」

横浜スタジアムを迂回しながら横浜公園入口を上って、一気に高速に入った。

無言の由布子が車内に籠るのを感じて、室田はウインドウのスイッチに手を伸ばそうとしたが、すぐにハンドルに手を戻す。むしろ、深く息を吸って、何か屈折した懐かしさを感じたいと思っている自分がいた。苛立ちや憎さを通り越して、もはや、わずかな想いさえなくなってしまった女なのに、残った失禁のにおいから由布子の体の熱のようなものを探そうとしているのだ。そんな自分に胸の奥が捩じれるような圧迫を覚える。

「……何だよ、室田さん。知ってたのか？」

「……いや、勘、だ。何となくな……」

睡眠薬で眠らせた由布子の下腹部に頭をのせてみるような、あるいは、由布子の死体を運び出した後、残ったにおいに咽《むせ》び泣いて、一匹の虫になってしまうような、被虐的な気分に近い。だが、そんな奇妙な妄想を抱えている自分を外から見ている余裕もなく、ただまったく自分とはかけ離れ、途方もなく無関係な現実という奴を、抱え込んでいることに呆然としている方が強かった。さっき見た横浜港の風景と同じことだ。夕日を当たり前に反射していた埠頭の光……あれは、紛れもなく現実だろう。由布子が自分を恐怖し、失禁した現実と同じことだ。

電話の奥で川上が噎せて咳をしては、酔っ払いが嘔吐するような声を上げている。首に血管を浮き立たせ、拳の中に咳き込んでいる姿が見えるようだ。

「おい、川上さん、大丈夫かよ」

「……おまえが、変なことを、いうからだ。勘で、なんで、そんなことが分かるっていうんだよ。……あのな、室田さんよ。岡崎という男が、都タクシーの本社までやってきて、川上を出せ、室田を出せ、と喚き散らしたらしいんだ。俺には、関係ねえだろう？　ああ？　だけどな、会社で、名誉毀損だの、侮辱罪だの……なあ、室田さん、侮辱罪っていうのは、法的にあるのか？……とにかく、社長室にまで入り込んで、抗議してたらしいぜ」

「警察、呼べばいいだろ」

「……俺は、会社の奴と口を利かねえといったろう？　信用されてねえんだよ、俺が、一番な」

大岡川下のトンネルを潜り、右へのカーブを曲がると、電波が途切れて断続的にしか川上の声が聞き取れなくなる。うねるように左へと曲がってワシントンホテルの横へと出た時、川上は岡崎の容姿について喋っているようだった。

「……爪先から頭まで、舐めるように見上げやがった。その目つきが、腐り切って、ドロンとしているんだな。まだ、あんたの目の方がいい、室田さん、なあ？……奴は俺を見てな、あなたと室田は同一人物なのか、とかおっしゃるわけだ。おまえは、本当は、都タクシーの川上じゃないだろう。顔が違う。俺は騙されない、それとも、室田も、都タクシーの従業員なのか、光タクシーになどいないんじゃないか、とかいってな。奴が喋れば喋るほど、いくら俺を信用していない会社でも、首を傾げ始めるだろう？……それで、さらに、岡崎の野郎な、何だ？　さっき、電話でいった、『世界は、あなた一人のためのものですな。ほんとに、幸せな方だ。羨ましい』というのは、どういうことだ、とかいうわけよ。『室田さんだっけ、に、殺されるかも知れないね』というのは、どういう意味だ、と迫ってくるわけだよ。馬鹿がッ。馬鹿野郎だよ、あいつは……。殺してみろ、ああ？　室田さん？　殺してみろよ、ってな。俺は、室田じゃないって、川上だ。そうだろう？　室田さん……」

「……それは俺がいったんだ。埠頭公園から出る時、あんたの携帯電話に、岡崎から電話があってな。もちろん、俺だと思ってかけてきたわけだがな……」

安田倉庫前に停車して、じっと粘った視線で監視し続けていた飯島の6号車を思い出し、室田は奥歯を嚙み締めた。バックミラーを確かめてアクセルを強く踏み込む。硬く小さな衝撃と同時に、頭の芯が後ろへと引っ張られ、目の前の風景が放射状に散っていく。

「……よく、分からんよ。まったく、混乱のし通しだ。とにかくな、あいつは……岡崎という男は、本当に殺した方がいいぜ、あんた。……もしくは、さっさと、別居中の女房なんぞ、くれてやれ。……あの男の目は、てめえ自身を、自分って奴を、一度も見たことのない目だ……」

携帯電話を耳に当てながら、1号横羽線の車線を右に、左にと変更する。夕刻から夜になりかけたアスファルト道路に、等間隔で点灯している水銀灯の光と薄闇とが混じり合い、微妙に煙って見えた。ヘッドライトが道路に残ったほの明るさと相殺されて、最もクルマや人が見えにくい時間帯だ。だが、アクセルをさらに踏み込んで、守屋町のあたりを通過した。

「……で、岡崎は、どうした？」

「……何かなあ。ひとしきり、俺やら会社に絡んでからさ、俺が乗っていたタクシーを見てな、急におとなしくなったのさ。……助手席に置いていた、あんたのゼロハリバートンのケース見て、明らかに動揺していた。まったくの偶然だというのにな。これは、川上さん、あんたのか、っていうから、一応、そうだと答えておいたよ、室田さん……」

日石三菱の精製所が右に見えてきて、溶けて流れ出した蠟燭を思わせるタンクがいくつも林立しているのが視野に入る。蠟の塔の壁に無秩序に炎が点され、その点々とした青白い光が、妙に気持ちを落ち込ませた。遠くで、いつものように、真っ赤な炎が細い煙突の先から揺らめいていて、鎌に似た形で炎の破片を宙に躍らせては、闇に消えていた。

「岡崎は……それで、都タクシーを出たのか？」

「ああ……一言も謝りもせずにな。……たぶん、光タクシーさんの方へ、今度は、本物の室田貴之さんに会いにいったんじゃねえか？」

「……川上さん……。今日……呑むか……？」

そういうと、一瞬、電話のむこうで沈黙している。

「……どうしたよ、室田さんよ。岡崎の野郎の、暗殺計画でも練る気か？」

いうつもりもなかったのに、室田は自ら口を開いている不甲斐無さを感じる。だが、たぶん、埠頭公園で、別れた娘をじっと見入っていた川上の横顔が、いわせるのかも知れないとも思う。

「……今日……、女房と、別れてきた……」

電話の奥がさらに静かになって、何処か高架線を走る電車の音が聞こえてもくる。目の前の高速道はさらに狭まって見えて、遠い消尽点だけがほの白い。メーターを見ると、針が一六〇キロのあたりで振れていた。

「……分かったよ。……祝杯ってわけだな、室田さんよ。……じゃあ、今日はよ、箱崎ジャンクションじゃなくて、直で、浅草の呑み屋にきてくれや。で、俺の携帯電話、忘れるなよな」

「……俺のゼロハリバートンもな……」と、室田もいい添えて、助手席シートに電話を放り投げる。

ほんの数秒間でいい。このスピードのまま、目を閉じていたかった。

東銀座の南海東京ビル前で一人。永田町、山王日枝神社前で一人。牛込天神町で二人。東京駅丸の内側を流している所を一人。国立で短距離客を一人。皆、後部シートに座ると同時に、小さく鼻を鳴らして、眉根を一瞬寄せ、ルームミラーの中の自分を見ていた。

室田は国立の客を乗せた後は、表示を回送にして都心へと戻り、いつものように箱崎ジャンクション経由で帰庫した。午前一時を回っていたが、会社の車庫には、まだ西尾や三枝のタクシーは戻ってない。そのかわりに、飯島の乗っていた6号車がすでに洗車済みなのか、蛍光灯の弱い明かりにボンネットの水滴を光らせ、納まっていた。

「……何だよ。もう帰ってきてんのかよ……」

室田は実車記録の挟まったクリップボードと集金袋を持ち、トランクから丸めたシートカバーを取り出した。脇に挟んで事務所に向かったが、何か女と交わった後のシーツを隠し持っている感じでもある。

「おう、ムロちゃん、お疲れ」と、自販機横の椅子に体を投げ出して釣り雑誌を読んでいた神藤が声をかけてきた。一瞬、自分の顔を見て、何かいおうと口を動かそうとしているが、すぐに噤《つぐ》んで頷いて見せる。よほど自分の顔が憔悴して見えたのだろう。自覚している以上に、由布子との一件が響いているのだと思う。

腋の下に挟んだカバーをさらにきつく締めたまま、カウンターにいる小松部長に集金袋と実車記録を渡した。面倒そうに顔を顰め、口の両端からだるそうに息を漏らしながらも、小松が実車記録の合計額に視線を走らせているのが分かった。

「……室田、おまえ、バラツキがあるなあ、まったく……。無線、叩けよ、無線ー」

集金袋から計算機に小銭を流し入れる音が鼓膜に痛いほど立って、室田は右耳に小指を差し込みながら、事務所の奥を見やった。ストーブの前で足を投げ出し、鈍いが冷やかな視線をこっちに向けている飯島がいる。埠頭公園近くの倉庫前で見つめていたのとまったく同じ姿勢のつもりなのだろう。腕を組み、椅子の背にだらしなく体を預けながら伏し目がちに見ていた。

「小松部長……今日、誰か、俺を訪ねてこなかったですかねえ」

「ああッ？」と、小松は顔半分を歪ませて、下卑た感じの声を出して聞き直してくる。

計算機の中で回る硬貨の音でよく聞こえないらしく、もう一度聞くと、その途中で硬貨が切れて、間抜けなほど事務所じゅうに自分の声が響いた。奥にいた飯島が短く吐き捨てるように呟くのが聞こえたが、何をいっているのかは分からない。

「客か？……いや、こなかったと思うがな。何だ、室田、例の接触関係のことでか？」

パイプ椅子に寄りかけた体を、大袈裟にバウンドさせて笑う飯島の影が視野の隅で動いた。室田は小松部長に軽く首を突き出してカウンターから離れると、シートカバーを手にして、事務所奥へと歩く。そんな自分の一挙手一投足を、飯島が粘った視線で見つめめているのが分かる。椅子の背に後頭部を乗せ、薄い眉の下に眼窩の縁を光らせた飯島の細い目が一瞬動く。自分が抱えているシートカバーを見ているのだろう。

タクシーの中であった由布子とのやり取りにまで、その執拗な視線を差し込まれたようで、不意に飯島の座っているパイプ椅子の脚を蹴り上げたくなる。一昨日の今日で、また事務所で諍《いさか》いを起こすわけにはいかないだろうが、自制することが時に事の発火点になるのだということも少なからず知っている。

ルームミラーに映った由布子の放心した目がちらつき、親指の爪を一心に噛んでいる姿がはっきりと浮かんでくる。岡崎の恰幅のいい体に押し広げられる由布子が見え、いや、それでも、今の由布子にとっては最も幸福なことなのだろうと考えると、安っぽく、ありふれた男と女の情交に辟易しつつも、強《したた》かな繋がりに敗北感を覚える。

どうでもいい話だ。由布子にしろ、岡崎にしろ、飯島にしろ、まったく自分とは関係がない。胸の中で唸って、事務所裏にある洗濯機に向かおうとすると、飯島が掠れた低い声を漏らしてきた。

「……室田ー、……おまえ、あんな所で、何、やってんだあ……」

室田も片方の眉を上げて、目の端で飯島を捉える。

「はい？　何っすか？」

若い男が出すような声音を発していて、かすかに耳の縁が熱くなったが、これから飯島が何をいい出すのかと構え、すぐにもいい争いになる予感に興奮している。背後で、神藤が雑誌から顔を上げて、様子を窺っているのを感じた。

「あんな所で、何、やってんだと、いってんだよ……」

「何処のことといってるんです？　飯島さん？」

「面白い口利くなあ、室田ー……。芝浦の埠頭公園だろう？」

飯島は椅子に崩していた体勢を億劫そうに立て直して、下から睨み上げてくる。室田も体を飯島の方に向け、何の意味もなく、ただ気に食わないからと絡んでくる目を見下ろした。

「埠頭公園？　あんたも暇だねえ、飯島さん。一昨日も芝浦がどうのといってたじゃないですか。芝浦方面、好きなんっすか？」

「おまえ、あそこで、何してんだよ……」

「飯島さん……あんたが、一昨日いった通り、あれは俺じゃないんだろう？　だから、分からないな。話が見えない」

室田は唇の片端を捩じ上げて笑みを作り、飯島の目を見据えた。左の白目だけがいやに充血して、ストーブの炎の揺らめきを映している。

18

一体、何が面白くて、こうも絡んでくるのか。

パイプ椅子にだるそうに体を起こしながらも、殺気立って睨み上げている飯島の顔を見下ろす。ふと白々と醒めた小さな塊が胸中に転がって、室田はゆっくり深呼吸した。抱えていたシートカバーの中に、まだ由布子の体温が残っている気がし、目の前にいるまったくの他人が、冷やかにだが執拗に絡んでいる様が奇異なほど遠い。

「……あそこで、何してんだよ……」

「……飯島さん、あんた……難儀な人だな……」

思わずそう呟いた時に、飯島の目の輪郭が少し強張るのが分かる。ストーブの炎がどろりとした目の中に揺らめいているのを、ただ見つめていると、飯島の色の悪い唇の片端がゆっくりと上がった。笑みを浮かべているというよりも、小さく痙攣している感じだ。

「……難儀ってのは、何だ？」

「……その芝浦とやらでさ、俺とは別人の運転手をじっと監視してたわけだろう？　水揚げに響くぜ」

「よけいなお世話だよぅ、室田ぁ」

飯島が故意に言葉を粘らせて呟き、今度は口角を横に広げ、煙草の脂でくすんだ歯を覗かせた。徒労、などというものを感じる分別を無視して、自分に纏わりついてくる飯島のやり方に、また唐突に殺意めいたものが頭をもたげてくる。

「あんたこそ、よけいなお世話だ……」

「おい、ムロちゃんッ」と、背後から神藤の声がして、飯島の鈍い視線を引き摺るように切りながら、振り返る。やはり、自販機前のパイプ椅子に、いやに姿勢よく座っていた神藤がパンチパーマの頭を横に短く振っていた。騒動を起こすな、ということだろう、顔を顰め、飯島の方にも重い視線で牽制している。

腹の底から燻り上がる気持ちを飲み込むように、もう一度深呼吸して、神藤に頷きはした。だが、蛍光灯の薄暗い事務所が、何か果ての、さらに果てにある寂れそのものにも思える。

電話で話していた川上の言葉が過ぎって、何も港や海沿いばかりじゃないよな、川上さんよ、と胸中呟いている自分に気づき、苦笑いさえ浮かんできそうだ。生活やら社会やらの断崖の縁といえばいいのか、そんな所で起きる出来事など、まるで誰も知りもしない。人を殺そうが、殺すまいが、それすらも関係のない場所だ。

「ああ、そうだ、室田。……電話が、あったわ」

神藤から飯島に視線を戻そうとすると、集金カウンターから小松部長が顔を覗かせて、声をかけてくる。小松部長の声に、パイプ椅子の上の飯島が、また体を躍らせるようにして腹を抱えるのが分かった。

「……何っすか?」と、飯島を一瞥してから、室田はカウンターに体を向けた。

「ああ……何だ、ああ、岡田さんだったか、岡崎さんだったか、なあ、飯島、おまえが、電話、取ったんだな」

すぐ視野の隅で、飯島が体をバウンドさせて低い笑い声を上げ、パイプ椅子の脚を床に軋ませる。岡崎の名前を耳にし、一気に血が頭に上ってきて、渦のような小さな眩暈がきた。

「でなあ、室田。よく話が分からんのだが、とにかく、例の件はもう分かったとか、何とか、ゴチャゴチャいってた。……都タクシーの名前が出てたが、トラブルに関係してんのかと聞いたんだが、違うとかいってな。よく分からん電話だ」

　例の件は分かった？　川上の乗っているタクシーで、自分のゼロハリバートンのブリーフケースを見て、納得したということか……。

「……こうも、いってたよなあ、小松部長……」

　飯島が珍しく事務所の中に響くほどの声を上げる。カウンターの小松に向かっていいながら、目の端で室田の動揺を楽しんでいるのが分かった。選りに選って、休憩で会社に戻ったのだろう、飯島が電話に出たタイミングの悪さを呪いたくもなる。たぶん、無愛想な声で事務所の電話に出た飯島は、相手の発した室田という名前にほくそえんだに違いない。

「……室田という男は、本当に光タクシーにいるのか、とな」

　明らかに目の前に立っている自分に声をぶつけてきている。自販機近くの神藤が一瞬体を動かして、立ち上がろうとしているのが見えたが、室田は静かに声を落とした。

「まあ、いないみたいなもんだよな、飯島さん。あるいは、何処にでもいるんだろ？」

　鼻先を大袈裟に鳴らして飯島は笑いながら、さっきよりも強く睨み上げてくる。充血した白目に、星雲のように曇った毛細血管が目頭から広がっていた。

「……おめえ、なんで、箱崎ジャンクションになんて乗るんだよ」

「……趣味だよ」

「他の、タクシー会社のクルマに乗るのも、趣味かよ」

「いっていることが、分からねえな、飯島さんよ」

無意識のうちに、川上の喋り方に似てしまっているのを感じながら、室田は不快さと愉快さが入り混じった気分を喉の奥に圧し留めて、飯島からゆっくり離れた。その間も、互いに目の端で小馬鹿にしたように牽制し合っているのが、まるで若い男達のようで羞恥に濡れる。

果て、だからな……。

奥の暗がりにある洗濯機の中に、室田はシートカバーを広げて放り込んだ。由布子の失禁したにおいと、つけていた香水が一緒になって、女の湿った体臭が薄闇の中に立ち上って鼻を衝いた。そんなことをするつもりもなかったのに、洗濯槽に落ちたシートカバーの中に手を突っ込み、濡れた部分をまさぐり探している。探し当てた途端に全身に鳥肌を立て、手を引っ込め、今度は、それでも掌のにおいを嗅いでいるのだ。

「最果て、だな……」

粉洗剤を適当に入れ、スイッチを入れる。だらしない感じで水が流れ出てきて、訳もなく溜息が漏れてくる。室田はそのまま、狭く薄暗いトイレに入って、故意に音を立てるように放尿した。窓に置かれた、クルマのルームミラーが、陰鬱な男の目を映し出している。

最も際《きわ》にいて、長い小便を奈落に落としている男が泣きそうになっているのを見つめ、室田は低く笑った。

客達の整髪料やら顔の脂で薄茶色にテカテカ光った暖簾をくぐる。甘い日本酒と乾き物の混じった複雑なにおいが鼻先を撫でてきた。

ラジオから流れている演歌と酔客達の下卑た笑い声、唸り声……。そんな雑に籠った賑わいが、酒や人いきれで温まった体臭や煙草の煙に炙られながら、さらに店を煮しめる感じに聞こえてきた。

空気の薄さに一回咳払いし、室田は俯いて店の敷居を跨ぐ。焼き鳥の紫色の煙がコの字型のカウンターに朦々と上っている、そのむこうに、川上が相変わらず両肘をついて、鬱々とコップ酒をやっているのが見えた。

「何だよぅ。もう終りだよぅ、お客さん」

やはり、前きた時と同じように、半袖シャツを着た店の親父がだみ声でいってくる。室田は片手を上げて、カウンターに詰めた客達の背中に体を擦らせ、奥へと進んだ。トイレの芳香剤が漏れてきているのか、奇妙なにおいに悪酔いしそうだ。

「……おう、室田さんよ、俺の携帯電話、持ってきたか？」

「俺のケースは？」

すでに酔いがかなり回った、とろりとした焦点の合わない目つきで、川上が見上げてくる。陰惨というと大袈裟だが、何処かに暴発しそうな暗い塊を抱えているツラだ。何か頬骨の影が目立って、ますます人相が悪い。

「大事に、大事に、抱えてきたさ、なあ。殺し道具が、入っているケースだからなあ、室田さん……」

川上は体を捻って屈み込むと、コンクリートの床に置いたブリーフケースを手に取って見せた。コップ酒の底の輪がいくつもついたカウンターの上に室田は携帯電話を置いて、その手でふざけて液晶画面に着信履歴を開く。

「やめろよう、人の電話、この野郎」

「おい、女からばかりだろう？」

岡崎の番号がいくつも入っていて、川上もその数字の羅列に息を漏らしていた。

「親父、酒な。コップ酒でいいよ。こいつな、今日、女房と、別れてきたから、祝杯だ……」

川上が少し呂律の回らない声を上げると、カウンターを取り囲んだ男達がどんよりとした視線をゆっくり向けてくる。酩酊した目の底を見開いてじっと見入ってくる者や、あんぐりと口を開け放心した目つきで顔を向けてくる者、だらしなく口角を下げて笑う者、あるいは、眉根を捩じり寄せて苦渋の表情を浮かべる者があって、カウンターに並んだ酔眼に晒され、嬲《なぶ》られる。

親父からコップ酒を受け取ると同時に、いきなり川上がコップをぶつけてきた。コップに半分残った酒が派手に揺れて、薄黄色く光を溜めた波が時化《しけ》になる。室田のコップの方は控えめに零れて、表面に光の輪をいくつも重ねるだけだ。

尖らせた口を持っていくと、一気に半分ほど呑む。会社のトイレで見た自らの陰鬱な目が一瞬過ぎったが、果てにあった気持ちは、それでも浅草寿にある呑み屋の喧騒に紛れる感じだ。

「岡崎は……」

「あんたの女房は……」

同時に口にしていて、バツの悪さにまた互いに酒を一口含んだ。室田は煙草を一本くわえ、川上の前にもパッケージを投げ出した。川上は口を歪めて、指で弾いてパッケージを楊枝入れのあたりに飛ばす。

「……あんたの、このブリーフケースな、ずいぶん、軽いじゃねえか、室田さん。殺し道具にしてはさ、ああ？」

「中、見てねえよな？」

「女のパンティでも、入っている軽さだな」

「岡崎は……どんな感じだった？　あんたの顔見て、キョトンとしてただろ」

川上が羽織っていたジャンパーの肩を一回揺らして鼻で笑う。カウンターに肘をつき、手にぶら下げたコップ酒を力なく揺らして、室田の顔をぼんやり見つめていたが、また酒を一口やる。

「……あれは、あれで、いいんじゃねえか。関係ねえ。……ただ、まあ、あんたの目の中に入っている間はさ、殺したくなるタイプだろうな」

「……殺す気も、起こらねえな……」

「ずいぶん、大人じゃねえか、室田さんよ」

川上は口を奇妙な形に歪めたかと思うと、シャツの胃のあたりを撫で擦り、乾き物のサキイカを面倒そうに口の端にくわえた。

「……あんたの奥さんに対してもか？」

「当たり前だろ……」

口の端でサキイカがクルクルと回り、なかなか口の中に入っていかない不器用さにこっちが苛立っていると、いきなり、川上は指で引きちぎった。

「……俺は、殺そうと、思ったけどな。ああ？　室田さんよ。女房も……ほら、見たろ？　ナオミ、もな、一緒に殺そうかと思ったぜ、マジでさ」

ナオミという名前を口にした時に、川上の目元が柔らかくなるのを見て、口の中に苦さが広がる。酒を一気に呷ると、親父に追加を頼んだ。

「なあ、室田さんよぅ。血縁関係っつうのか、まあ、何でもいいが、家族……なんて、いうと胸糞悪いけどよ、俺なあ、そこでの殺しっつうのは、犯罪じゃねえと思うんだよな。犯罪とは、ちと違うんだよな……」

「……川上さん、あんた、大丈夫かよ？」

「ナオミがさ、可愛くて、可愛くて、仕方がねえんだよ……」

川上はコップを置いて、両肘をついた肩に頭をぶらさげるようにしてうな垂れる。一回、しゃっくりを上げ、跳ねるように体を動かしたが、低い呻き声を籠らせ、さらに首を落としていく。また、室田は川上の湿った横顔を覗いた気がして、腹の底を、何か爪のない指で掻き毟られた。

「……そんなことは、てめえの中で、思っとけよ、川上さん」

「……うん？」と、川上の頭がゆっくり上がる。焦点の合わない目が室田の顔を舐めて、少しずつ、視線が定まってくる。泥酔した男相手に思うことではないが、きたら、潰してやろうと、胸中の何処とも知らない所で準備している自分がいた。しばらくの間、川上は半身を前後に揺らしながら睨んでいたが、痩せた顔に柔らかく皺を作って笑みに変える。

「……そうだな。室田さんの、いう通りだよな」

「……俺は、会社、辞めるかも、知れねえ」

「……女房に、男ができて別れるのと……、純粋に、てめえが嫌われてぇ、別れるのとう、どっちが辛いんかな、なあ……」

「黙って、走らせてくれっつうの、なあ」

「駄目だ、気分が悪い……」

「ああ？」と横を見ると、川上が椅子からゆっくり立ち上がる所で、ふらつきながら、カウンターの縁と後ろの薄汚れた壁に手をかけている。

「大丈夫かよ、川上さんよ」

「うるせえんだよッ」

川上は吐き捨てるようにいって、奥のトイレへと足をもつらせながら入り込む。と同時に、嗚咽するような声が聞こえて、戻しているのが分かった。顔を顰め、振りながら、カウンターの中に視線をやると、焼き鳥の煙のむこうで親父も眉間に皺を捩じらせて自分を見ていた。

「今日、三回目だよー。呑み過ぎなんだよ、川ちゃんはさー」

「悪いな……」

「あんたが、謝るこたあねえだろ。……川ちゃん、弱くなったよ。あんた、昔は、二升呑んでも、涼しい顔してよ、娘さんの写真見せて、自慢こいてよ」

トイレから咳き込む音と同時に、苦しげに吐いている音が聞こえてくる。

「かと思えば、すぐ外で喧嘩だよ。こっちとしては、今の川ちゃんの方が、おとなしくて、まだいいやね」

襟口の黄ばんだシャツから鎖骨や肋の影が覗いてはいるが、みごとに光った禿頭とそれを囲む横の白髪が、いやに精力的に見えさせる。焼き鳥の巻き上げる煙を避け、首にかけたタオルで顔の汗を拭うと、口をへの字に結んで串を回し始めた。

「あんたも、川ちゃんと、同業かい？」

室田は「ああ」と無愛想に答え、日本酒を一口含む。その間も、思い出したように川上の戻す音がトイレから籠って聞こえてきた。

　タクシー会社で同僚と口を利いたことがないというのは冗談にしても、川上も自分と似たように疎外されているのか。ただでさえ、三年走るだけで体を壊すといわれている仕事だが、よけいなストレスを呼び込んでしまう性格というのか、いや、川上にいわせれば、人格が悪循環になる。要するに、何をしても、何処にいても、背負い込む奴は背負い込むか。

「……本気かよ、さっきの話はよ……」

　コップ酒の中に沈んでいて、一人、朦朧としていると、川上がトイレからようやく出てきた。髪を乱し、さらにげっそりとした顔つきになって、ふらつきながらも目を据わらせて睨んでいた。

「川上さん、あんた、大丈夫か、そのツラ……えらい青いよ」

　血の気が失せて緑色がかってさえ見える顔色で、薄い唇だけが水でも飲んだのか濡れている。実際の歳よりもかなり老けた感じで出てきた川上に、室田は噴き出していいのかと一瞬躊躇っていたが、「駄目に決まってるだろ」という川上の声に口を緩ませた。

「……無理すんなよ」

「……知るか。で、室田さんよ、会社、辞めるってのは、本気か？」

「タクシー交換は、もう無理だな」

「こっちも御免だ。三橋電気で、あんた、マジで土下座したんだよ。ああ？　親父、水、くれ。クルマは擦るしよ……」

「……埠頭公園は……どうする？」

「ああッ、また、高円寺のアパートに、帰るのかよッ」

突然、川上が脈絡のないことをいい出したが、何処か酔っ払った頭の中では繋がっているのだろう。連想の結びや綻びの様が、同じ歳近い男のだらしない疲れに思え、むしろ救われる気分になる。

「……あんたは、女房と無事、別れたかも知れないが……俺はよ。マジなんだよ……。まあ、仕方がねえけどな……」

今度は、川上の頭の中で繋がったことがはっきり見え過ぎて、虚を衝かれ、まじまじとその横顔を見つめた。

親父の差し出した水のグラスを握り締めたまま、カウンターの上に視線を落としている。だが、別れた家族に未練があるなどというストレートなことを、酔った上でも口にする男ではないだろう。ぼんやりと膜が張ったような目つきで睫毛を伏せている横顔を見て、室田は川上のジャンパーの腕を小突いてみる。

「……ああ？」

焦点が合わず、少し寄り目になった顔を向けてきて、体を揺らしている。ふと、何気なくシャツの胸のあたりに視線をやった時、指についたものを拭った血痕のようなものがついているのに気づく。三本の指の頭と刷毛で掃いたような赤黒い痕が、右の胸に薄く染みついていた。

すぐにも、この男は何か途方もないことをやらかしたのではないかと短絡している。そんな自分を馬鹿げていると思いつつ、さっき、川上が口にしていた殺しについての話が脳裏を過ぎった。

「……何だよ……室田さんよぅ……」

家族を殺すのは犯罪じゃない気がする、といった川上の言葉を思い出したが、まさか、今、横にいる男が殺害を働いてきた者のわけもないだろう。わけもないだろうが、サスペンスドラマのような出来事が、想像以上に簡単に滑り込んでくるのが現実で、いかにもタクシー運転手の仕事の危うさと繋がりそうじゃないかと、一人、胸の中で鼓動を高めていた。

だが、何であれ、自分には無関係なことだ。聞くこと自体が、自分の愚かな頭の中身を露わにする。鼻血を拭ったくらいのことに違いないだろう。そう思いつつも口をすでに開いていた。

「……川上さん、あんた、それ、何だ？　血かよ」

「……ああ？」

「何か、やったのか？」

「ああ？……馬鹿か、室田さんよ。馬鹿かよ。……醤油だよ。あんた、酔っ払い過ぎだ。……それとも、薬のやり過ぎじゃねえのか？　その、何だ、生天目クリニックのさ……」

一体、何処から生天目クリニックの薬の話が出てくるのかと思っているうちにも、川上がカウンターの中の親父に声をかけている。

「親父、タクシー、呼んでくれ。もう限界だぜ。……ああ、光タクシーは、駄目だぜ。……都タクシーは……もっと駄目だッ」

そういって、酔い疲れた顔を崩して笑って見せる。酒で麻痺してうまく動かせないのか、何度も羽織ったジャンパーの袖に手を通そうとしてもがいている。ようやく腕が入ると、川上は鼻から大きく息を漏らしながら、胸元を合わせてシャツを隠した。

「……だけどよ、室田さん。あんた、別れて、俺は、正解だと思うぜ。何も、無理をすることはないんだ。無理をすることはない……。遅かれ、早かれ、死んでしまうぜ、みんなよ」

川上が大きく腕を振りかざすと、自分の肩に手をかけてきて揺する。

「おまえ、やめろよ。気色悪いってか？　ああ？　室田さんよ」

「……殺人者の、手は、気色悪い」

酔った顔を近づけて、川上はにんまりと笑って見せたが、充血した酔眼の底は少しも笑っていない。

19

三〇ワットほどの薄暗い裸電球に、季節外れの小さな蛾がぶつかっては旋回している。

廊下の黴臭い流しの前を歩くと、いつものように古い木枠の窓ガラスが音を立て、室田は足を忍ばせた。浅草寿の立ち呑み屋でコップ酒を六杯ほどは呑んだが、少しも酔いが回っていない。川上に先に潰れられてからは、自分が呑んでも酔いだけが川上へと溜まっていくようで、何より、川上のシャツについた血痕に気分が醒めた感じだった。だが、今、谷中の安アパートに戻って、ポケットの中から真鍮製の鍵を取り出し、音を立てないようにと穴に差し込んでいる自分を、「他人のことなんぞ、気にしていられる身分か」と胸中、唾棄してもいる。静かにドアを開け、鈍く空気の籠った部屋の中に入ると、両隣の田辺老人と学生の佐々木が交互に鼾をかいている音が聞こえた。

蛍光灯ペンダントの紐に手をやったまま、敷きっ放しの布団の上に佇む。カーテンの隙間から墓地の水銀灯の明かりが漏れてくるが、足元は暗がりで何も見えない。自分の布団のすぐ横で、老いた男と若い男がぽっかりと口を開けて寝入っているようで、室田は慌てて紐を引く。蛍光灯が瞬いているうちに窓に近づき、ガラス戸を開けた。一気に夜明け前の冷たい空気が足首を巻くように撫でる。圧し潰された甲虫を思わせる鉛色の電話を見下ろせば、いつもは何らかの用件が入って点滅しているはずの留守ライトも、ただじっと赤く発光しているだけで、機能していないかのようにひっそりしていた。

「……由布子にも、岡崎にも、もう、俺は用なしか……。清々しいほどに、二人の愛は冷酷、だよ、な……」

ゼロハリバートンのケースを置き、ズボンを脱ぎながら口にしてみて、侘しさというよりも、何か現実の底に降りて尻餅をつき、小さく嘆息している気分だった。

「カップラーメンでも、啜るかね、室田さんよー」と、ジャージーに穿き替え、コンロに火をつける。アルミの安っぽいヤカンの底を青黄色い炎の舌が舐め上げて、そのだらしない感じに、ふと、会社の洗濯機から流れ出てきた水を思い出している。

丸めたシートカバーに染み込んでいた由布子はまだ熱を持っているようで、脱いだばかりの下着の裏に触れた感じだった。それでもよく知った由布子の体といえるかも知れないが、まったく他人の股間や腋の下をまさぐった気がし、小さく爆ぜるような興奮と寒気に手を引っ込めたのだ。

別れた……。

完全に、別れた……、という事実が、猶予のついた長い別居状態とはまったく違って、はるかに風通しも良くするが、その風は、幅の広い鋭利な刃のように冷たく身を断つ感じだった。

自分の体の中に陥没し、褶曲《しゅうきょく》したいくつもの袋があって、不貞腐れだとか、諦めだとか、執着だとか、望みだとか、よく分からぬものがぶら下がっている所に、その刃が入ってきたのだ。刃の冷たい事実に対して自ら体を動かして、触れないように防御しながら、軽薄な笑いを浮かべている。たいていは、言い訳という形を取ったが、その情けなさを由布子は嫌っていたのだろうとも思う。そこをすっぱりと断ち切られて、うろたえる間もないまま、由布子は去っていったのだ。

「……上出来じゃねえか……」

そう独りごちて、田辺老人の部屋との境の壁に背を擦らせ、腰を下ろす。ガスコンロの青い炎を見て、まだ口元を歪めて笑うことのできる自分がいる。だが、一瞬後には、単に目の前にある現実を嘘だと思い込もうとしている愚かさの裏返しだと分かる。会社のトイレのルームミラーに映っていたツラも、同じだろう。

「……だろうも、ないだろう、室田さんよ」

由布子を巡る推測も、仮定も、もはやまったく無意味になっている事実を受け入れるより他はなかった。そして、潔く、ブリーフケースの中に入った離婚届を由布子の元に郵送するだけだ。

「……川上の野郎は、ずいぶん、つらいのかもな。……そうだろ、川上さんよ、ああ？子供がいる、というのは、よっぽど、タチが悪い……」

陰惨ともいえるような顔をした男が、グランドの土に残った娘の足跡に、自身の靴を重ねている姿が朧に浮かび、室田は苦笑する。いや、川上の姿から自分の一部を見ているのかも知れないとも思う。

立ち呑み屋のトイレで噎せるほど嘔吐していた男の捨て鉢な性格を労りたい気分にもなって、室田は「おいおい」と声を上げて頭を振った。

「冗談じゃねえぜ……」

背を丸め、モソモソとカップラーメンを啜っているうちに、アパート全体が揺れ出して、鉄製の階段を新聞配達の者が駆け上がってくるのが分かる。縮れた麺を啜っては、熱い湯気に咳をして、恐ろしく独りであることの凝り固まりに体自体が実際に萎縮していく感じだ。

「不思議なもんだよな……」と、口の中のラーメンに声を漏らしていることも、ますます侘しくさせていく。

戸籍という、ほんの紙の世界に過ぎないことだと思っていたのが、いざ、空白ができるとなると、それこそ世の果てに追いやられる感じがして、これが孤独という奴かよ、などと、それでもまだ半ば他人事のように考え、強がってもいる。

年寄りじみた声を上げて立ち上がると、生ゴミや吸殻の溜まった流しの三角コーナーに、カップの汁を捨てる。器の縁に割り箸を当て、スポンジのような麩や短く捩じれた麵や鼠の肉片のような具を受け止め、さらに口をつけた。

川上は今頃、高円寺のアパートで酔い潰れたまま布団に転がり込んだに違いない。川上にしろ、自分にしろ、由布子にしろ、川上の別れた女房にしろ、誰が悪いというわけでもないだろう。悪いわけじゃないが、何かそれなりに落ち着く手筈がついているとしか言い様のないものの磁力に、だらしなく引っ張られただけだ。

室田は薄暗い狭いシンクを見下ろしていて、思い切り、川上のように嘔吐してやりたいような、あるいは排水口に向かって怒鳴り声を張り上げたい気分になって、何度も深呼吸する。後部シートにもたれかかった岡崎の脂ぎった顔が過ぎったが、もはや、敵意も憎悪も失せた。由布子に対してもだ。

殺意、という言葉が浮かんで、「ああ、まだ、優しい奴らの言葉だ……」と胸中呟いてみる。と、また、川上のシャツについていた血痕を思い出し、妙な胸騒ぎと同時に、小さく光る興奮を覚えた。

川上が別れた女房と娘を殺した……。川上が、別れた女房と、娘を、殺、した……。あり得ない、かも知れないが、可能性としては、まだある。半狂乱というよりも、恐ろしいほど無表情に女房の首を絞め、ナイフで胸を何度も突き刺し、髪の毛を噴水のように可愛く束ねていた娘を、また刺す。「可愛くて、可愛くて、仕方がねえんだよ……」と、やはり口にしていたか……。

最悪の事態だと世間はいうが、そうあって欲しいと何処かで願っている自分がいた。同業の、いつも疲れて斜に構えている川上が、途轍もない殺人事件を起こして、その手で浅草の呑み屋でコップ酒を呑み、酔い潰れているというのは、あまりに人間的過ぎて、誰もできやしない。

ステンレスが茶色く汚れ、三角コーナーから異臭が立ち上るシンクの暗がりを見つめ、室田は蛇口にゆっくり手を伸ばした。

「……川上さんよ、今、どのあたり、走ってるんだ……?」

カーテンの隙間から光が漏れて、寝る前に吸った煙草の薄紫色の煙が筋になって斜めに落ちている。

瞬きするだけで、煙の筋の中を泳ぐ埃が動きそうだ。少しは寝たのか、と枕元の時計を確かめたら、優に五時間は眠っている。だが、体の底に粘った疲れが布団に染み込み、それがまた戻ってきて、何か同じ濃度の疲労と化して横になっている感じだ。

小さく明滅する興奮を抱えながら、アパートの郵便受けから朝刊を抜き取り、社会面を読み漁ったが、主婦と幼女の殺人事件など出ていない。出ているわけがない。連続放火の大学生逮捕、東北道で事故、猫を助けようとして老女死亡、小三女児放置、大阪のCD機破壊……。埋め草記事まで見たが、川上の事件は掲載されていなかった。

失望しながらも、まだ、事件が発覚していないかも知れないではないかと思っていて、一人の男の果てにある姿を執拗に渇望している自分に呆れ、燻ったまま、寝てしまったのだ。

途中、やはり、由布子が泣き叫んだ涙がタクシーの中に溢れた夢を見たが、隣の田辺が見るNHKニュースの音に目を覚まし、またしばらくウトウトした。

短く呻き声を上げて起き上がると、カーテンを引《ひ》っ手繰《たく》るようにして窓を開ける。眩しさに目の奥が痛む。アパートの隣の墓地に立ち並ぶ墓石や斜めに突き出した卒塔婆の間からは、線香の煙がくゆっているのが見える。窓から入る空気が冷たいのに、一瞬、春かと錯覚していて、由布子と完全に別れて、かなり月日が経ったのだと思ったが、すぐにも昨日のことだと平手打ちを喰らう感じで気分が覚めた。

「……いい加減にしろっていうんだよな、室田ー」

布団の横に、鈍い光を発しているゼロハリバートンのブリーフケースが倒してある。室田は力のない目で見つめていたが、おもむろに手を伸ばすとケースを引き寄せた。「女のパンティでも入っている」とかいった川上の言葉通り、軽くて、離婚届や古い求人情報誌が中で乾いた音を立てるだけだ。

すぐにも離婚届を封筒に入れ、戸塚の会計事務所宛てで由布子に郵送する。そして、何処かホテルのロビーか、あるいは、映画館でもいい、軽くなった室田貴之を脱いで、まったくの匿名になりきって埋没するのだ。

ブリーフケースの左右についたフックを外し、ケースを開くと、仕切りに分けられた就職情報誌と新聞が入っている。もう一つの仕切りを覗き込んで、室田は眉を上げた。

「……確か、ここに、な……」

情報誌や新聞を引っ張り出し、中にある物すべてを布団の上に出してみたが、見当たらない。

「嘘だろッ……」

薄いプラスチックのファイルケースに挟んだ離婚届が、ない。

「おいッ！　頼むぜッ！」

一人、部屋の中に声を響かせて、覚束ない手で新聞やら雑誌のページを繰って確かめても、離婚届の紙が見当たらない。署名をし、印鑑を押して、間違いなくこのブリーフケースの中に入れた。記憶をどう反芻しても、いつでも郵送できるようにとケースの中に入れたのだ。

と、会社のカウンターで小松部長が喋っていた声が過ぎった。

「とにかく、例の件はもう分かったとか、何とか、ゴチャゴチャいってた」

何処に焦点を結んでいるのかも分からず、部屋の中に視線をうろつかせ、室田はその言葉の奥に耳を澄ました。あの時、川上の乗っていたタクシーに自分のこのケースがあるのを見て、岡崎は納得したのだと俺は思っていたのだ。

川、上、だ。

あいつがブリーフケースを開け、勝手に俺の離婚届を岡崎に渡した。そうとしか考えられない。

飯島がパイプ椅子にだらしなく体を預け、笑いながら、「室田という男は、本当に光タクシーにいるのか、とな」といっていた言葉や、浅草の呑み屋で、「あんた、別れて、俺は、正解だと思うぜ」といった川上の声が蘇ってきて、室田は思い切りゼロハリバートンのケースを蹴った。

　爪先に激痛が走ると同時に、もんどり打つように宙を回転したケースが衣裳ダンスにぶつかり、派手な音を立てる。隣の田辺の部屋から「何だよ……」と低く籠った声が聞こえるのを、室田はもう一度足を伸ばして壁を蹴った。

「川上の野郎……、よけいなことをしやがって、おまえ……ただじゃ置かねえよ。殺すよ、川上。ふざけたことするんじゃないよッ」

　顔から血が一気に引くのが分かる。片膝を立て、拳を握り締める。節から血が抜けて、奇妙な形をした禿頭が並んでいるようにも見えた。拳を布団に叩きつけ、立ち上がると、あまりの怒りに体がギクシャクして、思うように動かせない。

「いいか……落ち着けよ、落ち着け……」

　唇を尖らせて細く息を吐いてみたが、由布子と別れて、自らの脆弱さにうろたえていた自分の後ろ姿が浮かんできて、逆に、そこに川上が絡んでいると知って、むしろ、諦め切れなくもなってくる。もちろん、離婚届の問題ではなく、由布子が自分のタクシーに乗って、いい様もない恐怖や不安を覚えた時点で、別れることは決めた。決めたが、何故、そこに、川上の野郎が勝手に絡んでくる？

　また、体の底から激しく怒りが込み上げてきて、頭が痺れた感じにさえなる。だが、顔だけは硬直して小刻みに震えるだけだ。新聞の三面記事に載るのは、おまえの女房や娘ではなくて、まず都タクシーの運転手だ、川上……。

もはや、事後だと分かって、ほんのかすかに諦めの気持ちが差し込み、力が抜けるが、その反動でまた怒りが膨らんでくる。

室田は携帯電話を摑むと、川上の番号を履歴から繰り出し、すぐにも通話ボタンを押した。断続的なパルス音が鳴って、呼び出し音が聞こえ始める。荒くなる息を堪え、じっと耳を澄ましていると、いきなり、電話は切れて、話し中のような音に変わった。

「!?……」

握っていた携帯電話を衝動的に布団の上に投げつけ、窓辺によって長押《なげし》を拳で叩くと、またしゃがみ込んで、電話を手に取る。川上が液晶表示に自分の電話番号が出たことを確かめて切ったのは間違いない。薄笑いを浮かべている川上の顔が思い浮かび、ますます苛立ちが昂じてくる。

もう一度、川上の番号を押しても、今度は、電源が入っていないか電波の届かない所という、無愛想な女のアナウンスが流れる。

「切りやがったッ」

今日は自分と同じく休みで、タクシーには乗っていないはずだ。高円寺のアパートで二日酔いの頭と胃を抱えて、どんよりとした顔で寝転がっているに違いない。いや、今の電話で、ようやく離婚届の消失に気づいた自分を嘲笑っているだろう。

眉間に力を込め、目を硬く閉じていたが、室田は携帯電話の液晶表示に都タクシーの電話番号を出して、受話ボタンを押す。

と、呼び出し音が鳴るか鳴らないかのうちに繋がって、若い女の声が迎えた。光タクシーの小松部長や無線局の桐山のむさい声とは大違いで、港湾無線グループには交換手がいる。

「……光タクシーの室田と申しますが、運転手の川上さんのですね、ご自宅の住所を教えて頂きたいのです。いえ、携帯電話の方は分かるのですが、連絡が取れなくて……」

無意識のうちに、川上が喋るような営業用の声を出している。

「どういったことでしょうか？」と、女は事務的に応じてきた。当然だ。交換手のいない光タクシーでも、職員の住所など教えるわけがない。

「いえ、先日ですね、私のクルマと川上さんの運転するクルマとが接触致しまして……これ、私の不注意なのですが、都タクシーさん、というか、川上さんにですね、示談にして頂いたのです」

「事故番号はおいくつでしょう？」

「あいにく、川上さんと同じで今日は非番でして、番号は控えておりません」

女の悠長な喋りに、突発的に声を荒げそうになっていて、奥歯を噛み締める。

「でしたら、明日にでも、社の方に、あるいは、川上の方からご連絡差し上げますが……。職員の住所の開示については、ご遠慮させて頂いております」

「いえ、実際に、川上さんのお宅にお礼とお詫びに参りたくてですね……」

「少々お待ち下さいませ」という声の後、保留状態を示す「峠の我が家」の曲が流れ始め、室田は枕元から煙草を取り一本くわえる。こっちの怒りや焦りを先方が知るわけもなく、また感情など露わにしたら、嫌がらせの電話だと、すぐに切られるに違いない。

岡崎が都タクシーを訪ねた時に、どんな応対を川上がやったのか分からないが、「あんたの欲しいもんは、これだろ」と無表情に離婚届を差し出した顔が、いやでもはっきりと思い浮かぶ。岡崎の混乱したり、呆然としたりする顔も脳裏を過ぎって、複雑な薄笑いに口元が歪むが、それを見て、楽しんでいる川上のツラを想像すると、また殺意が込み上げてくるのだ。

いや、悪ふざけや冗談ではなくて、離婚経験者の川上が本気で良しとして渡したにしても、何の弁解にもならない。

「そうだろ、川上ッ。あんたの女房を殺すのは勝手だが、俺の女房の件で、何、首、突っ込んでいやがるッ」

待ち続けても、いつまでも「峠の我が家」の曲が繰り返されるだけで、一向に交換手は電話に出てこようとしない。時計を見ると、一〇時になろうとしているところだ。煙草の煙が、軽い二日酔いと寝る前に食ったカップラーメンでもたれた胃に気持ち悪く、舌が分厚く腫れてざらついているのを感じる。

「まだかよッ」

そう吐き捨てた時、室田はふと顔を上げた。窓の外を見る。晴。時間、後、数分で一〇時……。

今から、高速1号上野線に乗って、京橋ジャンクション、海岸通りで芝浦出口だ。渋滞なら下の昭和通りか中央通りでいっても、間に合うだろう。

「峠の我が家」を耳にしながら、穿いていたジャージーを乱暴に脱ぎ捨て、ズボンに穿き替える。光タクシーにある協会の名簿を確かめれば、たぶん、川上の住所は確認できるのだろうが、普段無線を切っている人間が、まして休みの日に社に電話をする気になれるわけがない。都タクシーの人間が教えてくれればそれに越したことはないだろうと、着替えては電話を耳に押し当てるが、もはや忘れられたかのように、かったるい音楽が流れているばかりだった。

室田は乱暴に電話を切ると、ジャケットを掴んで部屋を飛び出し、アパートの階段を駆け下りる。アパートの奥から、田辺老人の何やら怒鳴る声が聞こえてきた。

言問通りで捕まえた帝都タクシーは、京橋ジャンクション経由で、五〇分には埠頭公園手前の潮路橋に着く。

川上を追いかけるために五千円あまりも払うのが馬鹿馬鹿しくて癪に障るが、いくら払おうと、あの男を気の済むまで殴りつけ、踏み躙《にじ》りたいと室田は思った。それで何が変わるわけではないが、嘲笑する川上の口くらいは柘榴《ざくろ》のようにできるだろう。こっちが、逆にやられたとしても、何もしないよりはマシだ。

タクシーを降りて運輸会社の角を歩き、埠頭公園のグランドが視野に入ってくると、室田は歩みを緩める。相変わらず、グランドの端で運輸会社のユニフォームを着た若い男達が、キャッチボールをしているのが見えた。

たぶん、川上はくる。保育園の子供達が遊びにやってくる一一時近くに、ベンチに現れて、何気なく新聞を読む振りをしながら、ナオミという女の子を見つめるはずだ。そして、お遊戯が終われば、またグランドに残った小さな足跡に自分の靴跡を重ねて、感傷的な気分に浸るのだろう。

室田は対面にある安田倉庫前に目を細めて、光タクシーが駐まっていないか、念のため確かめる。飯島も休みで、まさかいるわけもないが、奴の嫌がらせの根は、自分が抱えているものよりもはるかに複雑で苦くて臭い。

「もし、いたら、俺は、あんたを、尊敬してやるさ、飯島ぁー」

道路を走るクルマの間に目を凝らし倉庫前を睨んだが、中型トラックが二台駐車しているだけで、タクシーの影は見えない。

「そりゃ、当然だろう。休日よりも、俺への嫌がらせが、大事なわけがないよな。ま、だが、おめえは、病気だからな……」

そう独りごちた時に、あまりに焦って出てきたせいで、生天目クリニックから出して貰っている精神安定剤を忘れたのに気づいた。川上を見つけ、興奮し過ぎて、パニック性障害の発作が出なければいいが、その時は川上と諸共だ。刺し違える形で同業の二人の男が狂い、喚き、摑み合いして、目撃していた者達に通報されるのだろう。

「……いいんじゃねえか？　お互い、独り身だ」

軽く胸骨のあたりを叩き鼓動を鎮めるようにして、室田は公園沿いにゆっくり歩く。時々、グランドの土埃を巻き上げる風が吹いて、首を竦め、背中を向けた。腕時計を見ると、もうすぐ一一時になる。少し離れたベンチで川上を待った方がいいだろうと、前に座ったベンチから二〇メートルほど離れた所に腰を下ろした。

煙草をくわえ、意味もなくジャケットのポケットから取り出した領収書や駅前で配っている居酒屋のチラシなどに目を落とす。緩い風に混じって、甲高い声がかすかに届いてきて、目を上げると、グランドの南側から子供達の一団が見え始めた。

素早く右にあるベンチを一瞥したが、川上の姿はまだない。唄を歌っているのだろう、子供達の高い声が重なり、また消え入り、また風に乗って疎らな音程の声が届いてくる。この前と同じ歌だろうか、お弁当バス、だの、にんじんさん、などという言葉が聞こえて、室田は煙を噴き上げた。

いや、待て。

まだ愚かな想像を引き摺っていると思いながらも、川上のシャツについていた血痕が娘のものということもありえるだろう。そして、すでにいない娘を埠頭公園に見にくるということがあるか。

「ありうるよ……、奴ならありうる……」

脈拍が激しくなってきて、少し胸に圧迫感を覚える。子供達の中に、柔らかな髪を噴水のように束ねて揺らした女の子が、今日はいないということが現実的になってきて、病気だ……。

室田は煙草のフィルターを噛み締め、立て続けに吸った。

「ああ、そうだろう……俺も、病気だな。飯島も、病気で……、川上、あんたも、病気だ……」

息苦しさが強くなってきて、室田は乾いた地面に唾を吐く。埃にくるまれて黒く丸まった塊を靴で踏み躙り、また視線を右のベンチにやった。だが、まだ、川上の姿はない。

携帯電話を取り出して、表示を確かめてみる。川上はもちろん、他の者からもまったく着信履歴はない。昨日まで、さんざん、かけてきた岡崎の番号も、当然、由布子の番号もだ。

若い保母の先生に導かれて、子供達が手を繋いで大きな歪な輪をグランドに描き始める。

「にんじんさん、ゴボウさん、サークランボさーん」

室田は持っていた領収書に顔を伏せながらも、目だけ子供達の一団にやった。水色のスモックを着た園児達が両手を広げ、足踏みしている。砂埃が立って、ゆっくりとこっちに流れてきた。自分の目つきが、この前見た川上の凶悪犯めいたものに近いのを感じ、室田は少し顔を上げると、そのまま視線をベンチにやる。

まだ、いない。

と、子供達の間に、髪を束ねて、噴水の頂点のような形を二つ揺らしている女の子が目に入った。

「……ナオミ、ちゃんじゃないかよ。いるじゃないか」

精一杯掲げた掌を振りながら、足踏みをして、みんなと同じように輪の中心へと寄り、また後ろ向きに離れていく。もう一回繰り返し。それから、他の子供達と手を繋いで、時計回りに走り出した。

朦々と立った埃が自分の方に向かって、噴煙のように形を変えながら、近づいてくる。ふと風に巻かれて、大きな渦になったと思うと、上から潰れ、布のようにはためき、砂埃の塊がさらに近づいてきた。その煙ったむこうでは、まだ子供達が輪になって走り続けているのが見える。

「……俺は、アホかよ。ナオミちゃんを、あの川上が、殺すわけがないだろう。馬鹿かッ」

底光りするような密かな期待を抱いていた自分が、真っ平らに潰された気分で、現実に帰る。同時に、他人事だとはいえ、いつまでもブリーフケースに離婚届を大事に入れていた自分の脆さに川上が苛立って、処理したといえばいいのか、岡崎に渡したことが、いやに現実的な大人のやり方に思えてもきた。

「いや、離婚届を、持っているのが、そんなに女々しいかよ。……別問題だろ、川上ッ」

一人、激昂して声を上げた時、目に埃が入って、室田は煙草を持った手で瞼を押さえる。瞬きすればするほど埃が角膜にざらついて、涙も滲み出てきた。歯を噛み締めると、口の中まで砂埃が入っていたのか、頭の中に響くような不快な音がする。

「……すみませーんッ」

女の叫ぶ声に目をしばたたかせながら細目で見やると、保母の一人が頭を下げているのが見える。他の二人の保母も自分に頭を下げていた。

「……最悪だよ……」

室田は低く呟き、顔を顰めて、何気なく軽く片手を上げて応える。子供達は保母の先生が何故謝っているのかも分からず、ただ放心したような顔をして、ベンチに座る自分を遠くから見つめていた。その中にナオミちゃんもいて、髪の噴水を揺らして立ち尽くしている。

「……最悪だよ、ナオミちゃん……」

痛む目を無理にも開けて、右のベンチを見やっても、川上の姿はない。

20

水色のスモックを着た小さな一団が、グランドから消えて三〇分ほど経っても、川上は現れなかった。

風で舞い上がる埃のせいで髪がごわつき、口の中まで砂を感じる。一体、俺は、まったく自分とは関係のない埠頭公園で何をやっているのだろうと、室田は思う。惨殺されたナオミちゃんの姿を少しでも想像した発想が、やはり、はぐれている。しかも、一〇代のガキが世界を憎悪して願う妄想に近い。東京湾からの風で体が冷えて芯まで凝り固まった感じが、よけい、独り薄暗い妄想を抱えて、ひっそりと蹲《うずくま》っている青年のように思えた。

「川上さんよー。あんた、一体、何、考えてんだよ」

すでに何度も携帯電話のリダイヤルボタンを押し、同じことをやっていて、もはや耳にすら電話を当てない。川上に対する怒りよりも徒労感を覚え、異様なほど独りでいることがキリキリと体を搾り込んでくる。

むしろ、由布子や岡崎に電話をかけて、確かめた方がいいのかと思いもしたが、あまりにも無様というものだ。もはや、由布子のにおいや記憶の尻尾さえ途切れたような、あるいは奇妙な形に歪んだシャボン玉の中にでも入って離れた感じだった。今までの別居状態と何ら変わる所がないのに、透明な膜が確かに隔てていて、その表面に自分の顔が虹色のマーブル模様になって、やたら回転しているのだ。

「……別の、惑星、という奴だな……」

土星だったか、木星だったか、昔、天文写真で見たジャガイモのような形をした惑星が脳裏に明滅する。頭を小さく振って、右のベンチを見るが、やはり川上はいない。座っていたベンチからゆっくり立ち上がると、ずっと同じ姿勢でいたせいで軽い眩暈が襲った。グランドの地平線が斜めに傾いて、室田は老人のような短い足取りで一歩二歩とふらつく。

「……おい、マジかよ……」と、思わずひとりごちているのが、また情けない。よほど、体が冷えていたのか、筋肉が収縮して自分のものではない気がした。おもむろに両腕を伸ばし、出たくもないアクビを真似て、間抜けに口を開いている。最低の気分だ。

都タクシーにもう一度電話して、川上の高円寺の住所を聞いた方が賢明だ。グランドを見渡すと、キャッチボールをしていた運輸会社の者がもう一組増えていて、緩く湾曲した軌跡のボールを投げ合っている。かなり、年配の者なのだろう、投球フォームもぎこちないが、何かそれでも自分よりは、体力があるように見える。

「川上……、おまえのせいで、一気に老けたぜ、まったくよ……」

室田はジャケットのポケットから煙草を取り出し、一本くわえる。と、思うと、勝手に離婚届を岡崎に渡した川上に、また腹の底から噴き上げるような怒りが膨らんだ。そして、「それも、いいか……」と、ポトリと落ちたような呟きを口にして、一気に萎み込む。その繰り返しだ。

掌の中で揺れるライターの炎に煙草の先を近づける。すぐにも煙が風に巻いて掻き消えるのを追いながら、室田は歩道へと歩み寄った。もう一度、何気なしにグランドに視線をやって、一瞬立ち止まる。

「馬鹿な……」

胸中で呟いて目を逸らそうとしたが、もう一度、砂埃を巻き上げているグランドの乾いた土を見つめた。髪を掻き上げ、煙草の煙を吐く。歩道へ出ようとしている足が、またグランドへと爪先を向け、一歩ずつ近づいた。まさか、自分がそのようなことをやるとは思っていないのに、グランドへと入り込んでいる。ゆっくり土を踏みしめるようにしながらも、また訳もなく腕を広げたり、体を少し伸ばしたりする真似をして、子供達がさっきまでお遊戯の練習をしていた場所まできていた。

パウダー状の土の上に、夥しい運動靴の跡が至る所に残っている。みんな、同じ縞模様の靴裏で、大きさもほぼ同じ。それが、重なり、入り乱れて、隙間なくついていた。ふと、自分の足跡の大きさに気づき、何か巨人が荒らしているようで無意識のうちに軽く踏み込んでもいる。革靴の縁《へど》に白い埃がついて煩わしい気分になったが、それよりも、川上の愚かさやら寂しさに反吐を吐きそうな、あるいは、苦笑したいような落ち着かない気持ちの方が強かった。

「……あいつは、アホか。どれが、ナオミちゃんの足跡か、分かるわけがねえじゃねえか……」

子供達の去った後のグランドに出て、静かにつけた自分の足跡と子供の足跡を比較している川上の姿を思い出し、胸の中を掻き毟りたくなる。

「情けねえッ」

何か顕微鏡写真で見る微生物のような足跡の犇きに、室田は目を上げた。それとも、本当に、川上はナオミちゃんの足跡を分別できるのか。血の繋がった親子という奴の気持ち悪さに、室田は顔を横に向け唾を吐き捨てる。白い土埃が自分の唾を黒く丸めたのを見て、ふと川上のシャツについていた血痕に思いがいった。

「本当に、情けねえよ、川上さんよー。不甲斐ない。……あんな野郎に、娘を殺せるわけがないじゃねえかッ。俺もどうかしているか……」

それならば、あの血の痕は何だったのか、と思ってみたが、川上に関して拘泥すること自体が馬鹿馬鹿しく、頭を振った。

「いつまでもグズグズ引き摺りやがって。別れた娘のことなんぞ忘れてしまえっていうんだよ。ああ？　いっそのこと、娘も女房も殺してしまえってんだよ、川上さんよー」

こんなことをほざいている自分は、離婚届をいつまでもゼロハリバートンのブリーフケースの中に入れていたか。思わず嘲笑とも苦笑とも分からぬ笑いが込み上げてきて、それを打ち消すようにまた唾を吐く。糸を引いて顎の先についた唾液に顔を顰め、室田は手の甲で拭いながら、子供達の足跡から離れた。

ベンチのあたりに戻ると、携帯電話を取り出し、もう一度、川上にリダイヤルしてみる。出なかったら、品川プリンスにでも入って休もうと思っているのに、同じように電源が切られているという事務的な声が流れるのを聞いて、室田はそのまま朝かけた都タクシーの番号を表示に繰り出していた。

ふと、道路に視線を投げると、提灯型の表示灯をルーフにのせた個人タクシーと、黒い車体の都タクシーが通り過ぎていくのが見える。もちろん、運転手は川上とは似ても似つかないまだ若い男だ。律儀に白い手袋などして運転していた。

一回の呼び出し音で女の交換手が出たが、朝と同じ者か声に覚えがない。同じことを喋らなければならない煩わしさに、室田は一回深呼吸した。

「……朝にも連絡させて貰った者なのですが……光タクシーの室田と申しまして、そちらの運転手の川上さんのですねぇ……」

「ああ、はい……」と、電話の奥で交換手が口にする。

「光タクシーの室田様でいらっしゃいますね。朝は大変失礼致しました。調べるのに、少し手間取ったものですから。事故番号の方は照合致しましたので……」

湾の方から強い風が吹いてきて、グランドの砂埃を巻き上げる。室田は背を丸めて、ジャケットの襟に首を竦めた。

「それで、川上さんのご自宅の住所をですねえ」

「はい。本来ですと、お教えするわけにはいかないのですが、その事故の件ということですので……」

慌てて、ジャケットのポケットから、駅前で配られていたパチンコ店のチラシとボールペンを取り出してしゃがみ込んだ。

「じつは、先ほど手間取りましたのは、川上は昨日付けで、都タクシーを退社しておりましてⅾ……」

「はい？」

耳を疑っているうちにも、目の前のベンチや植樹がグラリと揺れた。危うく尻餅をつきそうになっていて、室田はしゃがんだまま、うさぎ跳びでもするように体勢を整える。腹の中のものをごっそりと削り取られたような感じがしたと思うと、一気に周りの風景が縮み上がって遠退きもする。

「昨日付けでですね、退社致しまして……」

「退社って、川上さんですよ？　あの私が、箱崎ジャンクションででですね、クルマを擦ってしまったのですが……」

「はい、一身上の理由ということで、昨日付けで退社致しております」

「一身上の理由？」

浅草寿の立ち呑み屋で酔い潰れていた時点で、川上は退社届を出していたということか……？　そうだ。自分が、会社を辞めるかも知れないと零した時、川上はまったくしらばくれて無関係なことをいっていたのだ。

「……女房に、男ができて別れるのと……、純粋に、てめえが嫌われてぇ、別れるのとう、どっちが辛いんかな、なあ……」だと？

トイレで気色悪いほど嘔吐の呻き声を上げて、戻ってきた時、ようやく、「会社、辞めるってのは、本気か？」と聞いてきたのだ。戻したせいかも知れないが、泥酔していた顔を白くして、少し醒めた表情をしていたのが浮かぶ。

「……失礼ですが、それは、かなり前から、決まっていたことなんですかねえ」

「いえ、昨日の朝に届けがあったらしいのですが、この業界、よくあることですので……」

おまえみたいな若い女にいわれなくても、こっちの方がよく知っている。

「住所、申し上げます。よろしいでしょうか？　杉並区高円寺北四丁目……幸荘3号。お電話は……」

室田は原色のどぎついチラシにボールペンを走らせた。新機種連続フィーバー大出血。バカ殿様のキャラクター漫画が、日の丸の扇子をかざしていた。


高円寺の気象研究所跡地近くにあるアパートに着いたのは、三時過ぎだった。

すでに太陽が夕方の色を帯びていて、静かで狭い路地の隅からは黴臭いような土のにおいがしていた。古くからある住宅街なのだろうが、軽の自動車さえ入れないような細い路地だ。毎日、千鳥足を引き摺るように、川上はこの道を歩いていたか。谷中にある自分のアパート近くと、雰囲気まで似ている気がして、むしろ気持ちが悪くなる。

幸荘。白地の小さなペンキの看板に、あまり上手いとはいえない字で書かれている。アパートの脇に取り付けられた剝き出しの鉄製の階段や、形がひしゃげたそれぞれの世帯の郵便受けまで似ていた。

　奴がやったように自分も鉄製の階段を駆け上がり、部屋を揺らしてやろうかと、一歩踏み出したが、敢えて堪える。川上のツラを見た時に爆発させた方がいい。ゆっくりと一段ずつ上がっていけば、やはり、共同の上り框があって、タタキにはくたびれた靴や汚れたスニーカーが乱れ、置いてあった。

「……何だよ」

　靴のにおいに鼻を鳴らして、「3号」とシールの貼ってある下駄箱の蓋を開けてみると、無造作に革靴やサンダルが重ねられている。さすがに、玄関近くの廊下に流しはなかったが、築年数も同じくらいではないかと思う。独り身のタクシー運転手が賃貸で住むとなると、こういう所に落ち着いてしまうのか。港湾無線グループも大したことない、と思いながらも、すぐに、別れた一人娘への養育費で消えていくのだと納得する。

　歩くたびに軋む廊下が靴下越しにも冷たくて、窓の曇りガラスが震えて音を立てる。目を閉じていたら、まったく自分の住んでいるアパートだ。もしや、と目を天井に向けたら、笠はついているが薄暗い電球に、やはり、小さな蛾がぶつかっては弧を描き、またぶつかっている。

「俺の所の蛾じゃねえだろうな……」

　廊下を曲がると、すぐに川上の3号室のドアがあった。息を潜めてドアの向こうの気配に耳を凝らす。静かだが、人の体温というのか、中から押してくる感じがあった。拳をかざし、ゆっくり二度ノックする。廊下に響いた音と共に、ドアの向こう側の空気が緊張するのが分かった。かすかに中で動いた音もする。

川上さんよぅ……。

もう一度ノックする。

返事はない。

「……川上さん……、川上さんよぅ……」

シンプルな真鍮のドアノブを握って回してみると、鍵が締まっていて硬かったが、木製のドアはかなり古いのだろう、がたついて、耳に苛つく音を立てた。

「川上さんッ、俺だよッ。室田だッ。開けろよ、早く。……川上さんッ」

また人の動く気配がして、ようやく畳の上を歩いてくる揺れがあった。室田はじっと、ドアについた3号室の薄茶けたラベルを睨みつける。姿を現したと同時に、川上の胸倉を摑んで殴りつけたい衝動がせり上がってきて、拳を握り締めて待った。

「川上ッ、ほらッ、早く開けろよッ」

離婚届を岡崎に渡し、そして、もちろん他に理由があるのは当然だろうが退社していたにもかかわらず、浅草の呑み屋で戯言を吐いていた川上のとぼけ方に、無性に腹が立つ。だが、完全に馬鹿にされたと思うと同時に、先を越されたような奇妙な寂しさというのか、孤独を覚えて嫉妬に近いものを感じているのも事実だった。

「開けろッ、川上ッ」

ドアノブの回る音がして、少し身構えた時、開いたのはすぐ隣のドアで、海亀の顔を連想させる白髪頭の老人が隙間から覗いた。

田辺のおっさんッ……。

「あ?」

「ああッ?」

痰を切って出した声が紛れもなく田辺老人のもので、自分は酒に酔っているのかと、まず思う。いや、生天目クリニックから調合して貰っている、パニック性障害の薬を飲み忘れたせいだ。いや、そうだとして、何故、高円寺にいるはずが、谷中の自分のアパートにいるのか。それとも、俺が川上になって、室田貴之の部屋に殴り込みをかけているのか、と頭の中の迷路に揺れながら、ドアの隙間から顔を出した田辺老人の前で立ち尽くしていた。

「うるさいな、あんた。……川上さんは、いないよ」

今、田辺さん、なんていった? 川上さんといったか?

いやに涙目になって濡れた田辺老人の小さな目を見下ろしていて、ようやく、顔の造作が似ているとはいえ、別人だと気づく。疎らな乾いた白髪の間に染みの浮いた肌が見え、目頭に溜めている涙や、口の両端に刻まれた深い皺の重なりに、室田は素早く目を走らせる。独り身で暮らす、老いた男も似てくるのか。むしろ、似て当たり前かも知れないと思うと、川上と自分の姿がだぶって苦いものが込み上げてきた。

「川上さんは、いない?」

「いないよ」

「……いや、会社の同僚の者でして、室田と申します。さきほどは声を荒げまして、失礼しましたが……、ああ、で、どちらにいっているかなど、分かりませんよね？」

「分からんよ」

「いつくらいから、いないとかも？」

「朝からだよ」

老人の口から饐えたヨーグルトのような息のにおいがする。室田は口角に力を込めている老人の顔をしばらく見つめていたが、眉根を開くと、軽く頷くように頭を下げた。田辺老人だと一瞬でも錯覚した自分の妄想に、重症だと感じながらも、室田はまだ川上になり切った自分が、谷中のアパートのあたりをうろついている足取りの気配を覚える。頭の奥の少し辺鄙な所が痒いような、それこそ小さくノックされているようだ。ひょっとして、実際に、奴は谷中の自分のアパートにいて、錆びた鉄の階段に座り込んで待っているのではないか。そんな気がして、焦りに似た泡立ちが胸の中に生まれた。

「……あんた、川上さんの、血縁のもんか？」

老人が唐突に口にした言葉に虚を衝かれて、室田は反射的にまた眉根を寄せる。

「はい？　いや、ですから、会社の同僚の者でして……」

「じゃあ、なんだ、あのー、あれだ、タクシー運転手か？」

「そうですが……」

「タクシー運転手というのは、みんな、あれだ、そんな顔をしてるもんかな。似てるよ、えらく。川上さんとな」

「いや、似てないですよ」

「似てるよ」

「まったく似てませんよ」

「いや、似てるよ」

室田は老人のしばたたかせた目を見据え、奥歯を噛み締める。老人もさらに唇の両端を下げて、弛んだ皺を刻ませていた。

川上の野郎は、一体、何処に失せやがった……。


谷中のアパートに戻っても、川上がいるわけもなく、翌朝、素知らぬ振りをして、都タクシーに電話して川上の迎車を頼んでみたが、やはり、退社したという返事があるだけだった。あいつは、ナオミという娘や別れた妻ではなく、誰かまったくの他人を殺して、その後、行き詰まって何処かビルからでも飛び降りたか、とも考える。岡崎を殺してくれたということも考えられなくもない。岡崎の罵詈雑言を受けたのは、むしろ、自分よりも川上の方が多くて、激昂していたじゃないか。

ルームミラーの位置を直そうと手を伸ばすと、唇の片端を上げている男の顔が映る。冗談でも、川上が途轍もない事件を起こしてくれて、自殺するとか逃走するとかしている夢を抱く卑しさに、そのまま朽ちてしまいたい気分だ。

後ろの白のマークIIに乗った若い男が、スポーツ新聞を読み始めるのが見える。サイドミラーに目をやると、合流地点で渋滞したクルマの列が、紫色に煙った排気ガスの中に続いていた。いつもの箱崎ジャンクションの風景だ。

室田は生天目クリニックの薬を口に放り込むと、コンビニで買ったミネラルウオーターのペットボトルを傾ける。それから、シートを倒して、ルームミラーの向こうからやってくるもう一人の自分を待った。ただ、いつもと違って、何分経っても川上から携帯電話に連絡が入らなかった。他のタクシー会社に翌日から就職するというケースも多いが、タクシーではない一般のクルマに乗って、様子を窺《うかが》っているということも考えられる。

だが、まったく気配がない。渋滞し、何千台と犇いた箱崎ジャンクションにもかかわらず、川上がいないと思う自分の神経に気色悪くもなったが、日産クルーの鼻や尻の縁が川上の都タクシーを感じていない。

「……あの野郎は、失踪しているかも知れないが……、埠頭公園には、間違いなく現れる……」

たぶん、何処か自分の中に空白を抱えていて、いよいよ独り、世界の果てに残された寂寥感というか、虚ろさを覚えているせいだ。

「ああ……、飯島の野郎も、あの、安田倉庫前に、ピッタリつけているってか……」

出庫前に飯島と擦れ違ったが、ただ唇に薄笑いを浮かべて、「公園日和だなあ、おい」と一言漏らしてきた。そして、室田も、「まったくだな。暇人には持ってこいだ」と答えたのだ。

三〇分渋滞は動かないままで、川上からも連絡は入らない。戸塚にある会計事務所の岡崎に、気紛れに電話でも入れてみようかと思っているうちに、ようやくクルマが流れ出して、そのまま、迎車の表示にして芝浦の埠頭公園に向かった。

いつものように、子供達は現れ、ナオミちゃんも噴水の髪を揺らしながら踊っていたが、それでも川上はこなかった。携帯電話も通じないままだ。倉庫前にへばりついた飯島の光タクシーを目尻で牽制して、都心を回り、短距離の客を五人ほどと、多磨霊園までの客を一人拾って、その日は、帰庫した。

翌日の休みには、また高円寺のアパートに訪ねたが、田辺老人に似た男と言葉を少し交わす程度で、川上の不在は相変わらずだ。一一時の埠頭公園にも現れなかったし、電話も通じない。

もはや、岡崎に離婚届を勝手に渡したことに対する怒りなど薄くなって、箱崎ジャンクションに川上がいない空白にもしだいに慣れてくる。奴が失踪しようが人を殺そうが、所詮は他人だ。自分の知ったことではない。一日置きの乗務を適当にこなしているうちに、自分は川上という男のことも、由布子や岡崎同様、忘れてしまうに違いない。

そんなことを思い始めて一週間近く経った頃だ。箱崎ジャンクションでルームミラーを睨んでシートを倒そうとした時、携帯電話が鳴った。液晶表示には川上の番号……。

「おう、室田さんよー。元気にやってるかよ、ああ?」

一週間ぶりに聞く、川上の声だった。

「また、箱崎ジャンクションかよ。懲りもせずにな。……おい、どっち、見てるんだよ。こっちだよ、おまえさんが、ペットボトルの水で、生天目クリニックのいかれた薬を飲んでいるのが、よく見えるよ、なんてな。……しかし、あっという間に、寒くなってきたな。寒うなってきた、という奴だな、室田さん。ほら、昔、グリコ森永事件ってあったろ。キツネ目の男が脅迫状に書いた一行目のフレーズだ。寒うなってきた……中々いいだろ。……あんた、何かいぇよ。久し振りだろ。ああ? まあ、いいや。室田さん……光タクシーの室田貴之さんに、迎車をお願いしたいんだが、すぐにきてくれるだろうか? 迎車代も含めて、悪くないだろう? 場所は、杉並区阿佐谷の河北総合病院だ。箱崎を出たら、飛ばしてきてくれよな。一一時には、埠頭公園に着かないとな、室田さんよー」

21

一週間ぶりに聞く川上の声に、腹の底が膨らんだり、凹んだり、あるいは、大きさの違う泡が生まれ、踊るのを感じた。

低く無愛想な声を聞いて、何処かで安堵の溜息を吐いている自分が情けなく、老けるにはまだ早いが、皺ばんだ疲れがわずかに伸びるような妙な気分だ。そう感じるとともに、いきなり、都タクシーを退職したことや、何より、自分が知らぬ間に、岡崎に離婚届を渡したふざけた真似に、憤りが蘇ってきて、室田はハンドルを強く握り締めた。

「何が、迎車をお願いしたいんだが、だッ。どアホッ」

メーターの表示灯を迎車にして、都心環状線を走る。三宅坂ジャンクションから高速4号新宿線に乗って、幡ヶ谷か永福で降りれば、四〇分もかからないだろう。

制帽の庇を人差指で弾き、アクセルを踏み込んでは、浮かせ、また踏み込んで、車線を頻繁に変更しながらクルマの間を縫った。不快さに腹の中が黒く濁っているのに、やはり、そこに大小様々な泡が浮かんできて弾けるように、奇妙な笑いというのか、おかしさが込み上げてくるのだ。

「俺も、アホかッ」

前方を走るクルマのリアウインドウが太陽の光を反射して、繭玉《まゆだま》が光っているような塊を見せている。瞬きを繰り返すと、黒っぽい残像が上へ上へと動いて、視野を邪魔した。

「だけどな、川上……、おまえを、殴り倒すからな。礼儀というやつだ……」

よく磨かれた黒のセドリックを追い越して、グリーンのレガシィの後ろにつけると、すぐにも左車線に移って、またアクセルを踏む。頭の芯がGに引っ張られて、気が遠くなるような錯覚を起こさせるが、すぐにも前方のプレリュードが近づいてきた。

「……タクシー運転手というのは、みんな、あれだ……か」

ふと、川上の住んでいる高円寺のアパートを訪ねた時に、隣の老人がいっていた言葉を思い出し、室田は声音を真似ていってみる。

「そんな顔をしてるもんかな。似てるよ」

一人クルマの中で、唇を捻じ曲げ、老人のしゃがれた声を出しているのが、あまりにも奇異な感じで一人噴き出してみたが、本当に自分と川上が似ていると感じる老いに、気持ちの悪さを覚える。夥しいパターンが無限に存在するというのに、じわじわと狭《きょう》隘《あい》になってきて、数本のトンネルのようなルートしか持たなくなってしまうのか。側壁も鏝で塗り固めたように、垢光りしているのだ。

「……ところが……そうでもねえんだよな、爺さん」

側壁がひび割れて、節くれ立った奇怪な形の根が出てきたり、あるいは、とんでもない角度から、とうに忘れ去っていたトンネルが黒い口を開いていたりして、混沌とした廃墟のような世界にいるのだろう。

まだ、川上と自分を間違えるなど、健康な方だ。まして、あの老人は敢えてからかうつもりで、いったのだろうと思う。問題は自分の方だ。田辺老人や高円寺のアパートに住む老人の歳まで生きているとも思えないが、自分に近い老齢の女を見て、由布子に似ているなどと、本気で考えてしまうのではないかという恐怖に駆られる。

今のベリーショートの髪ではなくて、長い髪を掻き上げていた由布子の顔が一瞬過ぎり、室田は内臓を鷲摑みされたような感じに、溜息ともつかぬ声を漏らした。その自分の地の声にうろたえ、ハンドルを握る手に汗をかき始める。胸の内側を粗い巨大な掌で撫でられた感触がきて、嫌に動悸が激しくなってきた。

パニック性障害の発作が起きそうな予感を覚えて、ハンドルを片手で握りながら、シートベルトを外し、一回胸郭を広げる大きな深呼吸をする。

「……大丈夫だ……。俺は、大丈夫だ……」

由布子や岡崎や、高円寺の老人、川上の顔を、風景の中に流そうと、窓を開ける。鼓膜を直接擦られているような風の音に合わせ、低く唸ってもみる。体自体を音にして、他の雑念めいたものを追い出そうとした。

だが、自分を慰めようとした言葉に、記憶が息を吹き返して、初めて発作が起きた時のことが蘇ってきた。確か、光タクシーに入って間もない頃で、前に勤めていた会社のあった四ツ谷を走っていた時だ。疲れるほど見慣れた街の風景がルームミラーの中で縮んでいくのを見ていて、いきなり頻脈がきた。それからだ。生天目クリニックの初診の言葉まで、はっきり覚えている。

「……やってはいけないと分かっていながら、昨日までいた会社近くに向かってしまう時に起こるわけで、室田さんは二度と会社に戻りたくないと思いつつ、その戻りたくない、仕事を辞めたいと思い続けた昔の状況を探すために、戻るわけですか」

冗談じゃねえぜ……。俺は大丈夫だ……、俺は大丈夫……。

幡ヶ谷出口の案内標識が見えてきて、室田は息を詰めるようにしてハンドルを握り、アクセルから足を浮かせる。由布子との時間を思い出したくない、戻りたくないと思いながら、自分は、そのことばかり考え、タクシー運転手を延々続けていくわけか？

由布子が、自分の頬骨のさらに上に生えた一本の髭を見つけて、「これ、何？」と触れて、裸のまま笑い転げた姿が脳裏に浮かぶ。長い髪が肩や背中を覆って、薄いベールのようにも、蜘蛛の巣のようにも見えたのだ。何故、こんなことを唐突に思い出すのだろう。いや、際限なく、鳥肌のように浮き出た記憶の突起が自分の頭に現れて、刺激してくる。ハンドルを握ることも、標識を見ることも、左にウインカーを出すことも、ブレーキを小刻みに踏むことも、すべてが、由布子との記憶に結びつく気がして、胸が塞がれそうになった。

「もう少しだ、室田……。もう少しだよ、室田さんよー」

幡ヶ谷の出口を降りた所で、室田は道路の脇に停車すると、ペットボトルの水を含む。乱暴にルームミラーを自分に向ければ、水脹れの悪い発疹がびっしりとできたように、額に脂汗をかいていた。

「薬は、俺、飲んだか？　薬は？」と、朝の箱崎ジャンクションでの作業を反芻していて、川上がからかって電話をくれた時のことが過ぎり、サンバイザーに挟んだ薬袋を見つめた。

断片的に、由布子と住んでいたマンションや、よく散歩にいった公園の象の滑り台や、渋谷のロフトで買った両手鍋までが、頭の中に紛れ込んでは明滅する。

「高円寺の爺さんが、住んでいるトンネルだな……」

自嘲するように呟いてみるが、視野が少し薄暗くなってきて、いつもの発作の症状だと覚悟した。それでも頻脈のリズムの間隔が緩くなってきている。室田は、脈の間に挟まっていく微妙な空白が、きっと老いというやつなのだ、と愚にもつかぬことを考えた。

「そうだよ……。俺は、大丈夫だ……。由布子は、もう関係ねえ。……まったく、関係ねえ……」

ルームミラーをもう一度睨みつけると、煙草の脂のついた歯を剝き出し、表情を悲痛に歪めた、まだ三〇歳の男の顔があった。

中野通りから方南通りを左折し、信号待ちした所で、携帯電話を確かめた。まだ滲んだ脂汗のせいでシャツが体にへばりついている。液晶表示には三件の着信が示されていたが、いずれも川上の携帯電話からだった。病院から携帯電話をかける神経自体が信じられないが、一一時までに埠頭公園に着くのか、気が気でないのだろう。

制帽は助手席、ネクタイも完全に緩め、ワイシャツの襟口のボタンを外したまま、阿佐ヶ谷駅横を通過して、世尊院という寺の所で右折する。また、発作が出そうな気配があったら、それこそ川上の待っている病院で治療を受けた方がいいと思ったが、朝飲んだ薬が効いてきて、大分、落ち着いてきた。

古い総合病院の建物が見えてきて、室田はフロントガラスに顔をつけるようにして、徐行する。裏口の方に回ってきたのだろう、閉じられた小さな門とそのむこうに裏口のアイボリーの扉が見えた。すぐ下についたゴム引きのスロープは、寝台に乗せた遺体を運ぶ時のものに違いない。

「……いずれ、死ぬよ、俺も、な……」

表に回って狭い駐車場にタクシーを繰り入れると、室田は縒れたハンカチを取り出し、顔を拭った。そして、ルームミラーで表情を確かめてから、クルマを出る。できるだけ平静を装って、川上に近づき、岡崎に渡した離婚届についてはオクビにも出さずに、いきなり顔面を殴ってやればいいのだ。

正面玄関前には、車椅子からギプスの足を投げ出した青年が、若い金髪の女の子と話していて、その横で、厚手のカーディガンを羽織った老人が一心に菓子パンの袋を剝いている。マスクで顔を覆った小学生や、白髪を紫色に染めた老婆や、点滴をぶらさげたまま煙草を吸っている中年男もいた。

室田はズボンのポケットに突っ込んだ拳を握り締め、ロビーに入る。生温かな空気が顔を撫でて、無意識のうちにも呼吸を浅くしている自分がいた。待合室の長椅子の列を見回し、病院特有の重く沈んだ空気に眉根を寄せて、少し凹凸のあるリノリウムの床を歩く。

　川上の野郎、何処にいるんだ？

　売店前にいる数人に目を凝らしたが違う。骨粗しょう症や帯状疱疹についてのポスターが貼られた壁沿いに歩いて、受付のあたりも見たが、いない。また、入口近くに戻り、長椅子に座る人々を見て、ひょっとして騙されたか、とも思う。

　と、その時、背後から、「おい」と、一言呼ぶ声が聞こえた。間違いなく、川上の声だ。その声を聞いたと同時に、自分でも想像していなかったほど腹の中が捩じれ渦巻いてきて、一気に怒りが込み上がってくるのを感じる。

　おい、だと？

　振り返ると、外の光で玄関の自動ドア近くに立つ影がハレーションを起こしている。室田は掌を翳し、顔を顰めた。頭や肩の影が光で綻びているのが、少し輪郭を戻して見えてくる。室田は噴き出てきた感情を一回飲み込むように視線を落としたが、それでも怒りが膨らみ、人の目も無視して、何もいわないまま川上に摑みかかろうと近づいた。

「室田さんよー、おまえ、何だよー」

「何だと、おまえッ？」と声を張り上げた時、川上の影の横に、脚のついた点滴があって、薄黄色い液体に光が溜まっているのが見えた。

「俺の前を、澄ました顔をして、通りやがって、ああ？　客も、分からねえのか？」

　さっき正面玄関の所で、点滴をぶらさげながら煙草を吸っていた中年男が、川上だったのだ。下はカーキ色のチノパンをはいているが、上は都タクシーに乗っている時に着ていた濃紺のカーディガンを羽織り、中はネル地のパジャマ。そして、左手の指には、やはり煙草を挟んでいた。

「……川、上、さん、よー」

「遅いんだよ、光タクシーはさ」

点滴のチューブは右手の甲の静脈に繋がっていて、紙テープで留めてある。寝癖のついた髪が散っているのはまだしも、顔が恐ろしく痩せて、眼窩の窪みや頬骨の影が痛々しいほどだった。

「……こっちだって、色々、都合があるんだ。池袋までの客を一人、乗せてた」

無愛想な薄い唇も乾燥して毛羽立ち、黄色い鱗のような皮がいくつも反り返っている。

「何いってんだよ。箱崎ジャンクションの……」といって、川上は煙草を一口吸い、皮のささくれた唇からゆっくりと煙を吐き出した。

「上にいる奴が、なんで、客、拾えるんだよ、ああ?」

まさか川上自身が入院しているとは考えもせず、無意識のうちにも、川上が殺しとまではいかないが怪我を負わせた者が入っているのだろうくらいにしか想像していなかった。

川上……一体、そのツラは何だ?

「……川上さんよー、俺はな、今日、おまえを殺しにきたんだよ……」

「有難いねえ」

「いいか？　取り敢えず、あんた、俺に、謝らなければならんよな？　そうだろ？」

「すみません……ってか？　あんたにか？」

片方の眉根を開いて、無精髭の生えた顎を上げる。よけい窪んだ眼窩の縁が浮き出て、痩せた首にも静脈や腱が複雑に交差しながら影を作っていた。

「川上さん……、あんた、岡崎に、俺のブリーフケースに入っていた離婚届、渡したよな」

「渡したよ……」

川上は薬の入った厚手の点滴パックをフックから外し、くわえ煙草をしたまま駐車場へと歩き出す。左手でパックを高く持ち上げ、くわえ煙草の煙に目をしばたたかせている患者など見たことがない。

「おまえ、何、やってんだよ。ほらッ、川上さんよッ。何処、いくんだよッ」

「何処？……何処って……、埠頭公園だろうッ。埠頭公園に決まってるだろ」

一拍置いた時の川上の目が、一瞬虚ろになって、外の風景に彷徨ったのが分かった。

「……あのな。そんなツラした患者をな、誰が、埠頭公園まで連れてくんだよ。それに、煙草ッ。川上さん、あんた、馬鹿かッ」

よけいな世話というか、むしろ、気色の悪さを覚えながらも、川上の口から煙草をもぎ取り、アスファルトの地面に叩きつける。かさついた唇が指先に触れて、背中から首筋にかけて鳥肌が立ちもした。

「一応、ちゃんと、担当の医師から許可が出ているんですけど。我慢するよりは、吸った方がいいといわれているんだよ。ああ？　室田さん、会社辞めた人間には、そのくらいの長さで煙草を捨てるのは、忍びないんだけどな」

そういったと思うと、派手な音を立てて痰を切って、横に吐き捨てる。角張ったエラや浮き出た首筋が、やけに尖って目に突き刺さってくる。

「川上さん、あんた、一体、何の病気だ？　女とやりまくり過ぎて、とうとう、アレか？」

くだらぬ自分の冗談に、川上は舌打ちした。そして、黙ったままタクシーの横までくると、顎でドアを開けるように示す。室田は点滴パックを翳している川上の姿を、頭からサンダル履きの足元まで舐めるように睨んでから、後部ドアを面倒そうに開け、ゆっくり運転席に回った。

「……乗務記録ボードのさ、上の丸い奴、貸してくれよ。クリップ」

室田が何も答えず、ただルームミラーに映る川上の憔悴した顔に視線をやっていると、

「貸して、くださぃ……で、いいか？」と、やはりミラーを見返してきた。

持っていた点滴パックの穴にクリップを通し、そのまま頭の横にあるハンドレストにも通してぶら下げ、応急の点滴器にしている。

「室田さんよー。あんたが、俺の病気をどう見てるか、分からんが、いわゆる、胃潰瘍

だとよ。大量吐血だよ。バケツ一杯分くらいは、吐き出したぜ、ああ？　ずっと調子悪かったんだけどな、あの血を見れば、俺もビビるさ。……おい、エンジン、かけろよ。室田さんな。俺の胃は、ストレスをかけるのが一番良くないんだってよ。このクルマの中に、血、血、吐きまくるぞ」

ルームミラーに映る窪んだ目を睨みながら、室田はイグニションキーを回す。後ろに人を乗せてから、エンジンをかけることなどほとんどないせいで、たった一人の重さに、エンジンの震動が籠ったように唸るのを感じた。

「ちゃんと、制帽も、被ってくれよな、運転手さん」

熱っぽくドロリと角膜を光らせ、その目の下には隈が袋状にもなっている。点滴だけで、食事はしていないのだろう、急激に痩せたせいで、緑がかった皮膚の弛みが初老の男のような表情にも見えさせた。

「室田さん……あんた、一週間見ないうちに、何か、老けた感じだな」

「そら、おまえだ」

「あんた、老けたよ。疲れている」

「手前ぇの心配しろ」

「せっかく、独り身になれたっていうのによ」

「誰のせいだよッ」

煩わしい会話に室田は苛立って咳払いし、ギアをドライブに入れた。高円寺のアパートで交わした老人との会話をまた思い出し、川上に似ていると執拗にいわれたことが過ぎる。チリチリと腹の底から燻るようで、うっすらと立ち昇った煙の筋が喉のあたりまで這い上がってくる感じだ。

「それじゃ……うん、芝浦の埠頭公園……」

「……川上さんな。一週間前、浅草の立ち呑み屋で呑んだろ？」

「下でいいよ。桜田通りで」

「……あの時、シャツにさ、血、ついてたけど、あんた、すでに吐血してたんだろ、馬鹿がッ」

「……へえ……やっぱり」

川上は何をいってるんだ、と室田はもう一度ミラーを一瞥した。と、ダッシュボードの乗務員証に力のない目をやっていて、乾いて白く見える唇に薄い笑みを浮かべている。

「こんなことが、あるのか……」

川上は市ヶ谷のアルカディア会館前で乗車した時のことを再現しているのだ。進行方向と反対側の歩道から、カサヴェテス監督のように腕を交差させて、停車を指示した姿を思い出す。

「室田さん……覚えているかよ、ああ？」

「覚えてないよ」

中杉通りに出て左折すると、室田は青梅街道に向けてまっすぐ走り始めた。欅《けやき》並木の枯枝がドーム状に道路を覆っていて、フロントガラスにその影が次々に形を変える。何かフラクタルの模様の変化をスクリーンに映し出しているようだと思う。

あの時は、川上の姿からジョン・カサヴェテスを連想し、そして、その映画を好きだった由布子へと繋がって、陰鬱で苦いものが込み上げてきたのだ。

「……なあ、あの日なあ。本当はさ、誰の結婚式に、出てたと思う？……別れた女房の結婚式だよ……。なーんてな。まあ、いいッ。運転手さん、急いで、埠頭公園だッ。もしくは、俺の死に場所へなッ。頼むぜッ」

22

青梅街道を走りながらルームミラーに短い視線を投げると、川上がぼんやりと外の景色を追っている横顔が見える。

鈍い角膜の光が、腐乱した肉から滲《し》み出る漿《しよう》液《えき》のような反射で、それが窪んだ眼窩の奥に収まっているものだから、畸形の視覚器官を持った生き物を思わせた。

ハンドルを握りながら、そんな子供じみた奇妙なことをポツンと思っている自分もどうかしているが、一体、川上のあのツラは何だ、と室田は腹の底で唸る。殴ろうとしていた気が完全に削がれた。肉が落ちて突き出た頬骨や、力のない目の下には青黒い隈の袋、色の悪い薄い唇、ネル地のパジャマの襟元から覗いた喉仏……。一体、何だよ、それは。

川上さん、あんた、それ、死ぬわ、と胸中冗談を呟いて、ルームミラーから視線を外そうとすると、川上がゆっくりとこっちを見て、鉛を凝り固めたような顔を向けてきた。一瞬、ルームミラーの角度を変えたのかと思っている自分がいて、俺はこんなに乱れた髪をしていたか、と懸命にルームミラーの中の陰気な眼差しを睨みつけ、眉根を上げてみる。だが、まったくミラーの中の顔は動かずに、じっと目を凝らしているだけだ。

「……室田さん、何だよ、あんたー」

川上の低い声が車内に籠って、ふと我に返る。川上の憔悴した顔だと分かっていながら、一瞬でも錯誤したことに動揺した。視線が迂回してくるというよりも、自らが後部シートから睨んでいる感じだった。

「ああ？　点滴の具合は、どうかと思ってな……」

高円寺のアパートで出くわした老人のいったことは本当だったか？　箱崎ジャンクションで、休日に忘れてきた匿名の自分が戻ってくるのを、いつもルームミラーを見つめて待っている。その作業を、生天目クリニックの医師ならイニシエーションとでもいうのだろうが、戻ってきて睨んでいる奴が、川上などというのは最悪だと思う。何処が似ているよ？

「最高だね。ナチスの実験じゃねえが、スコポラミンだったか、自白剤が入っている。

それとも、毒か、ああ？　室田さんよ。ああ？」

　川上はそういって、後部シートで少し体を弾ませるようにして笑った。大袈裟な動作が逆に痛々しく見えて、室田は前を走るシルバーのベンツに視線を向けた。よく磨かれたボディで、リアウインドウなどスモークガラスになっているせいもあって、黒曜石のように見える。

「ベンツに乗る奴がいて、日産クルーに乗る奴もいる、か。ええ？　室田貴之運転手？　そんなこと、考えたろ、今？」

「考えてないよ。……俺は、先回りして考えられるのが、大嫌いなんだ」

「だけど、人間、結局、死んじまうからな。同じこった」

　ルームミラーを一瞥すると、眉間に皺を捩じり入れてルーフを仰いだようにしているが、目だけは前に泳がせている。上を向いているせいか、頰骨の尖りが目立ち、ミラー越しにも、角膜が黄色く濁っているのが分かる。

　ふと、河北病院の駐車場で、川上の戸惑いを見せた表情が過ぎって、室田は軽く目をしばたたかせた。前のベンツの反射ではないが、何かの反射が瞼の裏に残像を作っていて、灰色の綿埃のような塊になって見える。右に聳《そそ》り立っている西新宿の超高層ビル群の窓ガラスのせいだろうか。

　自分が駐車場で「何処、いくんだよッ」と声をかけた時に、「何処？」と一拍置いて、茫然とした表情を覗かせた。実際に何処へいったらいいのかと自分自身の中を探している虚ろな視線を見せたが、あの時の空白に川上自体が驚いていたに違いない。

「おい、運転手さん。間に合うかよ、埠頭公園。一一時だよ、頼むぜ」

「うるせえよ。あんた、運転するか？」

「おう、室田さん。それでもいい。そのかわり、死に場所へ一気に突っ込むさ」

　室田はルームミラーの土気色に萎んだ顔を一瞥して、右に突っ立つ新宿副都心のビル群を睨みながら、ウインカーを右に出した。成子天神下を右に曲がり、そのまま公園通りから、高速4号新宿線に乗って、都心環状線に入ればいい。

「生きてえ、生きてえ、と縋っている病人が、よくそんなこといえたもんだぜ、川上さん。あんた、あのアパートで血吐いたまま、死ぬという手もあったんじゃないのか？」

　点灯している黄色信号を無視して、思い切りハンドルを右に切って天神下を曲がる。左に引っ張られるような横Gがかかって、「おいおい」と憮然とした川上の声が後ろで聞こえてきた。ミラーを見やると、ハンドレストに引っかけた点滴も派手に揺れている。

「……何が、おいおい、だよ。死に場所に一気に突っ込む奴が、おいおいもないだろう？」

「運転手さん、煙草、吸うぜ」と、川上がカーディガンのポケットから煙草のパッケージを取り出し、ウインドウをかすかに開ける。建設中の高層ビル現場の音や十二社通りあたりを走っている街宣車の軍歌が聞こえてきた。

「日本男児、ねえ」

軍歌を真似て、わずかに節をつけて口ずさんだ川上を見ると、都庁の第一本庁舎を力のない目で眺めていた。まったく、自分の断りなしに、岡崎に離婚届を渡したことなど頭にないツラだと思う。

「……川上さん……映画だったか、小説だったか、忘れたけどさ」

「やめろよ、そういう話。無駄無駄無駄」

「死刑囚が……絞首台まで歩いていく時に、足元のさ、水溜りを、ふとよけるんだよ」

「アホだな、そいつは」と、川上は煙草の煙を、それでもウインドウの隙間に向けて吐き出している。

「あんたの、おいおい、っつうのも、その煙草の吸い方も、同じようなもんだ。ふかしてるだけじゃねえか」

「あのな、室田さんよ。胃潰瘍の患者は、さすがに飲酒は駄目だが、煙草はいいんだ。煙草を我慢するストレスに較べれば、まだ吸って、気持ちを安らかにしている方がいいと、処方箋にある。現代医学の話だ」

室田は片方の眉を上げて、煙草を斜にくわえているルームミラーの川上を見て、唇の片端を歪めた。

「なんだ、じゃあ、あれか、ナオミちゃんに会いにいくのも、それかよ、川上さん。点滴をいい加減にするよりも、可愛い可愛い娘さんの顔見た方が、体にいいか?」

「おまえ、どつくぞ」と、いきなり川上がシートを後ろからサンダルの足で蹴ってくる。

「どっちがだよッ」

室田も素早くバックミラーを確認して、ハンドルを右に切り、またすぐにも左に戻した。ミラーに映っていた川上が左の後部ドアにぶつかり、また不快さを噛み締めた苦い顔を現す。消耗して疲れ切っているせいか、揺れに対しても踏ん張りが利かなくて、わざとやっているのではないかと思うほど、後部シートで体を揺らし、点滴のチューブを張らせていた。

「……おい、気持ち悪いよ。揺らすな」

「おとなしくしてろよッ」

川上が光タクシーの車内で吐血でもしたら大事だと思いながら、唐突に埠頭公園前の、安田倉庫に横付けする飯島のタクシーが脳裏に瞬く。なんで、奴のクルマなんだよ。またいるのか？　とクルマの影を頭の奥に追っていて、奴の体じゅうに充満したタールのような脂が、クルマの中から溢れ出てくるのを想像したのを思い出す。

突拍子もない想像に思わず息を漏らして笑ったら、川上が「何だよッ」と短く声を張り上げた。また、飯島が倉庫の前で張っているのであれば、むしろ、敬意を払ってやろうじゃないかとさえ室田は思う。

ルームミラーを見やると、さらに顔色をくすませた川上が、薄く乾いた唇を微妙に歪めていた。

「何だ？　川上さん？　戻しそうか？」

「……ああ？　大丈夫だ。……何か、急に、浅草寿の、あの立ち呑み屋で一杯やりたくなってきてな」

「あんた、高速道に放り出していくぞ。ほんとに死んじまえばいい」

「あいにくだな、室田さんよ。俺は後一週間で退院だよ。呑むぜ、俺は。あんたの分まで、呑んでやるさ」

川上は窪んだ眼窩の縁に弱い笑みを煙らせる。俺はこんな男に死んでも似たくねえ、と室田は奥歯を噛み締めて、アクセルを踏み込んだ。


埠頭公園には一一時少し前に着いた。

すぐにも安田倉庫前に駐車する何台かのクルマを確かめたが、大型のトラック二台とバンしか駐まっていない。飯島がシートを倒して、じっとフロントガラス越しに窺う姿を想像し、また屈折した期待を抱いていた自分が、愚かに思える。

「懐かしの埠頭公園だな、おい」と、川上はハンドレストから点滴を外して、少しもたついた感じでクルマから降りる。

「ナオミちゃんのにおいでもするか？」

「そういうの、やめろよ」

湾岸からの風もなくて、穏やかな日差しになっていたが、やはり空気の芯が冷えている気がする。カーディガンを羽織っただけの川上にジャケットを貸そうともしたが、それも何か気色が悪く、したとしても川上の方から拒否するだろう。

いつものベンチに座って、グランドを見やると、左の方でまたキャッチボールをしている宅配屋の連中がいる。枯れた芝生の疎らに生えている所には、蹲るように座る男がいて、奥の方には黒い犬を散歩させる女がいた。

川上は片膝を立て、その上に右肘を乗せて点滴を持ち、遠く視線を彷徨わせている。つい一週間ほど前に、同じベンチで見た横顔とは、別人のようだ。

「川上さんよー、あんた、その恰好、良くないわ。クルマの中でもいいんじゃねぇか？」

「いいんだよ、俺は。都タクシーのユニフォームを着ているよりは、よっぽどいい。いかにも病人が抜け出して、気晴らしにきましたって感じで、よっぽどいいぜ……」

そういいながら、園児達がやってくる南側の入口の方に時々視線をやっている。一体、この男のナイーブさというのは何だ、と室田は男の痩せた横顔の線を辿っているうち、胸中に嘲りや不憫さが捩じれ絡みつくのを覚えた。歪に縮み上がり、黒くて苦く固まった塊を丸呑みさせられる気がして目を逸らす。

と、視野の右隅に光るものがあって、チラリと見やると、安田倉庫前にハザードをつけたクルマのフロントガラスが太陽を反射させている。

「……きた、か……」

「うん？　きたか？」と、川上がわずかに背筋を伸ばして、南側の入口に目を凝らした。

「いや、そっちじゃない。うちの会社の、嫌な野郎が、またきやがったよ」

「ああ?」

川上は口を半開きにした間抜け顔をこっちに向けて、鈍い視線を彷徨わせている。角膜の濁りやこけた頰や乱れた髪などが、くすんだ顔色をさらに悪く見えさせて、直視するだけで、川上の体力を奪いそうな気さえしてくる。水色のスモックの一団がきたのを期待して一瞬小さく浮き立ったのだろう、萎んだ顔の中にも少し明るい染みのようなものを滲ませていたが、すぐにも消えていくのが分かった。

「あ、ほら、でも、きたよ。ほら」

川上の顔の遥か後ろから、先生に付き添われた水色の一団がかすかに見えてきて、一人、二人とグランドの中に駆け出してくる姿もある。

川上は室田の視線もあってか、故意にだるそうに振り向いたが、園児達が入ってくるのを見て、口元をわずかに動かした。手に掲げた点滴の薄黄色い液体が揺れて、光を反射させる。ドイツ語の薬品名と数値がプリントされたラベルを見ても分からないが、どう見ても一週間で退院できる顔ではないと、室田は思う。

子供達が円陣を作って、高々と小さな掌を空に突き上げる中に、やはり、髪の毛を噴水のように束ねたナオミちゃんの姿が見えた。また、同じ踊りと歌の練習だ。川上がいない時に、自分一人で埠頭公園にきていたことなど、川上が知るわけもない。

室田は煙草をくわえて、ぼんやりとグランドの地平線のむこうにある湾岸の風景に目を細めた。子供達の黄色い甲高い声と背後を走るクルマの音、時々、羽田空港を離着陸する飛行機が斜めにゆっくりと過ぎっていく。

馬鹿馬鹿しい。そんな言葉が浮かぶ。一体、何故、自分は川上に付き合って、こんな埠頭公園のベンチで煙草を吸って、ぼんやりしているのだ、と。だが、タクシーで都内を流していても、箱崎ジャンクションでシートを倒して寝ていても、ホテルのロビーで匿名を装っていても、同じことだと思う。何をやっても、馬鹿馬鹿しいのが、生きるという奴か、川上さんよ？

室田は園児達を見つめる川上の横顔を見て、ベンチからゆっくり立ち上がった。

「ちょっと、離れるぜ」

「ああ？　何処いくんだよ」

そう聞きつつも、川上の目はグランドから離れない。いい時間だな、川上、と胸中呟きながら、室田は歩道に出た。安田倉庫前を見ると、やはり、光タクシーの日産クルーが、大型トラックの前でじっと息を潜めて停車している。黒く濡れたように反射しているフロントガラスの奥に、シートを倒し、制帽を目深に被ったシルエットも見えた。

道路の左右を確認して、クルマが途切れた所で、室田は敢えてゆっくりとした足取りで横断する。間違いなく飯島は自分の一挙手一投足を粘った視線で見ているはずだ。遠くで気の早いドライバーがクラクションを鳴らしているのを無視して、反対車線の歩道にまで渡ると、煙草を唇に斜にくわえたまま、飯島のタクシーに近づいた。

怒鳴り合いになるか、摑み合いの喧嘩になるか、と心の中で準備をしているつもりで、その身構え自体が煩わしいほど不快さが膨れ上がってくる。飯島の無表情な眼差しが、揺るぎもしないで自分の姿を睨んでいると想像すると、興奮したら負けだとも思う。

室田は故意に目元を緩めて、一歩一歩近づいた。フロントガラスの奥がはっきり見えてきて、飯島が着ているベストの前ボタンまで判る距離になる。煙草の煙を吐きながら、グランドの方に視線をやると、点滴を奇妙な恰好で掲げた川上が、ベンチに悄然と座っている小さな影があった。

飯島のタクシーの横に回って、シートを倒し制帽に顔を埋めた姿を確かめると、室田は息を秘かに整えて静かにウインドウを指で叩いた。二回軽くノックしても、まったく反応がない。ただ、倒したシートにだらしなく横になっていて、制帽に顔を隠しているだけだ。もう一度、ノックしてみる。それでも、無視して眠った振りをする飯島がいた。

室田は伏せた目の端で睨みつけながら、さらに拳の中指で小突こうとした。その時、ウインドウが滑らかに下りて、制帽の庇を面倒そうに上げる飯島の顔が現れた。眉間に皺を入れ、唇を捩じ上げているが、目元は小馬鹿にしたように表情を表さない。低く唸った声と同時に、クルマの中に籠った飯島の息のにおいと、靴を脱いでいたのだろう、足の饐えたにおいが鼻先を掠める。

「……何ですか？」

今まで喋ったこともない口調で、飯島がいってくる。だが、重たく引き摺るような喋り方で、いかにも億劫であることを誇張していた。

「飯島さん……偶然ですね、ここで会うなんて。迎車ですか？」

「はあ？」と、飯島は眉を上げて、しらばくれた顔をしてシートをわずかに起こした。

「あんた……どなたですか？」

そう聞かれて、室田は一挙に噴き上がってきた怒りに眩暈を覚える。相手の方が数倍も上手《うわて》だ。

「……人違いでしたか、失礼しました。……いや、よく、ここでサボって、ボケーッと寝ている同僚がいたもので……」

口にしてみて、馬鹿なことをいったと内心歯噛みする。

「あんた……都タクシーの人間だよねえ？　光タクシーで、この辺にくるのは、俺くらいなもんだからねえ」

「こちらで、休憩中ですか？」と、室田は持っていた煙草を路面に落として踏み躙った。

そして、わけもなく、埠頭公園の方に目をやって、深呼吸する。

「グランドで遊ぶ子供達を見るのが、好きなもんでね……」

視線を外さない飯島の目をまた見つめ下ろして、室田は目元に薄笑いを浮かべてみた。

「長閑な……ご趣味、だな」

そういって、飯島のタクシーから離れようとすると、「おい」と、今度は地声でいってくる。

「……寝ていたのを、起こされたんだけどな」

「……あ、どうも、それは、すみませんでした。ご苦労様です。どうぞ、ごゆっくり」

と、室田はウインドウから少し顔を出した飯島に声をかけた。

事務所で自分の後頭部を靴で蹴ってきた飯島を思い出し、腹の中に様々な大きさの渦が巻き上がるのを感じる。単なる嫌がらせに興じる不毛な執念というのか、それも飯島にとっては、生きる馬鹿馬鹿しさを紛らわすためのものなのか。一瞬、苛立ちが体の中に充満して、そのまま踵を返し、滅茶苦茶に顔でも頭でも殴りつけてやりたい衝動に駆られたが、ふと、腹の底にぽっかりと開いたような空白を感じて、室田はタクシーから離れる。一体、この虚しさは何だ、と思っているうちにも、川上がベンチで一人見ている芝浦の白っぽい空の色だという気もしてくる。どうせ、死ぬ、かよ、川上さん……。

と、いきなり、飯島のタクシーがクラクションを鳴らし始めた。怒りを煽るような音が鼓膜を叩き続ける。室田はわざと余裕を装って、フロントガラスを見やった。自分がいちいち飯島に反応していることが、胸中を沸騰させているにもかかわらず、そんな幼い駆け引きを最後まで続けようとしているのだ。

「疲れるぜ……」と、顔では笑みを作りながら、声に出していってみる。

「疲れますなあ、飯島さん。ご苦労さんですなあ」

クラクションが鳴り続けるのを無視して、また道路をゆっくりと横断した。それでも、飯島のタクシーはクラクションを止めようともしない。そのうち、倉庫にいる奴が出てきて、止めざるを得ないだろう。

埠頭公園に戻ると、すでに子供達の姿はなくて、川上が点滴を掲げながらグランドへと入っていた。

「……馬鹿か……」

痩せた首を突き出して、乾いた地面を見つめては、履いているサンダルで何度か踏んでいる。遠くから見ていると、まるで自分が埋まるのに適した場所を探している者のようにも見えた。

「おめえの死に場所は、そこしかねえよ、川上さんよ」

飯島のクラクションを耳にしながら、室田もズボンのポケットに手を突っ込んで、グランドの中へと入った。

「また、ナオミちゃんの足跡かよ、あんたッ」

「ああ?」

点滴を上げたまま口を開いた川上の姿は、不様も滑稽さも通り越している。あんたは脳にきてるんだ、と叫んでやりたいくらいだ。

「おい、いい加減に、歩くなよ、室田さんよー。……それにしても、あのクラクションは、何だ？　ああ？　日産クルーのクラクションは、音も悪いぜ。お弁当バスの歌が、聞こえにくいじゃねえか、この野郎ッ」

川上はそう唾棄するようにいって、また園児達の夥しい足跡を見ては小首を傾げる。

静脈や筋の浮き出た首が日の光を受けて、よけい病人臭さを露わにした。

「……川上さん、あんた、そんなの見て、どれが、自分の娘さんのものなのか、本当に分かるのかよ?」

「ええ?……分かるわけが、ねえじゃねえか。分からないよ……」

川上は細くなった首をさらに突き出して、落ち窪んだ目を細めている。いつのまにか飯島のクラクションは鳴り止んでいたが、小判のような模様が犇いた地面を見つめるのを、川上は止めそうにない。

23

川上の手にした点滴が空になって、萎《しぼ》んだ袋の撓《たわ》みに薄黄色い液体が泳いでいる。皺ばんで潰れた袋を持っているのを見ると、捨てられたのか、それとも川上の体に繋がっていたのか、胞衣《ほうい》でも摑んでいるように思え、気持ちが悪い。細いチューブには赤黒い血が逆流して、太い静脈が剝き出しに晒されている感じだった。

「……川上さん、それ……外せよ」

「ああ?」と力のない視線を上げる顔を見て、さっきよりもさらに憔悴した表情だと思う。手にしているのは、ナオミちゃんが生まれた時の胞衣かよ、川上さん。

「何だよ、血が漏れてるよぅ」

ようやくチューブに気づいたのか、川上は慌てて、空になった点滴を宙に翳す。慣れない仕草がよけぃ不憫にも思えて、室田は川上の土気色の顔と紙テープで針を貼り付けた右手を交互に見やった。

「室田さんよー、これ、外してくれよ」

「……なんで、俺が外すんだよ。てめぇでやれよ。気持ちが悪ぃ」

「おい、こんな血が……、おい、室田さん、どんどん、逆流してるじゃねぇか」

閑散としたグランドのベンチ脇で、空になった点滴をどうするかと悩んでいる男二人は、気の遠くなるほど辺鄙だと、室田は思う。一気にグランドを斜めに急上昇し、グランドや芝浦の埠頭を俯瞰しているような気分になって、軽い眩暈を覚える。ガスって茫漠とした東京湾や電子回路板のように犇く建物が脳裏を過ぎり、その中に、一点にもならない自分達がいる。

ふと、箱崎ジャンクションの渋滞の中を、ゆっくりと歩いてきた川上の姿を思い出し、そんなこともあったか、と胸中言葉にしている自分がいた。さほど時間も経っていないというのに、ずいぶん昔のことに感じ、奇妙な寂しさが痼《しこ》る。だが、そんな小さな塊も、乾いた音を立てて転がる程度のものだと、室田は鼻先で笑った。

「うわ、痛ぇよ。これ、何だよ、室田さんよー」

空の点滴の袋を腋の下に挟み、不器用に紙テープを剝がしている。その間にもゆっくりと赤黒い血がチューブに伸びていた。

「一気に抜けよ。何やってる……」

「じゃあ、あんた、やってくれよ」

「何が、死に場所に突っ込む、だよ。よく、そんなこといえたもんだぜ」

室田がそういうと、川上はいきなり痩せた顔を顰めて、大袈裟な呻き声を上げながら、針を抜いた。チューブの先に膨らんでは滴る川上の血が、乾いた土の上に落ちて、タールのように見える。

「一騒動だな、川上さん」

「うるさいよッ」

白っぽい土の上を汚す血の痕に、腹の中が硬くなる。一瞬、薬品のにおいも鼻先を掠めた。

「その汚いもん、早く捨てろよ」

川上はサンダル履きの足を開いて、針の先から血を滴らせていたが、どろりと濁った角膜を鈍く光らせて視線を上げる。弱い表情とも、世界の底に届いた表情とも見えて、一瞬、室田は視線をたじろがせた。

「何処にさ」

「ゴミ箱でいいだろうが」

窪んだ眼窩から一瞥する眼差しがあって、吐き捨てるような溜息を漏らす。川上の饐えた息のにおいが顔を撫でて、室田は一瞬息を止めた。

「こんなもん捨てて、子供達が間違って触ったら、どうすんだよ。危ねえだろう？」

今度は室田が川上の目をまじまじと見詰めて、短い溜息を漏らした。お遊戯の練習にきた子供達が、ゴミ箱の中の点滴に触って針が刺さるということか。指に刺さって痛がって泣くのは、たぶん、ナオミちゃんなのだろう。

「勝手にしろや」

「室田さん、あんたには、分からんよ……」

川上は神妙な顔をして、腋の下に挟んでいた袋でチューブや先の針を丁寧に包んで畳む。まだ、それでも誰のものとも分からない胎盤よりはいい。

「……じゃあ、もういいのか？　河北病院、戻るんだろ？」

室田はズボンのポケットに両手を突っ込んで、肩を竦めながらもう一度グランドを振り返った。うっすらと砂埃が低く這って流れている。左奥には相変わらずキャッチボールをしている宅配屋の連中と、中央奥には一人蹲っている初老の男。視線を遠くにやれば、埠頭のコンビナートのタンクが真珠のような光沢で日差しを跳ね返していた。

「いや、今度は、ほんとに、死に場所だ、室田さんよー」

川上に視線を移すと、乾いてささくれだった唇の片端を上げている。粘った瞬きの奥にまるで感情のない目があって、焦点も何処に結んでいるのか分からない。目の底にあるものを確かめようと睨みつけてみたが、少しの動揺も見せなかった。

小さく舌打ちして視線を切ると、室田は先にタクシーへと向かう。安田倉庫前を見やると、まだ飯島の乗った日産クルーが駐まっていて、巨大な甲虫の死骸のようにも思えた。そのうち、中身が腐って、なくなって、湾岸からの風にカサカサと音を立て、ひっくり返るさ、と薄笑いを浮かべてみる。

運転席に乗り込むと、川上がクルマの横に突っ立って、倉庫前の光タクシーに目を細めているのが、バックミラーに映っていた。痩せこけて色の悪い顔や、紺色のカーディガンの下から覗いたネルのパジャマ、潰れた点滴の袋を持った手の爪の色……。ミラーで反転した姿は、さらに一〇歳も老けて見える。

と、後部ドアではなくて、助手席のドアを開けてきて、「あの野郎は、一体、何してやがるんだ？」と低く重い声を落としてきた。

「……ああ、あいつは、ロリコンだ。園児達を見るのが、趣味なんだと」

「何だと？」

いきなり目を剥いた川上の顔がルーフから現れて、屈んでいるせいか、浮き出た鎖骨までパジャマの襟から覗いていた。見るたびに、痩せ衰えていく感じに思え、冬枯れした夕景だ、と奇妙なことを連想している。一回、二回と上がっては下がる喉仏の尖りに、室田は顔を顰めて、「嘘だよ、あんた」と吐き捨てた。

「じゃあ、何だ、あの野郎は？　さっきのクラクションといい、ああ？」

「単なる、俺への嫌がらせだろう……」

「ったくよッ」という舌打ちが聞こえたと思うと、そのまま実車記録ボードを取って助手席に乗り込んでくる。

「川上さん、あんた、何だよ。後ろに乗れよ」

「いいじゃねえか。客の自由だろ。それとも近代化センターに、苦情をいってやろうか、ああ？」

　傷んだ胃のせいだろう、川上の饐えた息と、手に持った点滴の薬品のにおいが、車内に膨らんでくる。室田は尻目に助手席の川上を睨みながら、シートベルトに腕を通した。

「川上さん、あんたも、シートベルトな。……あんた、この乗り方は、実習か、ホモだよ。気色悪いぜ」

「ホモかよッ」と、川上はシートに一回体を弾ませて笑ったが、「うう……」と低く呻きながら胃を擦る。

「……ホモの心中か」

「アホいうなよ、冗談じゃねえ」

「昔、涅槃《ねはん》で待つ、ってのが、あったな。……おい、あいつも道連れにしてやれよ。尻振るくらいアクセル踏み込んで、正面から激突してやれよ、室田さんよ。……ああ、ゲロ用のビニール袋、あるか？」

　川上の言葉に慌てて横顔に視線を投げると、手に持った点滴の袋を示していた。ダッシュボードの中を顎で示して、室田はイグニションキーを回す。

「いいか？　思い切りいけよ、室田さん。あの駐車の仕方が気に食わねえじゃねえか」

川上は点滴をビニール袋に入れて、足元に投げ出しながら、フロントガラス越しに目を細めている。わずかに開いた薄い唇から白っぽい舌の先を覗かせてもいた。

「後方良し。前方、対向車なし。今だ、いけよ」

川上の言葉に、室田はギアをドライブに入れて、静かにブレーキペダルから足を浮かせた。クリープの緩い速度に任せて、徐行し、右前方に停まる飯島のタクシーに向かう。

「踏み込めッ」

室田はルームミラーで後方を確認しながらも、故意にゆっくりとクルマを進める。飯島の乗った日産クルーの中が分かるほどになった時、ハンドルを右に少し回して、車線を跨いだ。倒したシートに、制帽を目深に被って寝ている振りをした飯島の影が見えてくる。

「だらしねえ恰好で寝てやがるよ、光タクシーの運転手はさ……」

「あんただって、そうだったろ、川上さん」

飯島が制帽の下で口をへの字にして、さも不機嫌そうな苦い顔をしているのが見える。への字の中にも、片方の口角だけが微妙に上がって、嘲りの色を帯びさせていた。

「ご苦労な男だな、あいつは……」

そのまま徐行して、飯島のクルマと擦れ違う時、何を思ったのか、川上が手を動かす。見ると、痩せて節くれ立った手を窪んだこめかみにやって、飯島に向かって、いわゆる敬礼という奴をしたのだ。しかも、憔悴して萎んだ顔を柔らかく崩している。

「何やってんだよ、川上さんよー」

「死の挨拶という奴だ……。あいつは、死ぬぞ。ご苦労さん」

飯島のクルマからまたクラクションが鳴るかと思ったが、川上の素っ頓狂な仕草に、寝ている振りを決め込んだ方がいいと判断したのだろう。それが、逆におかしくて、室田は喉の奥で笑いを嚙み殺した。顔はかなり重篤な患者のように見えるが、こいつは本当に一週間くらいで退院するのかも知れないとも思う。

「よし、それでは、死へのドライブだ。ホモの心中だぜ、室田さんよー」

「どっち回りでいくんだ？　三宅坂ジャンクションか、谷町か？」

「谷町ジャンクションでいくか……。あそこのヘアピンでいい……」


芝浦入口から上がって、浜崎橋ジャンクションで高速都心環状線に出る。さっきまで右にしていた東京湾の靄を背にして、芝公園に向かってクルマを走らせた。自分の体の後ろ半分だけ、薄い靄が貼りついている感じで、中々、振り切れない。追いかけてくるわけでもないが、曖昧な感触が背中や肩や後頭部を撫で擦ってくるのだ。

埠頭公園のグランドで見た川上の姿をそのまま置いてきたようにも思えるが、すぐ横の助手席にふんぞり返り、憮然とした顔で、高速道の壁から覗くビル群を見つめている。一体、この男は、これから何をして生きていくのか、と思い、それは自分の問題だとも気持ちが燻る。

「……おい、室田さんよー。東京、走ってるとさ、当然、客の疲れとか、澱とかさ、どんどん体の中に溜まるけどよ、だけど、街の、何ていうんだ？　細かい滓みたいなさ、そんなもんを、巻き込むと思わないか？　どれだけ、街に線を引っ張ったか、分からねえよな……」

夥しく錯綜した線を引き、道路がテカテカになるまで往復し、もはや、知らない路地もなくなってしまうほどになるのが、タクシー運転手には一番疲れる。白い紙にでたらめに鉛筆で書きなぐり、わずかに残った白い隙間にさえ線が入り、さらにその隙間に入り……。息苦しくて、何処にも逃げ場がない気分だ。

「……それほど、走ってないさ、俺はな」

「嘘こけよ。頭に入った地図が、耳からはみ出ている。ああ、気色悪い。やってらんないぜ。……何処か、まっさらな所にいきてえって、顔に書いてあるぜ」

別れた由布子と岡崎の走る地図さえも見えていて、自分がこれから走る道さえ見えていて、ということだろう。その通りだよ、川上さん。

「と、いっても、そんな場所は、何処にもありゃしねえ……」

右車線に移って、一気にアクセルを踏み込む。シルバーのヴィッツと帝都タクシーを追い抜き、ルームミラーを確認してから、また左車線に戻った。

「……俺も、体の中に、東京の道というのがさ、黴みたいに繁殖して、中から押してくるのが分かったぜ。いい潮時だったんだろうな」

右車線をソアラのオープンカーが通り過ぎると、また右車線に出て加速した。黒いテンガロンハットのような帽子を被った男が運転をしている。助手席には、薄茶色い大型犬が長い毛並みを靡かせて、おとなしく座っていた。

「おい、一体、何だよ、あの野郎は……。いい歳こいてよ。俺は、ああいう自意識が大嫌いだよ。オカマ掘ってやれよ、室田さんよ」

「ああいうのは、何だ、楽しいのかな。それとも、馬鹿馬鹿しいから、やってんのか、なあ。それとも、ほんとに、いいと思ってんのか？」

「どっちにしても、同じことだぜ。……低能だ」

鼻先で笑う川上の声に、室田もせせら笑う。下卑た感じだと思いつつ、アクセルを踏み込んで、ソアラの後を追っていく。ルームミラーに膨らんできた日産クルーのしょぼい車体に気づいたのだろう、帽子の縁が上がって、渋い表情をした初老の男の顔が、ソアラの小さなルームミラーに映るのが見える。

煽るほどに接近した時、ソアラが左のウインカーをつけて、恐ろしくゆっくりと車線を変更した。

「疲れるおっさんだな」

ソアラの右横を通り過ぎる時、川上はシートから体を起こして、帽子の男に馬鹿丁寧に会釈している。「どうも」などと囁いてもいた。

「川上さん、あんた、何だよ」

またシートに体を預ける川上の横顔を見て、くたびれ衰えた姿に視線を戻す。まだ、ソアラの初老の男の方が、遥かに若い。いや、欲望を抱えているということだ。今の川上には欲望も乾涸びて、微塵もない感じだ。乾いた粉がフケのようにハラハラと落ちている。

「礼儀だからな。一応な」

一ノ橋ジャンクションの緩い右カーブを曲がる。麻布十番方向からくるクルマと合流すると、川上がシートから体を浮かせて、左のバックミラーを確かめる。そして、小さく呻きながら後ろを振り返った。

「谷町ジャンクションだぜ。決行だ、室田さん……」

「何をだよ」

「本当は、あんたと会った箱崎ジャンクションの方がな、演出上いいけどな」

「演出？　アホか、あんた」

「激突だ。もう、俺は、いいぜ。俺は……。室田さん、あんたも、もういいだろ？」

「そうだな。あんたと一緒にいるのは、もうごめんだ。イライラしてくる。……そんなに死にてえなら、いいぜ。二〇〇キロ、出してやろうか、ああ？　川上さんよ」

室田はそういって、一気にアクセルを踏み込んだ。後輪がアスファルトの上を空回りして、わずかに尻を振る。ルームミラーを薄紫色に覆っているのは、摩擦熱で上がったタイヤの煙だ。頭の芯が後ろに引っ張られ、胸をGが圧迫してくる。

「お誂え向きだな。クルマがいねえよ。何か、夢の中の午後って感じだな」

フロントガラスに開けた高速道が縮み上がって、消尽点が白い霧の塊のように見えた。流れる風景が放射線状に飛んでいき、ハンドルに細かく硬い震動が伝わってくる。少しでもハンドルを切ったら、クルマが突っ立ち、高速道を跳ねるように何度も横転していく感じだ。

「ドカーンってクラッシュして、一瞬のことだろうな、室田さんよー」

脆い冗談だと思いつつ、何度も繰り返す川上の死への言葉にいらついて、アクセルを踏み込んだが、もちろん、すぐにもスピードを落とすつもりだった。川上の方も、すぐに折れるはずだ。

むこうに霞んでいる、谷町ジャンクションの左への急カーブ前で、一台のクルマがブレーキランプを点灯させて曲がっていくのが見える。

「おう、きたな。最後まで、アクセル踏み込んでくれよ、室田さん……」

さらに踏み込む。警告を知らせるシグナル音が鳴って、瞬きするうちにも急カーブの壁が迫ってくる。コンクリートの側壁に掃いたようについている黒い擦り痕が、すぐにもはっきりと見えてきた。

「……室田さん、いいのかよ」

「あんたは、いいのかよ……」

「きてるよ。これだよ。くるよ」

灰白色の側壁が一気に膨らみ、近づいてきて、もはやブレーキを踏んで間に合うか間に合わないかの限界にきている。いや、すでにブレーキを踏んだら、ハンドルを少し切った方とは、逆に尻が滑り、その勢いで横転してルーフから側壁に激突するだろう。

マジにいくのか。マジか。死ぬのか。マジか……。

一瞬、若い頃の由布子の顔が過ぎったと思うと、何故か幹にしがみついている甲虫が見えて、犇いたビルの影が飛ぶ。乾いて白っぽい空の広がりは、埠頭公園のものかと思っているうちにも、都タクシーに乗って、ふてくされた顔をした川上が制帽の縁を指先で弾き、建築雑誌「C」の編集部があった四ツ谷の街の路地が見え、白い靄が全面を覆った。

「馬鹿ッ！　ブレーキッ！」

川上の怒鳴る声が聞こえたと同時に、反射的にブレーキを踏む。わずかに左に切ったハンドルのせいで、恐ろしいほどのスリップ音とともに、車体が尻を右に振った。

「危ねえッ！」

川上の痩せた手が伸びてきてハンドルを逆に切って、スリップを逃そうとしている。眼前に迫る灰白色のコンクリートの壁が撓んで見えるのを感じながら、室田もポンピングブレーキを繰り返して、車体が勢いで浮かないようにするが、左右に弾むような揺れがあった。

「アクセルッ！」

川上の叫ぶ通りに、慌ててアクセルを踏み込むと、右のウインドウぎりぎりに側壁がきたまま、揺れよりも前に進む力を得て、タイヤが空回りしながら揺れが消える。一瞬目に入ったルームミラーは紫色の煙に覆われて何も見えない。

「まだ、アクセル！」と叫びながら、川上は体を捩じってギアのＯＤスイッチを押して、セカンドに入れた。

尻を滑らせてはいるが、急カーブをほぼ最短の直線で進むようなコースを取って、クルマは立ち直り、室田は素早くブレーキを何度も踏み込んで減速していった。すぐ目の前に、前方を走っていたゴルフが迫っている。バックミラーを確認して、車線を右に変更しようとしたが、薄紫色の煙が立ち込めていて、何も見えなかった。

室田はさらに強くブレーキを踏み込んで、ゴルフの後ろにつくようにしてから、右車線へとゆっくり移った。川上が大きく溜息をついてハンドルから手を離すと、シートに勢いよく体を投げ出す。そして、何度も喘ぎに似た声を上げて、顔を左右に振っていた。

視野の隅に放心した川上を感じながら、ハンドルに染みた川上の掌の汗を室田はジャケットの袖口で拭う。まだ脈拍が激しくて、高い耳鳴りが頭の中を占めている。高速道の風景や前方を走るクルマの影が、ゼリー状の膜に覆われたように遠く思え、生きているのか、と胸中呟いている自分がいて、それでも笑いさえ出てこなかった。

「……室田さん……室田さんよー……。あんた、やっぱ、おかしいんじゃねえのか？」

ヘッドレストに頭を預けたまま、川上が顔を傾けて力のない嗄れた声でいってくる。

「……やっぱ、生天目クリニックだよ……、あんた……」

「……死に、たかったんだろうが？」

声を出してみて、まるで他人のように遠い声だと室田は思う。自分の意志というのか、気持ちが、分厚く硬い肉に押さえつけられて夢の中で喋っている感じだ。

「……死に、てえわけ、ねえだろ？」

掠れた弱い声の底にかすかな震えがあるのが分かる。チラリと川上の姿を見やると、ひどい揺れの衝撃に気持ち悪くなったのか、胃のあたりを撫で擦っている。高速3号渋谷線の風景が、だるく流れていくのを眺めて、乾いた唇の端を不機嫌に下げていた。

迫りくる側壁に、川上が何を考えたのか分からないが、そんな川上の胸中を想像すること自体に重く粘った疲れを覚える。互いに黙ったまま高速4号新宿線に乗り、永福出口までいって、甲州街道に降りた。

商店街の並ぶ通りは渋滞で、クリープに任せて徐行してはブレーキを踏み、またペダルから足を浮かせる程度の進み方だった。体の芯に残っている一八〇キロほどのスピードと、カーブでの恐ろしいほどの横Gが、渋滞のだるさの中で突然暴発しそうになっているのを感じる。

冗談じゃねえぜ、と一人軽く流そうとして、その唐突に沸騰しそうなGの感触に、よけい神経がいって、自分は何かまた奇妙なことをしでかすのではないかという不安に駆られもする。室田はハンドルにかけていた手を離して、制帽の庇を上げ、息を強くルーフに向けて吐き出した。

「……だけどな……あんたの方が、先だったよな……」

「ああ？」

むっつりと黙っていた川上が、いきなり、そう声をかけてきて、一体何の話かと目の端で牽制する。

「あんたの方が、先にな、室田さんよー」

「何の話だよ」

「先に、ハンドルを左に切ってたな。先に逃げてた」

自分が思っていた谷町ジャンクションのことを、川上もずっと考えていたのかと、呆れにも似た溜息が漏れる。

「いや、あんたの方が、先に、ハンドルに手を伸ばしてきた。俺は覚えている」

「違うな、あんたが左に切ったからだろ」

「悲愴な声を出して、ブレーキッ、とか、叫んでただろ。川上さんよー」

「ふざけるんじゃねえよ、アホかッ」

「どっちがだよ」

また、それから、川上も憮然とした感じで口を噤んだ。室田も黙ったまま渋滞にクルマを委ねて、被っていた制帽を大袈裟なほど阿弥陀にする。腹の中が燻るのを感じながらも、まず激突していたら間違いなく死んでいただろうと思う。

いや、川上がいなくても回避できただろう。回避できたに違いない、と思いつつ、背中に巨大な刃の先が触れているのを感じる。死んでいただろう現実が、小さく凝り固まって腹の底に転がり、真っ黒く燻されて石炭のかけらみたいだ。川上も同じようなことを考えているのか？

「……あんたな……。ああ？　室田さんよー。今度、埠頭公園にいく時は、どっちかにしてくれよ。潔くぶつかってくれるか、タクシードライバーらしい運転っちゅう奴をやってくれよ」

「嫌なこったな」

「あんたの運転な。丁寧過ぎるんだよ。病人扱いすんじゃねえよ、室田さんよー。胃に響くぜ……」

「嫌なこった」


「じゃ、また頼むぜ、運転手さんよ」といってクルマを出ていった、川上の悄然とした後ろ姿がまだ残っている。

あれから、五日、になるのか……。

「アホは、あんたの方だッ」と、河北総合病院の駐車場で声を張り上げた自分に、背中を向けたまま片手を軽く上げた姿も仄《ほの》見えてきて、室田は舌打ちした。

また、助手席に投げ出した携帯電話が鳴って、あの無愛想に粘った声を聞くことになるのだろう。だが、乗車拒否だ。川上が近代化センターにまさか本気で連絡するわけもないが、いちいち付き合っている自分があまりにお人よしというのか、それこそアホだ。

室田は生天目クリニックの薬を飲んで、ミネラルウオーターを口に含む。箱崎ジャンクションに渋滞した夥しいクルマの排気ガスが、薄紫色に煙って覆っている。それまで倒して寝ていたシートを起こし、ルームミラーを確認すると、後ろのアウディに乗ったまだ若い男が、ぼんやりした顔で携帯電話を耳にしていた。ジェルで気色の悪いほど光らせた髪を、片手で軽く整えていたと思うと、メタルフレームのサングラスをかける。

「……この、曇り空に、サングラスかよ。……なあ、川上さんよー」

隣の右車線にぴったりくっついているユーノス・ロードスター。バックミラーを確認すると、紺色のパジェロや鉛色に車体を光らせた大型のタンクローリーやセルシオやワゴン車などが延々と続いて、排気ガスに霞んでいた。

「浅草の立ち呑み屋、ということもあるか……。いや、埠頭公園、だろうなあ、あんた……。噴水みたいな髪をしたナオミちゃんが、踊ってるぜ」

少し動き出したクルマに、室田はギアをドライブに入れて、ブレーキペダルから足を浮かせる。また、前のプレジデントのブレーキランプが炎のように燃えて、停まった。

「なんで、あんたも、箱崎ジャンクションなんかにいたんだよ、川上さんよー。……朝の箱崎にいる奴なんてのは、頭がきてる奴ばかりだ」

　ふと、箱崎ジャンクションで完全に寝入ってしまった時に見た夢が、脳裏に明滅する。横浜方面と書かれた紙を持って、左車線端に立っていた由布子の姿を見ていたのだ。いきなり、由布子が濡らしたシートカバーの感触が蘇ってきて、胸の奥を強く摑まれた気分になる。だが、もはや、まったく自分とは関係のない、二度と訪れない感触なのだと、室田は低い唸り声を体に籠らせた。

　静脈の浮き出た手をゆっくり伸ばし、アウディを映していたルームミラーの角度を変えて、力なく視線を上げる。眉間に刻まれた皺や外の光を鈍く反射させている目を睨みつけ、他人のような瞳に箱崎ジャンクションの風景が、撓み、反転して映っている。

「……川上さんよ……、果て、って奴だな……」

　徐々にだが、ようやく動き出したクルマの犇きに、室田もシートベルトに腕を通し、ダッシュボードに置いた制帽を無造作に被る。フロント越しに箱崎の空を見ると、灰色と紫色が混じり合って綻んだ雲が覆っていて、氷雨でも降り出しそうだ。

　川上からの連絡がなくなっても、また自分は隙間のない地図の上を延々走り続ける。摩滅して、テカテカに光ったような街の道を、憂鬱で陰気なツラを下げて走り続けるのだ。

「果て、なんてのは、何処にもないよな、川上さんよ……。あるとしたら……てめえの中だよな……」

　ブレーキペダルから足を浮かせて、アクセルに軽く乗せる。

「そこにしか、ないよな……」

ルームミラーの角度を戻そうとした時、一瞬後部座席に川上の朧ろな姿がある気がして、室田は唇を捻じ曲げて、軽く笑いを漏らした。別に珍しい話でもない。

体に馴染んだエンジンの震動が、箱崎ジャンクションの見飽きた風景を震わせる。まったく変わりなく渋滞は続き、果てがない。

解　説

保坂和志

本書の中盤の入口あたりで話がこういう風に展開される。

川上からの提案に応じた室田が川上の車で川上になりすまして川上の客を都内から大船に送り届ける。その後、室田は由布子との離婚に向けて話し合いをするために横浜駅西口のミキという喫茶店で待つという連絡を岡崎に入れ、その場所に向かう岡崎を戸塚の事務所の前で待ち伏せして川上になりすまして自分のタクシーに乗せる。……（車内でのふたりのやりとりは省略）……室田自身はそこに行く気もない待ち合わせ場所を目指す岡崎を横浜駅で降ろし、おれは行かないよと室田がほくそえんでいると、岡崎から室田の携帯電話にあせった声で連絡が入る。急用が生じて横浜まで行けなくなった、いま自分はまだ戸塚の事務所にいる、と岡崎は言う。室田は約束を反故にした岡崎に罵声を浴びせるのだが、その電話が終わるとすぐに川上から室田の携帯電話に連絡が入り、車の後部シートに印鑑ケースを忘れたという連絡が岡崎から川上の携帯電話に入ったと言われ、室田は川上に説得されてしぶしぶ再び川上になりすまして岡崎に連絡を入れて、横浜駅までそれを届けることになる。室田がその待ち合わせ場所に近づくと岡崎と並んで由布子がいるのが見える。

文庫を買うと解説から読んでしまう癖がある人がこれを読んでも何が書かれているかさっぱりわからないだろう。すでに読み終わった人は、私がいままとめた展開の切迫感のなさをひじょうに不満に思うだろう。何より書いた私自身が一番不満に思っているのだが、あの展開をかいつまんで書くことはできない。かいつまんで書いてそれがじゅうぶんに面白かったとしたらそれは小説ではない。かいつまんで書くことができないから小説なのだ。

私はこの展開を読んでいてドキドキして胸が苦しくなった。どうすればこんな変な展開を思いつけるんだ、こいつは頭がおかしいんじゃないか、と思った。小学生のときにしょっちゅう野球のボールが入ってしまう家があったのだが、そこのおばさんはものすごく感じが悪くて怖くて、私たちは見す見す何個もボールを無駄にしていたのだが、ある日、意を決して私が塀を乗り越えて、犬が吠えるのを無視して物置と塀の隙間に入っていったら、あるわ、あるわ。ところが、すぐに犬の吠え方を不審に思ったその家のおばさんが出てきて、「何を鳴いてるの？」「どうしたの？」「誰かいるの？」と庭の中を歩きまわり、おばさんがだんだんこっちに近づいてきて、私は物置の裏でただじっとしていて……という、そのときのドキドキを思い出した。

いや、そんな私自身の思い出はどうでもいいのだが――しかし、読みながら個人史が鮮明に想起されるのは小説を読む快感であり驚きでもある――、藤沢周にとって小説とは他の小説家と違って、何かを表現するものではなく、自分の中にある何かを噴出させるものというか、その何かを現世と接触させるものというか。

その「何か」を〝暴力〟とか〝リビドー〟とか言ってしまうことができるのなら、それを目指して生きればいい。〝暴力〟なら、藤沢周が有段者であるところの柔道に打ち込むなり、格闘技をするなり喧嘩をするなり、〝リビドー〟ならやりまくるなり愛人をつくりまくるなりすれば済むことで、「何か」が名指すことができないものだから、藤沢周は小説を書きつづけなければならないのではないか。

三島由紀夫が『豊饒の海』第四部の『天人五衰』の中で、「三羽の鳥が空の高みを、ずっと近づき合ったかと思うと、また不規則に隔たって飛んでゆく。その接近と離隔には、なにがしかの神秘がある。相手の羽風を感じるほどに近づきながら、又、その一羽だけついと遠ざかるときの青い距離は、何を意味するのか。」という文章を書いているが、ここには、〈現世／神秘〉〈見える世界／不可視の世界〉〈作者／書く対象〉〈認識する者／認識する対象〉というあきらかな二分法が存在しているのだが、藤沢周の小説にあってはそのような二分法的世界観はない。藤沢周にとって書くということは文字によっては書けないことを作品世界に引き摺り込むことで、それは三島由紀夫のようなまとまりのよい世界ではないので――三島における〈外〉とは作品の内部に言語・思考の秩序の一環としてあるのだが、藤沢における〈外〉は書く行為の基盤のようなものとしてあるのではないか――読者は必然的にある種の見通しの悪さを強いられる。読者は当面、作者自身の激しすぎる五感に身をまかせるわけなのだが、作者が書こうとしていることはそれでは済まない。が、あの手この手の設定を使いつつも作者自身もどかしくもそれを書ききれないのではないか。

本書を読んで、「現代社会に生きる人間はどこにいても携帯電話に繋がっていて、孤独になることすら許されない」とか、「私たちは本当のところ個人として存在できているわけでなく、室田と川上のように取り替え可能であり、そのような状況におかれてしまえば室田が感じるように本人でさえも、自分と他者との境界を見失う」とか、「都内の隅々までの地図が耳からこぼれるほど頭の中に描き込まれてしまうように、他者に自分が占有されてしまうことの不快」というような批評を書くことは簡単だけれど、そのような褒め言葉はこの小説を小さくしてしまう。そんな褒め方をするくらいなら、「読んでいるあいだじゅうタクシーの振動を感じていた」とだけ言う方がすっきりする。

実際この小説には作者がタクシー・ドライバーだとしか思えない細部の感触が書かれている。しかし、『礫《れき》』にはペットの業界紙記者だとしか思えない細部があり、『紫の領分』には予備校講師だとしか思えない細部がある。それを本業とする人間にしか見えないような細部を書くことが藤沢周にとって小説との接触の開始で、私にはそのつど人生を代理に生きることのように思える。それぞれの人生の表層は違っているけれど人間には不変の内奥があって、どの人生を選んだところで内奥に揺さぶられつづけるのを避けることはできない。

「文藝」の藤沢周特集にあったインタビューの言葉が私の解説よりも彼と小説（世界？）との関係を的確に語っていると思うので抜粋する。

「（小学校の一年か二年の頃）ちょっと町からはずれると水田が広がっていて、弥彦角田山っていうステゴザウルスがうずくまっているような形の山があるんですけど、それがあまりにも近くにはっきりと、木々の葉の葉脈まですべて見える気がして。そのときにふっと、何て言ったらいいか、自分の輪郭みたいなものが——逆に向こうから見ているんでしょうね——かっちり凍っている感じが見えて、」

こういう資質をもっている人間が書く小説が、おもしろい物語を書きたいと単純素朴に思っている人の小説と同じであるわけがない。作品がただ作品として完結せずにそれを書く本人がつねに絡んでくる。

藤沢周の小説は、たとえば自分の死後にすべての小説をマンダラ的に配置して読まれることを待っているような小説群なのではないのだろうか。

（小説家）

初出誌
文學界　平成十二年二月号〜十五年三月号
単行本　平成十五年十月　文藝春秋刊

文春文庫

箱崎《はこざき》ジャンクション

定価はカバーに
表示してあります

2006年10月10日　第1刷

著　者　藤《ふじ》沢《さわ》　周《しゅう》

発行者　庄野音比古

発行所　株式会社　文藝春秋

東京都千代田区紀尾井町3-23　〒102-8008
TEL　03・3265・1211
文藝春秋ホームページ　http://www.bunshun.co.jp
文春ウェブ文庫　http://www.bunshunplaza.com

落丁、乱丁本は、お手数ですが小社製作部宛お送り下さい。送料小社負担でお取替致します。

印刷・大日本印刷　製本・加藤製本

Printed in Japan
ISBN4-16-745802-0